Lewis Carroll

Les Aventures d'Alice au pays des merveilles

Ce qu'Alice trouva de l'autre côté du miroir

Illustrations de John Tenniel
Traduction de Jacques Papy
Édition présentée et annotée
par Jean Gattégno

Gallimard

PREFACE

Genèse de l'œuvre

Histoire du *texte : le singulier s'impose, tant les deux œuvres réunies ici forment un tout. Certes, sept ans séparent la publication des* Aventures d'Alice au pays des merveilles *(1865) de celle de* De l'autre côté du miroir *(1872). Mais l'héroïne des deux séries d'aventures est la même, le ton et le style sont les mêmes, l'illustrateur est le même et, pour autant que les souvenirs de l'auteur et ceux de ses premiers destinataires soient fiables, l'origine est commune et contemporaine.*

Carroll a raconté deux fois la genèse de son premier conte. Dans son Journal d'abord[1]*, où, à la date du 4 juillet 1862, il écrit : « J'ai fait une expédition en amont de la rivière* [l'Isis, qui traverse Oxford] *avec Duckworth et les trois petites Liddell, jusqu'à Godstow où nous avons goûté sur la berge. Nous ne fûmes pas de retour à Christ Church avant 8 heures moins le*

---

1. Journal non destiné à la publication, et qui ne fut mis à la disposition du public, dans une version incomplète, qu'en 1953.

quart », et, *le 10 février 1863 il ajoute en face de ces phrases la note suivante : « C'est à cette occasion que je leur racontai le conte des* Aventures d'Alice *sous terre, que je me suis mis en devoir de rédiger à l'intention d'Alice et qui est maintenant terminé (pour ce qui concerne le texte), bien que les illustrations soient loin d'être faites. »* Et vingt-quatre ans plus tard, en avril 1887, dans un article de revue il développe son récit : *« Combien de fois n'avions-nous pas ramé ensemble sur ces flots paisibles, les trois fillettes et moi, qui improvisais un conte à leur intention ! […] Mais aucun de ces contes ne fut jamais rédigé ; ils vivaient et mouraient, comme des éphémères, durant chacun l'espace d'un après-midi tout en or, jusqu'au jour où, par hasard, l'une de mes petites auditrices demanda que le conte fût pour elle mis sur papier. Bien des années ont passé, mais je me rappelle distinctement, à l'heure où j'écris ces lignes, comment, cherchant désespérément un thème féerique original, j'avais, pour commencer, expédié mon héroïne au fond d'un terrier de lapin, sans avoir la moindre idée de ce qui se passerait ensuite. »* Version corroborée par le témoignage de Duckworth, un collègue de Carroll, qui déclara en 1899 au neveu de ce dernier : *« Je ramais à l'arrière et lui à l'avant lors de ce fameux voyage jusqu'à Godstow, au cours des vacances d'été, durant lesquelles nous avions pour passagères les demoiselles Liddell, et l'histoire fut en fait composée et dite* par-dessus mon épaule, *à l'intention d'Alice Liddell, qui dirigeait notre embarcation. Je me rappelle que je tournai la tête et dis : " Dodgson, est-ce là une aventure que vous improvisez ? " Et il me répondit : " Oui, j'invente au fur et à mesure. " Je me*

*rappelle aussi fort bien que, lorsque nous eûmes
ramené les trois fillettes chez elles, Alice dit, en nous
souhaitant une bonne nuit : " Oh ! Monsieur Dodgson, je voudrais bien que vous écriviez pour moi les
aventures d'Alice[1]. " »*

Nous ne disposons pas, pour De l'autre côté du
miroir, *d'informations aussi précises. Le* Journal *est
muet, mis à part ce bref passage, en date du 24 janvier
1867 : « J'ai rendu visite à Doyle* [un dessinateur] *et
nous avons discuté du projet qu'il illustre* Alice [c'est-
à-dire, à cette date, la suite du premier conte]. *Il
semble prêt à s'en charger, mais pas certain de pouvoir
finir avant Noël prochain. Nous n'avons encore rien
fixé. » En revanche Alice Liddell, dans les souvenirs
qu'elle confia oralement à son fils et qui furent publiés
en 1932, affirme que plusieurs des épisodes des
nouvelles aventures d'Alice avaient été contés aux trois
sœurs à l'époque même où Carroll rédigeait le premier
voyage de son héroïne. Et le poème qui ouvre* De
l'autre côté du miroir *avait été composé par Carroll
dès 1863, donc avant la publication du premier conte.*

*On l'a vu par deux citations : il y eut, avant la
publication des* Aventures d'Alice au pays des merveilles *chez l'éditeur Macmillan, une première version
commencée par Carroll, en fait, dès la nuit du 4 au
5 juillet 1862[2]. Cette première version fut terminée, à
en croire le* Journal, *le 10 février 1863. Remis à Alice*

1. Cité dans Stuart D. Collingwood, *The Lewis Carroll Picture-
Book,* Londres, 1899.
2. Dans ses souvenirs de 1932, Alice Liddell assure que ce n'est
que le lendemain de l'expédition sur la rivière, donc le 5 juillet,
qu'elle demanda à Carroll de rédiger l'histoire qu'il avait raconté
le 4.

Liddell *en février 1863, le conte, manuscrit et illustré
par l'auteur, s'intitulait* Les Aventures d'Alice sous
terre[1].

   L'évolution qui mena Carroll des Aventures
d'Alice sous terre *aux* Aventures d'Alice au pays des
merveilles *n'a pas été racontée par lui, et l'on ne peut
que s'en tenir, une fois de plus, aux faits. Ceux-ci
attestent surtout le considérable enrichissement qui se
produisit entre février 1863 et la remise à Macmillan,
dans le courant de l'année 1864[2], du manuscrit de la
version définitive. Certains peuvent être le fruit des
remarques et suggestions faites par les quelques amis
auxquels Carroll avait prêté le manuscrit originel.
Toujours est-il que l'enrichissement — 91 pages pour
la première version, 192 pour la seconde — se traduit
par des additions importantes : les chapitres 6 (« Poivre et Cochon ») et 7 (« Un thé extravagant »), et les
personnages qui les animent; l'allongement de la
rencontre d'Alice avec le Griffon et la Simili-Tortue
ainsi que du procès du Valet de Cœur. En revanche,
sont gommés du texte définitif tous les passages qui
inscrivaient trop clairement l'histoire dans les conditions de son élaboration, et dans le rapport de l'auteur
aux fillettes qui en furent les premières auditrices.
Gommage et enrichissement se complètent : la distance qui sépare le manuscrit de la version imprimée
de 1865 s'accroît suffisamment pour transformer une
histoire qui, pour l'essentiel, fut effectivement racon-*

---

  1. Le manuscrit devait être publié en fac-similé, avec l'autorisation d'Alice Liddell, en 1886.
  2. La date exacte n'est pas connue, mais on sait que Carroll
avait fait imprimer, sur les presses de l'université d'Oxford, un
spécimen complet de son livre dès mai 1864.

tée, en un univers imaginaire qui devient autonome, dans lequel s'accentuent deux traits qui marquent l'originalité essentielle des Aventures d'Alice au pays des merveilles *: la mise en scène du langage et du discours, et les problèmes relatifs à l'identité de l'héroïne.*

De l'autre côté du miroir *ne connut pas semblable évolution-enrichissement. Une partie des thèmes, on l'a vu, a dû apparaître lors de récits faits de vive voix par Carroll en 1862. Dès 1866, Carroll écrit à Macmillan : « Il s'écoulera vraisemblablement quelque temps avant que je me remette à écrire pour publier. J'ai cependant comme une vague idée d'écrire une sorte de suite à* Alice. » *Mais le projet n'a mûri que vers 1867-1868. Ce fut d'abord la visite au dessinateur Richard Doyle, mentionnée plus haut, suivie d'une lettre de janvier 1868 à son éditeur, où Carroll demande à Macmillan : « Avez-vous un moyen quelconque, ou pouvez-vous en trouver un, d'imprimer, dans le prochain volume d'*Alice, une page ou deux* à l'envers? » C'est qu'entre-temps, Carroll a creusé une idée nouvelle, celle du monde à l'envers, qu'il a commencé à tester sur des lecteurs potentiels. Ainsi l'une de ses amies-enfants de l'époque, Alice Raikes, écrivit-elle en 1932 que Carroll, à une époque imprécise mais précédant la publication du deuxième conte, l'avait mise en face d'un miroir, une orange à la main, et lui avait demandé : « " Dis-moi d'abord dans quelle main tu la tiens. — La droite, répondis-je. — Et maintenant, me dit-il, va te placer devant ce miroir, et dis-moi dans quelle main la tient la petite fille que tu y vois. " Après avoir regardé un moment, un peu perplexe, je dis : " La main gauche.*

— *Exactement, me répondit-il, et comment expliques-tu cela ?* " Je ne savais comment l'expliquer, mais comprenant qu'il attendait une solution, je risquai celle-ci : " Si j'étais de l'autre côté du miroir, est-ce que l'orange ne serait pas toujours dans ma main droite ? " Je me rappelle encore son rire. " Bravo, petite Alice, me dit-il. C'est la meilleure réponse que j'ai reçue à ce jour. " »

Les deux contes eurent le même illustrateur : il s'agit de John Tenniel[1], dessinateur et caricaturiste fort connu à l'époque, dont les rapports avec Carroll mériteraient un long développement. (Pour la version manuscrite d'Alice, Carroll avait été son propre illustrateur. Ses dessins, pourtant très originaux, lui parurent, ainsi qu'à ses amis consultés — Ruskin notamment —, naïfs et maladroits.) Dès janvier 1864, on lui fit rencontrer Tenniel, qui accepta en avril. Mais les relations des deux hommes furent difficiles, les exigences et la vigilance de Carroll étant fort mal supportées par l'artiste. Et lorsque vint à l'auteur l'idée d'une suite, on a vu qu'il pensa tout de suite s'adresser à un autre illustrateur. Devant l'échec de ses tentatives, et l'insistance de son éditeur, il finit par se résoudre à solliciter Tenniel, lequel se résigna « à contrecœur ». Les relations empirèrent plutôt qu'elles ne s'améliorèrent, à telle enseigne que Tenniel devait déclarer par la suite : « Avec De l'autre côté du miroir, je perdis toute aptitude à illustrer des livres. » Le lecteur d'aujourd'hui, comme celui de l'époque, n'a nulle raison de s'en soucier : quelque réussies qu'aient pu être les illustrations dues à d'autres artistes (Arthur

1. 1820-1914.

Rackham, notamment), les dessins de Tenniel font partie intégrante du texte de Carroll : il s'y est trop investi pour que Tenniel en assume seul la paternité, et pour qu'on puisse les dissocier du texte lui-même.

Un itinéraire original

Au chapitre IV de David Copperfield, *Dickens fait dire à son héros : « Mon père avait laissé une petite collection de livres dans une chambrette du premier étage à laquelle j'avais accès (car elle était contiguë à ma chambre) et que personne ne dérangeait jamais. De cette chambrette bénie surgirent Roderick Random, Peregrine Pickle, Humphrey Clinker, Tom Jones, le Pasteur de Wakefield, Don Quichotte, Gil Blas, et Robinson Crusoé, armée triomphale, pour me tenir compagnie. Ils sauvèrent de la mort mon imagination et mon espérance en une existence différente de celle que je menais en ce lieu et à cette époque... eux et les Mille et Une Nuits et les Contes des Génies[1]... » La déclaration de David, qui est bien entendu celle de Charles Dickens, rappelle le détournement dont fut victime, ou plutôt bénéficiaire, une bonne partie de la littérature romanesque anglaise du XVIIIe siècle (sans oublier* Don Quichotte *et* Gil Blas *!), écrite pour des adultes, et récupérée, à la fin du siècle, par des enfants qui y trouvèrent leur bonheur à la fois parce qu'elle était, sans que nécessairement leur auteur l'eût voulu*

---

1. *David Copperfield,* chap. 4, traduction de Sylvère Monod, Garnier, 1966.

ou même le sût, faite pour eux, et parce que toute autre lecture adaptée à leur âge leur était alors refusée.

Le sort fait aux deux chefs-d'œuvre de Carroll est inverse. Ils furent écrits pour des enfants, lus pendant plus d'un demi-siècle exclusivement par eux, diffusés largement dans le monde anglophone, sans rencontrer au demeurant, hors d'Angleterre, un succès prodigieux, et connurent cette gloire tranquille des valeurs sûres de la littérature enfantine dont les lecteurs, devenus adultes, gardent un souvenir ému ou amusé. Hors de l'anglophonie, Alice au pays des merveilles *(mais non le second voyage) fut très tôt traduit, à l'initiative de Carroll et de son éditeur, en France et en Allemagne en 1869, et plusieurs « adaptations », furent publiées au début du XXe siècle, qui firent de l'œuvre une balise reconnue par les spécialistes de la littérature pour enfants dans l'éloge qu'ils faisaient généralement de l'apport anglais au genre.*

C'est au début des années trente que tout changea, en France d'abord, aux États-Unis ensuite. Y contribuèrent à coup sûr les préparatifs de la célébration du centenaire de la naissance de Carroll (il était né en 1832), qui devaient déboucher à la fois sur des manifestations émues qui se déroulèrent sur les lieux où Carroll avait vécu, et, en 1933, sur la première grande popularisation cinématographique de l'œuvre carrollienne avec le film de Norman McLeod[1]. Pour une fois, c'est de l'étranger, en l'occurrence la France, que vint l'assaut décisif, et pourtant détourné.

---

1. *Alice in Wonderland,* de Norman Z. McLeod, sur un scénario de Joseph Manckiewicz, avec, entre autres, Gary Cooper, Cary Grant et W. C. Fields... Un premier film avait vu le jour en 1931, mais il fut oublié dès la sortie de la version de McLeod.

En 1929 en effet, Aragon, qui vivait alors, grâce à ses relations avec Nancy Cunard, à proximité d'une colonie anglo-saxonne importante installée à Paris, fit la première traduction française de La Chasse au Snark. Ce ne fut pas un immense succès de librairie — 400 exemplaires seulement en furent tirés par Nancy Cunard sur sa presse à bras — mais l'écho dans le milieu intellectuel fut important, et Aragon lui-même se chargea deux ans plus tard d'en multiplier l'effet en publiant, dans Le Surréalisme au service de la Révolution, un article intitulé « Lewis Carroll en 1931 ». Et d'emblée il fit retentir une note qui jamais n'avait été lancée jusque-là : « Que dire de la singulière entreprise de ce professeur qui met sous les yeux des mioches des poèmes qui flattent le goût de l'enfance pour l'absurdité, sans se préoccuper de leurs devoirs de citoyens britanniques [...] et qui, sournoisement, s'empare pour ses poèmes des rythmes universellement admirés des poésies classiques qu'on leur fait apprendre par cœur, afin que plus tard ces jeunes cervelles ne se retrouvent plus entre le quadrille des homards et Tennyson et Longfellow ? »

Cette note est en réalité double. D'une part, elle introduit dans la critique française, comme accessoire, à vrai dire essentiel, de ce qu'Aragon appelle « la littérature du non-sens », l'absurdité, concept qui deviendra inséparable de tous les discours sur Carroll. D'autre part, en conformité avec les inclinations politiques d'Aragon — et d'André Breton — à l'époque, elle y ajoute une dimension de subversion par l'écrivain de l'univers que les « grandes personnes » tentent d'imposer aux enfants.

Ces deux intuitions formeront désormais partie

intégrante de toutes les analyses françaises de l'œuvre carrollienne[1], tandis que les nouvelles traductions seront faites par des traducteurs eux-mêmes dans la mouvance du surréalisme : André Bay, Jacques Papy, et surtout Henri Parisot qui consacra à Carroll plus de trente ans de sa vie.

Le monde anglo-saxon devait, quant à lui, connaître une évolution différente. Les festivités du centenaire permirent d'interroger les survivantes — elles étaient encore nombreuses — des fillettes que Carroll avait fréquentées et choisies comme destinataires d'innombrables lettres. En 1933 parut un volume de Lettres à des amies-enfants, *préparé par l'une d'elles[2]. On s'aperçut soudain, alors qu'on aurait pu le faire dès le lendemain de la mort de Carroll, en 1899, quand, la première, Isa Bowman publia une partie des lettres qu'elle avait reçues de lui, que les relations qu'il entretenait avec ses correspondantes étaient d'une intensité inattendue, voire insolite. Le « freudisme » étant à la mode, des critiques se lancè-*

---

1. Même Paul Hazard, peu suspect de céder à la contagion surréaliste, rejoint l'une des deux intuitions d'Aragon lorsqu'il écrit dans *Les Livres, les enfants et les hommes* (Flammarion, 1932), à propos de l'humour d'*Alice au pays des merveilles,* et plus précisément du procès du Valet de Cœur : « C'est de la bouffonnerie. Mais ce n'est pas invention pure : il y a des procès que l'on mène de cette façon-là. Nous rions pour quelque raison profonde dont nous sommes à peine conscients, mais qui se réveille en notre esprit ; le trait est caricatural, il n'est pas complètement faux : au contraire, il nous touche par la part de vérité qu'il contient. »

2. Evelyn M. Hatch, *A Selection from the Letters of Lewis Carroll [...] to his child-friends,* Macmillan, Londres, 1933. En tant que tel, le recueil n'a jamais été traduit en français, mais Henri Parisot a publié aux éditions Flammarion, en 1975 et 1976, ces lettres et bien d'autres en deux volumes : *Lettres adressées à des petites filles* et *Lettres adressées à Alice et à quelques autres.*

rent dans la « psychanalyse » de Carroll, faisant
généralement passer au second plan l'œuvre elle-
même.

Ne soyons pas injustes. Le pionnier en ce domaine,
l'Anglais William Empson, s'attacha, lui, à lire Alice
au pays des merveilles, et non « Lewis Carroll », en
s'aidant des analyses de Freud. Ce qui lui permit
d'écrire — le premier, et pour longtemps le seul — :
« Les deux livres traitent si franchement du problème
de la croissance que l'on n'invente pas grand-chose à
les traduire en termes freudiens [1]. » Ce n'est que dans
les années soixante-dix que cette piste fut reprise,
cependant que l'américano-freudisme triomphait à
partir de la publication, en 1945, du livre de Florence
Becker Lennon, Victoria through the Looking-Glass.

La tradition du conte

Il est difficile, en ce milieu des années quatre-vingt-
dix, de conserver sur les voyages d'Alice le regard
simplement émerveillé de la majorité des critiques
anglais, convaincus de trouver dans ces deux
« contes » une sorte d'aboutissement de l'histoire,
étonnante et superbe en effet, de la littérature pour
enfants que nous a donnée la Grande-Bretagne, à
ranger selon eux, comme Peter Pan ou Le Vent dans
les saules [2], parmi les œuvres légèrement excentriques,
ou décentrées, de ce genre estimable mais mineur.

---

1. William Empson, *Some Versions of Pastoral*, Chatto &
Windus, Londres, 1935.
2. Célèbre ouvrage pour enfants (1908) dû à Kenneth Grahame
(1859-1932).

*Mais il n'est pas moins impossible de transformer ces
deux livres en pamphlets ou satires politiques, comme
on aurait pu le déduire d'une lecture hâtive du texte
d'Aragon[1], voire en traité de logique, comme le
laisseraient penser certaines analyses des années
soixante, reprises et développées dans les deux dernières décennies, notamment en France à la suite de la
traduction d'une partie des œuvres logiques de Carroll
et de l'essai de Gilles Deleuze[2].*

*Impossible en tout cas de rejeter d'emblée ce que
Carroll lui-même dit en 1887 des origines des* Aventures d'Alice au pays des merveilles[3]. *Mon intention,
assure-t-il, était d'« explorer un nouveau type de conte
de fées », et cela « pour faire plaisir à une enfant que
j'aimais ». Ce faisant, il restait fidèle à la tradition du
conte de fées, interrompue à l'époque des Lumières
par la croisade menée par l'esprit puritain contre fées,
elfes et lutins, assimilés à des créations diaboliques.
Elle avait été sauvée, quoique infléchie, par des
pédagogues qui croyaient les enfants dignes de lectures
plus adaptées à leur spécificité et à leur développement. Pour ce faire, ces éducateurs, parfois doublés de
commerçants, eurent l'idée de créer des livres, des*

---

1. Au reste Aragon, dans l'article déjà cité, proposait la seule
« synthèse » que je croie acceptable, écrivant : « Il me paraît
impossible de continuer à considérer comme des livres destinés
uniquement aux enfants ces poèmes à tous égards si précieux
comme documents de l'histoire même de la pensée humaine. »

2. Lewis Carroll, *Logique sans peine*, trad. et présenté par Jean
Gattégno, Hermann, 1966 — texte repris et complété dans L.
Carroll, *Œuvres*, Bibliothèque de la Pléiade, 1990 — et Gilles
Deleuze, *Logique du sens*, 1969.

3. Dans « Alice à la scène », voir L. Carroll, *Œuvres*, Pléiade,
p. 247.

jeux, des magazines, mais aussi des ouvrages de vulgarisation, visant un public explicitement enfantin.

Suivit donc une vague de littérature écrite explicitement pour les enfants, empreinte de rousseauisme, et dont les héros étaient généralement eux-mêmes des enfants. Un tel pédagogisme aurait pu provoquer le retour aux erreurs antérieures si n'avait surgi en 1823, grâce à la traduction en anglais des Contes populaires des frères Grimm, *une tout autre voie. L'œuvre des frères Grimm, qui se fondait sur un travail quasi scientifique, permettait de revenir sur le verrouillage auquel avait voulu se livrer l'esprit puritain, et donna naissance en effet à un mouvement « folklorique » — le terme apparaît en 1846, année où les premiers* Contes *d'Andersen sont traduits en anglais — qui culmina une première fois entre 1841 et 1849 avec la publication d'un premier recueil constitué des trésors du folklore et des comptines* (nursery rhymes) *d'Angleterre. La nouvelle tendance fut accentuée, en cette même année 1846, par la publication d'une œuvre totalement marginale, mais décisive dans la définition du* nonsense *anglais : celle d'Edward Lear*[1]*. S'ils sont dominés par le choix d'une forme « populaire », celle du* limerick *— que commente longuement Sylvère Monod dans l'édition préparée par Parisot —, les poèmes de Lear sont en réalité beaucoup plus importants par leur parti pris résolu d'absurdité, explicité par les titres que Lear donna à ses différents recueils, où apparaît toujours le terme de* nonsense.

---

1. Edward Lear, *Poèmes sans sens,* trad. Henri Parisot, Mercure de France, 1968.

Revenons à la déclaration faite par Carroll en 1887. Il précise donc que son intention était de rester dans le cadre du féerique traditionnel, puisqu'il s'agissait simplement, pour commencer, d'expédier son héroïne dans le terrier d'un lapin. On est donc bien, à ce stade, dans l'univers du merveilleux : qu'une petite fille puisse suivre un lapin au fond de son terrier, l'entendre parler et comprendre son langage renvoie au seul monde — à une époque où la science-fiction n'existe pas — où tout est possible, où la frontière même entre possible et impossible ne se conçoit pas en termes de réalité. De la même façon, il n'y a rien de nouveau à ce que le héros du conte soit une enfant : ce fut là, on l'a dit, un des résultats du rousseauisme triomphant au tournant du XIXe siècle.

Est en revanche nouvelle la position semi-critique dans laquelle, dès l'ouverture du conte, se trouve l'héroïne et dont Carroll s'assure, par une redondance elle-même remarquable, qu'elle a bien été perçue par le lecteur. Au troisième paragraphe du premier chapitre, en effet, Alice voit surgir le Lapin, et la vision provoque une double réaction : chez le narrateur, d'abord, qui commente : « Ceci n'avait rien de particulièrement remarquable », dénégation caractéristique qui est reprise dans le discours indirect prêté à Alice : « Et Alice ne trouva pas non plus tellement bizarre... » puis, pour que rien n'échappe au lecteur, inscrite par une parenthèse dans le temps de l'écriture, pour y être cette fois-ci dévoilée : « (Lorsqu'elle y réfléchit par la suite, il lui vint à l'esprit qu'elle aurait dû s'en étonner, mais, sur le moment, cela lui sembla tout naturel.) » Mais ce n'est pas tout, et, une quatrième fois, Carroll souligne ce que j'ai appelé le décentrage par rapport au merveilleux traditionnel en redonnant la parole à Alice, complètement lucide cette fois-ci : « Cependant, lorsque le Lapin tira bel et bien une montre de la poche de son gilet, regarda l'heure et se mit à courir de plus belle, Alice se dressa d'un bond, car, tout à coup, l'idée lui était venue qu'elle n'avait jamais vu de lapin pourvu d'une poche de gilet, ni d'une montre à tirer de cette poche. »

Ainsi le merveilleux, qui a pour corollaire habituel de rendre tout « possible », donc « naturel », laisse place, ici, à la surprise — une surprise partielle, à dire vrai, puisque Alice trouve insolite la tenue vestimentaire du Lapin, mais nullement qu'elle puisse comprendre son langage ! Il en ira de même dans bien d'autres épisodes, par exemple la rencontre avec le Chat, dont le sourire lui fait dire que « c'est la chose la plus curieuse que j'aie jamais vue de ma vie ». Il est clair pourtant que la surprise ne vise pas à détruire le merveilleux, mais simplement à permettre une dérive progressive du conte de fées vers autre chose, dont la nature n'apparaîtra que progressivement.

Très vite Carroll accentue le décalage de son conte par rapport aux contes de nourrice en lui donnant une coloration que même les comptines « farfelues » ou les limericks de Lear n'affichaient pas : la mise en question du langage en tant que tel. C'est dès le troisième chapitre que l'innovation apparaît. La Souris est en train de raconter une histoire fort ennuyeuse, qu'Alice écoute d'une oreille distraite, jusqu'à ce que son attention soit éveillée par un dysfonctionnement (apparent) de la langue, portant en anglais sur l'explétif « it », chargé très classiquement d'annoncer une proposition complétive, mais qui est compris par l'auditoire comme un pronom dont l'antécédent aurait disparu. La Souris disait : « et Stigand lui-même, archevêque de Canterbury, bien connu pour son patriotisme, trouvant cela opportun », quand le Canard l'interrompit : « Trouvant quoi ? », provoquant une réponse en effet énigmatique de la Souris : « Trouvant cela, *répondit la Souris d'un ton plutôt maussade. Je suppose que tu sais ce que* cela *veut dire. » À quoi le Canard, lançant le bouchon un peu plus loin, rétorque : « Je sais ce que " cela " veut dire quand c'est moi qui le trouve […]. C'est généralement une grenouille ou un ver. La question est de savoir ce que trouva l'archevêque. » Et c'est l'impasse.*

Ce passage, ajouté par Carroll au moment de la préparation de la version définitive des Aventures d'Alice, *transforme la narration : le conte n'est plus seulement un récit, il est aussi la mise en perspective d'un langage qui, lui-même source d'insolite, constitue un des éléments du « nouveau merveilleux » que Carroll crée. Et comme la mise en question du langage s'augmente rapidement — dès la rencontre d'Alice avec le Pigeon, au chapitre 5 — d'une mise en cause du raisonnement logique traditionnel, va naître, de la conjonction de deux éléments narratifs jusque-là inconnus dans le conte, la variété de* nonsense *propre à Carroll, élément étranger dont l'intrusion dans le genre le bouleverse.*

Et le bouleversement ne s'arrête pas là. Lorsqu'en 1890 Carroll fait paraître son Alice *racontée aux tout-petits, version très condensée, illustrée et coloriée, des premières aventures d'Alice, il la fait commencer ainsi : « Il était une fois une petite fille qui s'appelait Alice : et cette petite fille fit un rêve très curieux. » Or*

dans Les Aventures d'Alice au pays des merveilles, *il
faut attendre l'extrême fin pour avoir la clef — l'une
des clefs — de tout ce qui a précédé : « Alice, ma
chérie, réveille-toi ! lui dit sa sœur. Comme tu as
dormi longtemps ! », à quoi Alice réplique : « Oh
quel rêve bizarre je viens de faire ! » Mais la révélation
qui nous est faite, et qui pourrait en théorie nuire au
statut, donc au pouvoir, du conte, en accroît au
contraire la force par la confirmation qu'elle apporte,
rétrospectivement, d'une intuition que le lecteur avait
vraisemblablement eue. Car pour reprendre la formule d'un critique anglais de l'entre-deux-guerres, le
triomphe de Carroll, dans les deux voyages d'Alice,
consiste à faire en sorte que ce qui sera, au terme de
chacun d'entre eux, présenté explicitement comme un
rêve, paraisse constamment être un rêve*[1].

*S'agissant d'*Alice au pays des merveilles, *le point
de départ même du conte : chaleur, fatigue d'Alice,
somnolence, renvoie clairement à un état préoniri-
que. Et le déroulement du récit, avec sa discontinuité
qui fait se succéder les aventures de l'héroïne moins
selon une logique narrative que par association
d'images ou d'idées ; l'instabilité des choses et des
êtres, dont les changements de taille d'Alice et son
identité vacillante, ainsi que les métamorphoses des*

---

1. L'un des périodiques spécialisés dans la littérature pour
enfants écrivit, au moment de la publication des *Aventures d'Alice
au pays des merveilles* : « Il s'agit d'une histoire bâtie comme un
rêve, mais qui peut fabriquer de sang-froid un rêve, avec ses tours
et ses détours, ses liens inattendus et ses inconséquences, ses
passages qui ne conduisent nulle part, et au terme duquel le
diligent pèlerin du Sommeil n'arrive jamais ? » Ce ne serait pas
mal vu, si le systématisme n'était à l'œuvre : le conte de Carroll
n'est pas réductible à cette « histoire bâtie comme un rêve ».

autres personnages sont les signes, renforce cette impression.

De l'autre côté du miroir, *à cet égard, ne diffère d'*Alice au pays des merveilles *qu'en apparence : le point de départ du voyage semble très « volontariste », Alice décidant d'aller explorer la « Maison du Miroir » au lieu, comme dans l'exemple du Lapin, d'y être attirée. Pure apparence en vérité : comme dans ses premières aventures, Alice est « blottie en boule dans un coin du grand fauteuil, toute somnolente et se faisant de vagues discours » ; et le vrai point de départ du voyage, c'est le jeu du « faire semblant » auquel elle se livre, et qui lui permet, comme le dénouement en confirmera la « vérité », de dire à sa chatte : « Faisons semblant que tu sois la Reine Rouge ! » ; cependant que l'entrée dans la Maison du Miroir s'opère selon un procédé typiquement onirique — annonçant les fondus-enchaînés du cinéma —, le verre devenant « aussi mou que de la gaze » avant de disparaître bel et bien « exactement comme une brume d'argent brillante ».*

*Dans les deux contes, de surcroît, s'ajoute à ces éléments oniriques une logique particulière, qui est bien celle du rêve : les choses apparaissent ou disparaissent en fonction du désir d'Alice, qu'il soit explicite, comme dans sa rencontre avec la Reine Rouge, quand elle exprime le souhait de participer à la partie d'échecs, ou implicite, comme dans l'épisode du jardin, au début d'*Alice au pays des merveilles, *lorsque Alice, désireuse d'y entrer et empêchée de le faire par ses changements de taille successifs, voit, avec les gants du Lapin, surgir la solution qu'elle désirait ardemment.*

Dans les libertés qu'il prend avec le conte traditionnel, Carroll franchit un degré supplémentaire, en
suggérant qu'Alice est peut-être, au fond, consciente
qu'elle rêve. Ainsi, tombant au fond du terrier, « *Elle
sentit qu'elle s'endormait pour de bon, et elle venait de
commencer à rêver qu'elle marchait avec Dinah* »,
formule à laquelle répond en écho, au dénouement du
premier conte, le monologue intérieur de sa sœur, qui
se met « *à rêver tout éveillée* », formule plus explicite
encore dans la version manuscrite du conte, où
Carroll écrit que la sœur d'Alice « *pensa (dans un rêve
à l'intérieur de son rêve, en fait)* ». Rêve dans le rêve
dans le rêve, on n'en sort pas ; ouverture, plutôt, d'une
possibilité de régression infinie du rêve, un emboîte-
ment de rêves inscrits les uns dans les autres, qui pose,
nettement mais subtilement, la question des rapports
du rêve et de la réalité, question parfaitement étrangère
à l'univers du merveilleux.

Un nouveau type de conte de fées

Ainsi Carroll propose-t-il à ses lecteurs un type de
conte profondément renouvelé dans sa forme,
l'emballage, en quelque sorte, pouvant un temps
donner le change. Mais il s'agit bien de ce que, dans sa
préface à Un conte embrouillé[1], *il appelle le* « *médi-
cament qu'on tente, avec tant d'habileté et si peu de
succès, de dissimuler sous la confiture de notre petite
enfance* ». Car si la forme change, c'est parce que le

---

1. L. Carroll, *Un conte embrouillé,* dans *Œuvres*, Pléiade,
p. 1406.

conte carrollien poursuit un autre objectif, ou plutôt répond à une autre nécessité : tout centrer sur l'enfant et l'enfance.

Le conte, qu'il fasse ou non apparaître des fées, est essentiellement pédagogique et, quand il s'adresse aux enfants, vise à leur permettre de trouver leur place dans une société d'adultes dont ils devront un jour être membres à part entière. Carroll, dans ses contes, ne rompt pas clairement avec la tradition qui fait des valeurs adultes l'étalon et la clef à la fois des difficultés d'intégration de l'enfant ou de l'adolescent. Il en instaure pourtant une autre, où les valeurs de l'enfance deviennent le nouvel étalon. Le regard d'Alice, pour le dire brièvement, est la mesure du monde des adultes qu'il lui est donné de découvrir.

Disant cela, je ne renvoie pas seulement à la dimension satirique des voyages d'Alice qu'Aragon avait relevée : peinture critique d'une certaine société victorienne, celle qui dans les bonnes familles entoure et enferme le petit enfant dans les rets des conventions, des bonnes manières et d'une morale fondée sur le strict respect des valeurs adultes. La satire de l'éducation victorienne, dont les souvenirs du Griffon et de la Simili-Tortue donnent l'esprit, va plus loin qu'un regard amusé : les adultes, disait déjà William Empson, peuvent y voir la critique d'une éducation empreinte de snobisme, mais les enfants y verront la condamnation de toute forme d'éducation. Il en va de même pour le Procès du Valet de Cœur : « la condamnation d'abord, le jugement ensuite ! » est à la fois, pour un adulte, la mise en évidence des risques que fait courir à la justice l'oubli des « vraies valeurs », et, du point de vue d'un enfant, la contestation des compor-

tements répressifs des gouvernantes ou maîtres d'école, pour qui il faut d'abord obéir, ensuite comprendre. Cette satire-là me paraît aller plus loin que celle qu'Aragon et les surréalistes ont cru pouvoir lire dans Alice au pays des merveilles *(ou* La Chasse au Snark*) : Aragon pour qui « la liberté humaine », bafouée par « l'ironique comptabilité du plaisir et de la douleur préconisée par Bentham » et le défi représenté par la théorie du libre-échange, reposait tout entière « dans les frêles mains d'Alice, où l'avait placée ce curieux homme [qui] montrait aux hommes l'absurdité d'un monde qui n'est que de l'autre côté du miroir*[1]. »

En fait, ce que Carroll donne à voir, par un renversement qui aujourd'hui surprend moins qu'il n'a pu le faire en 1865, c'est certes une galerie de personnages dans laquelle se mire une société typée, mais c'est surtout l'univers qui appartient en propre à Alice et qui en est « l'autre côté », qu'il s'agisse des valeurs sociales ou morales, du fonctionnement des codes langagiers ou même de psychologie. Ce qui paraît à Alice « absurde » (nonsense) : *les « morales » de la Duchesse, les maximes de la Reine Rouge, et même les conseils avisés de Gros Coco* (Humpty-Dumpty) *ou du Cavalier Blanc, constitue la vision enfantine d'un monde d'adultes, face auquel c'est l'enfant qui détient la sagesse, la justice et la vérité.*

De ce point de vue Carroll reste pédagogue : mais c'est nous qu'il enseigne, tout autant que son héroïne. Pour elle, il s'agit essentiellement de vivre par antici-

---

1. Aragon, *Le Surréalisme au service de la Révolution*, op. cit.

*pation — elle est censée avoir sept ans et demi — une
étape inévitable de son évolution, qui lui fera prendre
ses distances, en situation de crise, par rapport à sa
famille, l'école, etc. ; et la solution se dessine dans les
deux « réveils » par lesquels se terminent ses aventures : c'était un mauvais rêve, tout ira bien... Mais la
lecture d'un adulte est inévitablement différente : pour
lui, c'est l'étrangeté de l'enfant qui apparaît. Tout est
dit, à cet égard, dans le bref dialogue d'Alice et de la
Licorne, au chapitre 7 de* De l'autre côté du miroir,
*après que la Licorne a « découvert » en Alice une
petite fille : « J'avais toujours cru que c'étaient des
monstres fabuleux ! » — à quoi Alice rétorque : « Moi
aussi, voyez-vous, j'avais toujours cru que les
Licornes étaient des monstres fabuleux ! », d'où sur-
git, nécessaire, la conclusion tirée par la Licorne :
« Eh bien, maintenant que nous nous sommes vues, si
tu crois en moi, je croirai en toi. »*

*Si les contes tendent tous à faciliter l'intégration de
l'enfant à la société adulte, en la présentant comme un
processus difficile mais dont l'issue est en quelque
sorte garantie, les deux voyages d'Alice s'écartent
légèrement de ce modèle. Certes, le terme de l'histoire
est bien la « victoire » d'Alice sur les difficultés qui
l'ont assaillie, et l'héroïne rejoint bien les adultes qui
voulaient l'opprimer, affirmant d'un revers de main sa
supériorité sur la Reine de Cœur dans le premier
voyage, devenant l'égale des Reines Rouge et Blanche
dans le second. Mais la relation qu'au cours de ses
voyages Alice entretient avec la société adulte, dont la
plupart des personnages qu'elle rencontre constituent
des porte-parole, est fort différente. Alice, du seul fait
de son apparition dans un monde qui ne l'attendait*

pas, en devient le centre réel. L'attestent déjà les réactions qu'elle déclenche chez ses partenaires, pour lesquels elle est un objet d'inquiétude (le Pigeon, le petit chien, le Faon), d'étonnement (la Licorne, le Lapin Blanc) ou d'exaspération (pratiquement tous les autres personnages). Mais ces réactions renvoient elles-mêmes à une construction du conte tout à fait particulière : passant d'une scène à une autre, Alice donne l'impression de créer, plutôt que de découvrir, chacun des épisodes de ses aventures. Quelque chose se passe, ou plutôt commence, quand Alice entre en scène, comme si son regard avait le pouvoir de déclencher le mécanisme d'une boîte à musique : les personnages se mettent en branle, et s'interrompent, ou reprennent « à la case départ », dès qu'elle a détourné les yeux. Mieux encore, elle crée les personnages qu'elle va rencontrer et presque les événements qui vont leur arriver : ainsi le permet le cadre onirique prêté par Carroll aux deux voyages, tandis que les emprunts à des comptines dont le texte est connu d'Alice comme de ses lecteurs enfants permettent une forme de programmation du déroulement des événements. De l'autre côté du miroir *fournit deux exemples très clairs de cette programmation : les rencontres d'Alice avec Bonnet Blanc et Blanc Bonnet (Tweedledum et Tweedledee) puis avec le Gros Coco (Humpty-Dumpty).*

Les aventures d'Alice ne sont donc pas seulement des voyages initiatiques dont « grandir » serait le thème central et au cours desquels, descendant en soi, l'héroïne découvrirait le sens du monde extérieur. Elles présentent, et constituent pour elle, un monde dont elle est le centre, la reine en vérité*. Pour elle*

*comme pour le lecteur, le « sens » du conte est autant
une découverte de soi — de l'Enfance — que de la
société adulte avec laquelle il lui faudra, comme tout
enfant, à tout le moins coexister. Ainsi s'explique que
l'on trouve dans* Les aventures d'Alice au pays des
merveilles *et* De l'autre côté du miroir *une peinture de
l'enfance aussi riche que vraie. Alice découvre certains
aspects du monde des adultes, mais nous, lecteurs,
nous découvrons à travers ses aventures des traits
permanents de l'enfance, la représentation de la « per-
sonnalité enfantine » et de sa construction dans le
temps. C'est là que réside sans doute l'innovation la
plus radicale dans la conception que Carroll se fait de
la littérature pour enfants : installer l'enfant dans un
univers dont il est le centre, et permettre aux adultes
d'y lire ce qu'ils ont oublié d'eux-mêmes. Textes
destinés à des enfants,* Alice au pays des merveilles *et*
De l'autre côté du miroir *les aident moins à comprendre le monde adulte qu'ils ne les aident à se comprendre eux-mêmes, cependant qu'aux adultes ils renvoient
l'image de ce qui fut leur enfance et qui reste
l'Enfance.*

*Comme si cette originalité ne suffisait pas, Carroll
en ajoute une autre, plus radicale encore. Chacune des
rencontres d'Alice avec l'un des personnages des deux
pays qu'elle visite est un examen qu'elle passe — le mot
figure dans* De l'autre côté du miroir *— et dont, pour
avoir le droit de poursuivre, il faut qu'elle sorte
victorieuse. Mais, et là réside l'innovation, chacune est
de surcroît un affrontement avec le langage : affrontement simple quand il s'agit de réciter un texte supposé
connu (poème ou comptine), mais que la parodie,
présentée comme involontaire, transforme complète-*

ment; plus complexe quand le sens des mots et des locutions de tous les jours est en cause; totalement déconcertant quand c'est la structure du raisonnement qui devient une énigme.

À cet égard les efforts de Carroll, avant même qu'il ne fasse du langage et de la logique les objets privilégiés de ses réflexions, s'inscrivent à la fois dans sa recherche consciente d'un nouveau type de conte pour enfants, et dans sa conviction que le langage est chose trop sérieuse pour que ne soit pas commencée très tôt, à son sujet, l'éducation des enfants. Et dans l'œuvre cela commence fort tôt, en vérité, puisque Alice se heurte dès le début du premier chapitre de ses aventures à un « problème de langage », puis, si j'ose dire, à un « problème de discours » : d'abord lorsqu'elle remplace le terme « antipodes », faisant alors proprement un calembour, par « antipattes[1] »; et, dans le paragraphe suivant, lorsqu'elle se pose, inconsciemment, la question de savoir si « $a = b$ » est identique à « $b = a$ » à partir de la formule « est-ce que les chats mangent les chauves-souris ? » Les deux chapitres suivants font apparaître deux nouveaux « problèmes » : avec la parodie d'un poème célèbre, où « Petite abeille... » se change en « petit crocodile », c'est l'effacement du sens derrière le rythme, cependant qu'avec les divagations auxquelles donne lieu sa confusion entre l'histoire (tale) que raconte la souris et sa queue (tail) qui la fascine, ce sont les jeux de mots au sens large qui commencent.

Il n'est pas nécessaire de poursuivre l'énumération,

---

1. Mot choisi par Jacques Papy pour rendre l'anglais *antipathies,* dont la prononciation fait en effet calembour avec *antipodes.*

les textes sont explicites [1]. *Ce qui l'est peut-être moins, c'est l'effet ravageur que produit sur la communication entre Alice et les autres personnages cette instabilité permanente des mots ou expressions les plus courants et des textes les plus connus. Car les calembours et jeux de mots, tout de même que les parodies, innombrables, ne sont pas seulement des procédés comiques qui, comme le remarque Freud, nous permettent de retrouver certaines des joies perdues de notre enfance. Ils sont aussi, pour Alice, un moyen de se rendre compte que, faute d'univocité, le langage est un outil trop imparfait pour être utile au dialogue.*

Carroll ne se contente pas de nous proposer ce constat. Sa volonté, dès ces premières œuvres, est de nous convaincre que les mots, matériau éminemment malléable, peuvent être librement, donc arbitrairement, combinés, par exemple en calembours ou équivoques, pour produire un effet de sens, ou plutôt de nonsense. *Volonté qui est formalisée par l'une des plus célèbres citations carrolliennes, mise dans la bouche du Gros Coco :* « Quand moi, j'emploie un mot, déclara le Gros Coco d'un ton assez dédaigneux, il veut dire exactement ce qu'il me plaît qu'il veuille dire... ni plus ni moins [car] la question est de savoir qui sera le maître, un point c'est tout. » *Formule qui devient théorie trente ans plus tard lorsque, dans une* « Adresse aux spécialistes » *contenue dans sa* Logique symbolique, *Carroll écrit :* « Je soutiens [...] que tout écrivain a le droit absolu d'attribuer le sens qu'il veut à tout mot, ou à toute expression, qu'il entend

---

1. Même si la tâche du traducteur est surhumaine... Les notes, ici, sont indispensables.

employer. *Si je rencontre un auteur qui, au commencement de son livre, déclare :* " *Qu'il soit bien entendu que par le mot* blanc *j'entendrai toujours* noir*, et par le mot* noir*, j'entendrai toujours* blanc *", j'accepterai humblement la règle ainsi formulée, quand bien même je la jugerais contraire au bon sens* [1]. » *La dissociation ainsi opérée entre signifiant et signifié peut d'ailleurs s'exprimer autrement, comme dans le chapitre « Un thé extravagant », où, surprise que la montre du Chapelier indique le mois et non l'heure, Alice s'entend répliquer : « Pourquoi indiquerait-elle l'heure ? [...] Est-ce que ta montre à toi t'indique l'année où l'on est ? » Et, comme elle objecte « Bien sûr que non, [...] mais c'est parce qu'elle reste dans la même année pendant très longtemps », le Chapelier rétorque « Ce qui est exactement le cas de ma montre. » Et Carroll de conclure : « Alice se sentit terriblement déconcertée : cette remarque semblait n'avoir aucun sens, et pourtant elle était exprimée en bon anglais* [2]. » *Attention aux structures qui l'emporte sur l'attention au sens, ou plutôt qui dispense de toute attention au sens* [3].

1. L. Carroll, *Œuvres*, Pléiade, p. 1593.
2. J'ai dû, pour rester fidèle au texte de Carroll, prendre la liberté de modifier la traduction de Jacques Papy, qui terminait la phrase sur « n'avoir aucun sens ».
3. Et je résumerai le tout en reprenant la formule que lança un de ses collègues (Thomas Banks Strong) peu après la mort de Carroll : « Il essayait de donner aux mots un sens strictement défini, comme s'il s'agissait de symboles mathématiques, et il s'efforçait de systématiser les diverses inférences qu'il pouvait en tirer. Un mot, pour lui, n'avait pas seulement un sens positif et direct ; il fournissait également des renseignements négatifs, et de nature variée. [...] Cette attitude le conduisait tout naturellement à concevoir les phrases comme de simples formes, dont le contenu n'importait en rien. »

D'une certaine façon, le discours et le raisonnement logique sont l'objet du même constat et victimes du même effet destructeur. En témoigne, par exemple, le raisonnement logique bâti autour de la décapitation du Chat exigée par la Reine de Cœur : « *Le bourreau déclara qu'il était impossible de couper une tête s'il n'y avait pas un corps dont on pût la séparer, qu'il n'avait jamais rien fait de semblable jusqu'à présent, et qu'il n'allait sûrement pas commencer à son âge. Le Roi déclarait que tout ce qui avait une tête pouvait être décapité, et qu'il ne fallait pas raconter de bêtises. La Reine déclarait que si on ne prenait pas une décision en un rien de temps, elle ferait exécuter tout le monde autour d'elle.* » *Les deux premiers points de vue exprimés contiennent deux syllogismes implicites :* « *1. Décapiter, c'est détacher la tête du corps ; or ce chat n'a pas de tête ; donc je ne peux le décapiter. 2. Décapiter, c'est couper une tête ; or ce chat a une tête ; donc vous pouvez le décapiter.* » *S'ils ne* « *communiquent* » *pas l'un avec l'autre, et conduisent presque inévitablement, mais sur le terrain pragmatique, à la conclusion énoncée par la Reine de Cœur, c'est qu'il aurait fallu un accord préalable sur le sens de* « *décapiter* » *(en anglais :* « *off with his head !* » *). Faute qu'il ait été conclu, chaque phrase a par elle-même un sens, mais la combinaison des deux n'en a pas.*

Dans l'ensemble de ces innovations, qui déplacent le conte féerique traditionnel vers quelque chose qui n'avait jamais encore été expérimenté, on aura reconnu ce nonsense, *qui, lancé véritablement par Edward Lear, va connaître grâce à Carroll une expansion considérable. Jeux de mots, jeux de dis-*

cours, jeux de logique, *le* nonsense *carrollien brasse
allégrement ces ingrédients divers, les saupoudre d'un
peu de rêve, d'une pincée de sentiment — la rencontre
d'Alice et du Cavalier Blanc, dans* De l'autre côté du
miroir, *en est le seul exemple — et nous sert un plat
tout neuf, auquel on ne connaît pas de devancier.*

*On ne lui connaît pas davantage de successeurs. Il
écrivait pourtant, dans sa préface à* Sylvie et Bruno [1] :
« *Je ne sais si* Alice au pays des merveilles *était
effectivement une histoire* originale — *du moins en
l'écrivant n'ai-je* consciemment *imité personne —,
mais ce que je sais, c'est que depuis sa publication l'on
a vu paraître une bonne dizaine de contes construits
selon un schéma identique.* » *Mais aucun de ces contes
n'a survécu, et personne, depuis, n'a eu la témérité, ou
tout simplement l'inspiration, de suivre ce qu'il appelait, dans la même préface, la* « voie [qu'il avait]
timidement explorée ». *Je vois à cela une raison au
moins : Carroll, s'il n'était manifestement pas
l'homme d'un seul livre, fût-ce en deux épisodes, était
peut-être l'homme d'un seul problème : celui de la
place de l'enfance — et de sa place à lui — dans un
univers d'adultes. Les conditions mêmes de la création
initiale d'Alice, la narration improvisée dans la barque qui remontait l'Isis, tellement surprenante qu'elle
motiva la question déjà citée de son collègue Duckworth :* « Dodgson, est-ce là un conte que vous
improvisez ? », *nous renvoient bien à une expression
suffisamment spontanée pour qu'on puisse y lire la
traduction d'un problème profondément ressenti. Il
n'est pas nécessaire de se demander si Alice est ou non*

---

1. Voir L. Carroll, *Œuvres*, Pléiade, p. 406.

Charles Dodgson : il suffit de comprendre qu'à tra-
vers Alice, c'est Charles Dodgson qui nous parle. Et
s'il en est ainsi, comment ne pas supposer qu'une telle
confidence, faite à haute voix puis retranscrite sur le
papier avant d'être livrée au public, a pu libérer
Carroll des conflits potentiels ou réels auxquels elle
renvoyait ? qu'il lui est devenu par la suite impossible
de présenter avec autant de spontanéité des problèmes
qu'il avait au moins en partie liquidés en les exposant ?
En recourant à un langage trop marqué sans doute par
une psychanalyse vulgaire, on pourrait dire que
Carroll a pu écrire les deux voyages d'Alice comme il
l'a fait tant qu'il était obsédé par les problèmes de
l'enfance. Mais que, une fois délivré de leur poids, il
pouvait certes tenter de provoquer artificiellement la
sorte d'extase qu'il avait une fois, et sans doute
involontairement, ressentie, mais que la rencontre
miraculeuse entre des dons de conteur et d'écrivain et
la perception de l'intérieur d'une condition éminem-
ment particulière : celle de l'enfant dans le monde des
adultes, était devenue impossible.

Carroll devenait alors un écrivain-pour-enfants
comme les autres. Mais aucun autre écrivain ne
pouvait, sans avoir vécu une expérience personnelle
analogue, retrouver les conditions dans lesquelles
Alice au pays des merveilles *et* De l'autre côté du
miroir *avaient été élaborés. C'est de cette rencontre,*
j'en suis convaincu, que naissent certaines œuvres
uniques — Peter Pan en est, pour la littérature
anglaise, un autre exemple probant —, sans précur-
seur ni successeur. Faut-il vraiment le regretter ?

JEAN GATTÉGNO
11 mai 1994

Les Aventures d'Alice
au pays des merveilles

Dans cette après-midi dorée,
　　Sur l'eau nous glissons à loisir ;
De petits bras tiennent les rames
　　Qu'ils ont bien du mal à saisir,
De faibles mains en vain prétendent
　　Nous guider selon leur désir.

Las ! Les Trois Sœurs impitoyables,
　　Sans souci du brûlant soleil,
De moi exigent une histoire,
　　Alors que j'incline au sommeil !
Se pourrait-il que je résiste
　　À ces trois visages vermeils ?

Prima, impérieuse, me somme
　　De « commencer sans plus tarder ».
Secunda, plus gentille, espère
　　« Beaucoup, beaucoup d'absurdités »
Et Tertia interrompt le conte
　　À chaque instant, pour questionner.

Bientôt, réduites au silence,
　　Toutes trois suivent, en rêvant,

L'enfant au Pays des Merveilles
  Où tout est si extravagant,
Où l'on bavarde avec les bêtes...
  Elles y croient, assurément...

Et chaque fois que cette histoire
  Laissait le narrateur sans voix,
Et qu'il essayait de leur dire :
  « La suite à la prochaine fois »,
« La prochaine fois, nous y sommes ! »
  S'écriaient-elles toutes trois.

Ainsi l'histoire merveilleuse
  Fut créée petit à petit...
Tous ses événements bizarres
  Ont pris forme et sont bien finis ;
Tandis que le soleil se couche,
  Nous voguons vers notre logis.

Prends cette histoire, chère Alice !
  Place-la, de ta douce main,
Là où les rêves de l'Enfance
  Reposent, lorsqu'ils ont pris fin,
Comme des guirlandes fanées
  Cueillies en un pays lointain.

CHAPITRE 1

DANS LE TERRIER
DU LAPIN

Alice commençait à se sentir très lasse de rester assise à côté de sa sœur, sur le talus, et de n'avoir rien à faire : une fois ou deux, elle avait jeté un coup d'œil sur le livre que sa sœur lisait, mais il ne contenait ni images ni conversations, « et, se disait Alice, à quoi peut bien servir un livre où il n'y a ni images ni conversations ? »

Elle se demandait (dans la mesure où elle était capable de réfléchir, car elle se sentait tout endormie et toute stupide à cause de la chaleur) si le plaisir de tresser une guirlande de pâquerettes vaudrait la peine de se lever et d'aller cueillir les pâquerettes, lorsque, brusquement, un Lapin Blanc aux yeux roses passa en courant tout près d'elle.

Ceci n'avait rien de particulièrement remarquable ; et Alice ne trouva pas non plus tellement bizarre d'entendre le Lapin se dire à mi-voix : « Oh, mon Dieu ! Oh, mon Dieu ! Je vais être en retard ! » (Lorsqu'elle y réfléchit par la suite, il lui vint à l'esprit qu'elle aurait dû s'en étonner, mais, sur le moment, cela lui sembla tout naturel.) Cependant, lorsque le Lapin *tira bel et bien une montre de la*

poche de son gilet, regarda l'heure, et se mit à courir
de plus belle, Alice se dressa d'un bond, car, tout à
coup, l'idée lui était venue qu'elle n'avait jamais vu
de lapin pourvu d'une poche de gilet, ni d'une
montre à tirer de cette poche. Dévorée de curiosité,
elle traversa le champ en courant à sa poursuite, et
eut la chance d'arriver juste à temps pour le voir
s'enfoncer comme une flèche dans un énorme terrier
placé sous la haie.

Un instant plus tard, elle y pénétrait à son tour,
sans se demander une seule fois comment diable elle
pourrait bien en sortir.

Pendant un certain temps, elle marcha droit devant
elle dans le terrier comme dans un tunnel ; puis le sol
s'abaissa brusquement, si brusquement qu'Alice,
avant d'avoir pu songer à s'arrêter, s'aperçut qu'elle
tombait dans un puits très profond.

Soit que le puits fût très profond, soit que la fillette

tombât très lentement, elle s'aperçut qu'elle avait le temps, tout en descendant, de regarder autour d'elle et de se demander ce qui allait se passer. D'abord, elle essaya de regarder en bas pour voir où elle allait arriver, mais il faisait trop noir pour qu'elle pût rien distinguer. Ensuite, elle examina les parois du puits, et remarqua qu'elles étaient garnies de placards et d'étagères ; par endroits, des cartes de géographie et des tableaux se trouvaient accrochés à des pitons. En passant, elle prit un pot sur une étagère ; il portait une étiquette sur laquelle on lisait : CONFITURE D'ORANGES, mais, à la grande déception d'Alice, il était vide. Elle ne voulut pas le laisser tomber de peur de tuer quelqu'un et elle s'arrangea pour le poser dans un placard devant lequel elle passait, tout en tombant.

« Ma foi ! songea-t-elle, après une chute pareille, ça me sera bien égal, quand je serai à la maison, de dégringoler dans l'escalier ! Ce qu'on va me trouver courageuse ! Ma parole, même si je tombais du haut du toit, je n'en parlerais à personne ! » (Supposition des plus vraisemblables, en effet.)

Plus bas, encore plus bas, toujours plus bas. Est-ce que cette chute ne finirait jamais ? « Je me demande combien de kilomètres j'ai pu parcourir ? » dit-elle à haute voix. « Je ne dois pas être bien loin du centre de la terre. Voyons : ça ferait une chute de six à sept kilomètres, du moins je le crois... » (car, voyez-vous, Alice avait appris en classe pas mal de choses de ce genre, et, quoique le moment fût mal choisi pour faire parade de ses connaissances puisqu'il n'y avait personne pour l'écouter, c'était pourtant un bon exercice que de répéter tout cela) « ... Oui, ça doit être la distance exacte... mais, par exemple, je me demande à quelle latitude et à quelle longitude je me trouve ? » (Alice n'avait pas la moindre idée de ce qu'était la latitude, pas plus d'ailleurs que la longitude, mais elle jugeait que c'étaient de très jolis mots, des mots superbes.)

Bientôt, elle recommença : « Je me demande si je vais traverser la terre d'un bout à l'autre ! Ça sera rudement drôle d'arriver au milieu de ces gens qui marchent la tête en bas ! On les appelle les Anti-pattes [1], je crois... » (cette fois, elle fut tout heureuse de ce qu'il n'y eût personne pour écouter, car il lui sembla que ce n'était pas du tout le mot qu'il fallait). « ... Seulement, je serai obligée de leur demander quel est le nom du pays. S'il vous plaît, madame, suis-je en Nouvelle-Zélande ou en Australie ? » (et elle essaya de faire la révérence tout en parlant... Quelle idée de faire la révérence pendant qu'on tombe dans le vide ! Croyez-vous que vous en seriez capable ?) « Et la dame pensera que je suis une petite fille ignorante ! Non, il vaudra mieux ne rien demander ; peut-être que je verrai le nom écrit quelque part. »

Plus bas, encore plus bas, toujours plus bas. Comme il n'y avait rien d'autre à faire, Alice se remit bientôt à parler. « Je vais beaucoup manquer à Dinah ce soir, j'en ai bien peur ! » (Dinah était la chatte d'Alice [2].) « J'espère qu'on pensera à lui donner sa soucoupe de lait à l'heure du thé. Ma chère Dinah, comme je voudrais t'avoir ici avec moi ! Il n'y a pas de souris dans l'air, je le crains fort, mais tu pourrais attraper une chauve-souris, et ça, vois-tu, ça ressemble beaucoup à une souris. Mais est-ce que les chats mangent les chauves-souris ? Je me le demande. » À ce moment, Alice commença à se sentir toute somnolente, et elle se mit à répéter, comme si elle rêvait : « Est-ce que les chats mangent les chauves-souris ? Est-ce que les chats mangent les chauves-souris ? » et parfois : « Est-ce que les chauves-souris mangent les chats ? » car, voyez-vous, comme elle était incapable de répondre à aucune des deux questions, peu importait qu'elle posât l'une ou l'autre. Elle sentit qu'elle s'endormait pour de bon, et elle venait de commencer à rêver qu'elle marchait avec Dinah, la main dans la patte, en lui demandant très sérieusement : « Allons, Dinah, dis-moi la vérité : as-tu jamais mangé une chauve-souris ? » quand, brusquement, bing ! bing ! elle atterrit sur un tas de feuilles mortes, et sa chute prit fin.

Alice ne s'était pas fait le moindre mal, et fut sur pied en un moment ; elle leva les yeux, mais tout était noir au-dessus de sa tête. Devant elle s'étendait un autre couloir où elle vit le Lapin Blanc en train de courir à toute vitesse. Il n'y avait pas un instant à perdre : voilà notre Alice partie, rapide comme le vent. Elle eut juste le temps d'entendre le Lapin dire, en tournant un coin : « Par mes oreilles et mes moustaches, comme il se fait tard ! » Elle tourna le coin à son tour, très peu de temps après lui, mais, quand elle l'eut tourné, le Lapin avait disparu. Elle se trouvait à présent dans une longue salle basse éclairée par une rangée de lampes accrochées au plafond.

Il y avait plusieurs portes autour de la salle, mais elles étaient toutes fermées à clé ; quand Alice eut marché d'abord dans un sens, puis dans l'autre, en essayant de les ouvrir une par une, elle s'en alla tristement vers le milieu de la pièce, en se demandant comment elle pourrait bien faire pour en sortir.

Brusquement, elle se trouva près d'une petite table à trois pieds, entièrement faite de verre massif, sur laquelle il y avait une minuscule clé d'or, et Alice pensa aussitôt que cette clé pouvait fort bien ouvrir l'une des portes de la salle. Hélas ! soit que les serrures fussent trop larges, soit que la clé fût trop petite, aucune porte ne voulut s'ouvrir. Néanmoins,

la deuxième fois qu'Alice fit le tour de la pièce, elle découvrit un rideau bas qu'elle n'avait pas encore remarqué ; derrière ce rideau se trouvait une petite porte haute de quarante centimètres environ : elle essaya d'introduire la petite clé d'or dans la serrure, et elle fut ravie de constater qu'elle s'y adaptait parfaitement !

Alice ouvrit la porte, et vit qu'elle donnait sur un petit couloir guère plus grand qu'un trou à rat ;

s'étant agenouillée, elle aperçut au bout du couloir le jardin le plus adorable qu'on puisse imaginer. Comme elle désirait sortir de cette pièce sombre, pour aller se promener au milieu des parterres de fleurs aux couleurs éclatantes et des fraîches fontaines ! Mais elle ne pourrait même pas faire passer sa tête par l'entrée ; « et même si ma tête pouvait passer, se disait la pauvre Alice, ça ne me servirait pas à grand-chose à cause de mes épaules. Oh ! que je voudrais pouvoir rentrer en moi-même comme une longue-vue ! Je crois que j'y arriverais si je savais seulement comment m'y prendre pour commencer. » Car, voyez-vous, il venait de se passer tant de choses bizarres, qu'elle en arrivait à penser que fort peu de choses étaient vraiment impossibles.

Il semblait inutile de rester à attendre près de la petite porte ; c'est pourquoi Alice revint vers la table, en espérant presque y trouver une autre clé, ou, du moins, un livre contenant une recette pour faire rentrer les gens en eux-mêmes, comme des longues-vues. Cette fois, elle y vit un petit flacon (« il n'y était sûrement pas tout à l'heure », dit-elle,) portant autour du goulot une étiquette de papier sur laquelle étaient imprimés en grosses lettres ces deux mots : « BOIS-MOI. »

C'était très joli de dire : « Bois-moi », mais notre prudente petite Alice n'allait pas se dépêcher d'obéir. « Non, je vais d'abord bien regarder, pensa-t-elle, pour voir s'il y a le mot : *poison*. » Car elle avait lu plusieurs petites histoires charmantes où il était question d'enfants brûlés, ou dévorés par des bêtes féroces, ou victimes de plusieurs autres mésaventures, tout cela uniquement parce qu'ils avaient refusé de se rappeler les simples règles de conduite que leurs amis leur avaient enseignées : par exemple, qu'un tisonnier chauffé au rouge vous brûle si vous le tenez trop longtemps, ou que, si vous vous faites au doigt une coupure très profonde avec un couteau, votre doigt, d'ordinaire, se met à saigner ; et Alice n'avait jamais oublié que si l'on boit une bonne partie du contenu d'une bouteille portant l'étiquette : *poison,* ça ne manque presque jamais, tôt ou tard, d'être mauvais pour la santé.

Cependant, ce flacon ne portant décidément pas l'étiquette : *poison,* Alice se hasarda à en goûter le contenu ; comme il lui parut fort agréable (en fait, cela rappelait à la fois la tarte aux cerises, la crème renversée, l'ananas, la dinde rôtie, le caramel, et les rôties chaudes bien beurrées), elle l'avala séance tenante, jusqu'à la dernière goutte.

« Quelle sensation bizarre ! dit Alice. Je dois être

en train de rentrer en moi-même, comme une
longue-vue ! »

. . . .

Et c'était bien exact : elle ne mesurait plus que
vingt-cinq centimètres. Son visage s'éclaira à l'idée
qu'elle avait maintenant exactement la taille qu'il
fallait pour franchir la petite porte et pénétrer dans
l'adorable jardin. Néanmoins elle attendit d'abord
quelques minutes pour voir si elle allait diminuer
encore ; elle se sentait un peu inquiète à ce sujet,
« car, voyez-vous, pensait Alice, à la fin des fins je
pourrais bien disparaître tout à fait, comme une
bougie. En ce cas, je me demande à quoi je
ressemblerais ». Et elle essaya d'imaginer à quoi
ressemble la flamme d'une bougie une fois que la
bougie est éteinte, car elle n'arrivait pas à se rappeler
avoir jamais vu chose pareille.

Au bout d'un moment, comme rien de nouveau ne
s'était produit, elle décida d'aller immédiatement
dans le jardin. Hélas ! pauvre Alice ! dès qu'elle fut
arrivée à la porte, elle s'aperçut qu'elle avait oublié la
petite clé d'or, et, quand elle revint à la table pour
s'en saisir, elle s'aperçut qu'il lui était impossible de
l'atteindre, quoiqu'elle pût la voir très nettement à
travers le verre. Elle essaya tant qu'elle put d'escala-
der un des pieds de la table, mais il était trop
glissant ; aussi, après s'être épuisée en efforts inutiles, la pauvre petite s'assit et fondit en larmes.

« Allons ! ça ne sert à rien de pleurer comme ça ! se
dit-elle d'un ton sévère. Je te conseille de t'arrêter à
l'instant ! » Elle avait coutume de se donner de très
bons conseils (quoiqu'elle ne les suivît guère), et,
parfois, elle se réprimandait si vertement que les

larmes lui venaient aux yeux. Elle se rappelait qu'un jour elle avait essayé de se gifler pour avoir triché au cours d'une partie de croquet qu'elle jouait contre elle-même, car cette étrange enfant aimait beaucoup faire semblant d'être deux personnes différentes. « Mais c'est bien inutile à présent, pensa la pauvre Alice, de faire semblant d'être deux ! C'est tout juste s'il reste assez de moi pour former une seule et unique personne ! »

Bientôt son regard tomba sur une petite boîte de verre placée sous la table ; elle l'ouvrit et y trouva un tout petit gâteau sur lequel les mots : « MANGE-MOI » étaient très joliment tracés avec des raisins de Corinthe. « Ma foi, je vais le manger, dit Alice, s'il me fait grandir, je pourrai atteindre la clé ; s'il me fait rapetisser, je pourrai me glisser sous la porte ; d'une façon comme de l'autre j'irai dans le jardin, et je me moque pas mal que ce soit l'une ou l'autre. »

Elle mangea un petit bout de gâteau, et se dit avec anxiété : « Vers le haut ou vers le bas ? » en tenant sa main sur sa tête pour sentir si elle allait monter ou descendre. Or, elle fut toute surprise de constater qu'elle gardait toujours la même taille : bien sûr, c'est généralement ce qui arrive quand on mange des gâteaux, mais Alice avait tellement pris l'habitude de s'attendre à des choses extravagantes, qu'il lui paraissait ennuyeux et stupide de voir la vie continuer de façon normale.

C'est pourquoi elle se mit pour de bon à la besogne et eut bientôt fini le gâteau jusqu'à la dernière miette.

. . . .

CHAPITRE 2

LA MARE AUX LARMES

« De plus-t-en plus curieux[1] ! » s'écria Alice (elle était si surprise que, sur le moment, elle en oublia de parler correctement) ; « voilà que je m'allonge comme la plus grande longue-vue qui ait jamais existé ! Adieu, mes pieds ! » (car, lorsqu'elle les regarda, ils lui semblèrent avoir presque disparu, tant ils étaient loin). « Oh, mes pauvres petits pieds ! Je me demande qui vous mettra vos bas et vos souliers à présent mes chéris ! Pour moi, c'est sûr, j'en serai incapable ! Je serai beaucoup trop loin pour m'occuper de vous : il faudra vous arranger du mieux que vous pourrez... Mais il faut que je sois gentille avec eux, songea-t-elle ; sans ça peut-être qu'ils refuseront de marcher dans la direction où je voudrai aller ! Voyons un peu : je leur donnerai une paire de souliers neufs à chaque Noël. »

Là-dessus, elle se mit à combiner comment elle s'y prendrait pour faire parvenir les souliers à destination. « Il faudra que je les confie à un commissionnaire, pensa-t-elle ; ça aura l'air fameusement drôle d'envoyer des cadeaux à ses propres pieds ! Et ce que l'adresse paraîtra bizarre !

« *Monsieur Pied Droit d'Alice*
    à Devant-de-Foyer
        Près Garde-Feu
            (avec les meilleures amitiés d'Alice)

« Oh ! mon Dieu ! quelles bêtises je raconte ! »

Juste à ce moment, sa tête cogna le plafond : en fait, elle mesurait à présent plus de deux mètres soixante-quinze. Elle s'empara immédiatement de la petite clé d'or et se hâta vers la porte du jardin.

Pauvre Alice ! tout ce qu'elle put faire fut de se coucher sur le flanc et de regarder d'un œil le jardin ; mais il était plus inutile que jamais d'essayer de franchir la porte. Elle s'assit et se mit à pleurer.

« Tu devrais avoir honte, dit-elle, une grande fille comme toi (c'était le cas de le dire) pleurer comme tu le fais ! Veux-tu bien t'arrêter immédiatement ! » Mais elle n'en continua pas moins à verser des litres de larmes, jusqu'à ce qu'elle fût entourée d'une grande mare, profonde de dix centimètres, qui s'étendait jusqu'au milieu de la pièce.

Au bout d'un moment, elle entendit dans le

lointain un bruit de petits pas pressés, et elle s'essuya
vivement les yeux pour voir qui arrivait. C'était
encore le Lapin Blanc, magnifiquement vêtu, portant
d'une main une paire de gants de chevreau blancs et
de l'autre un grand éventail ; il trottait aussi vite qu'il
pouvait, et, chemin faisant, il marmonnait à mi-voix :
« Oh ! la Duchesse, la Duchesse ! Oh ! ce qu'elle va
être furieuse si je l'ai fait attendre ! » Alice se sentait
si désespérée qu'elle était prête à demander secours à
n'importe qui ; aussi, lorsque le Lapin arriva près
d'elle, elle commença d'une voix basse et timide :

« Je vous en prie, monsieur... » Le Lapin sursauta
violemment, laissa tomber les gants de chevreau
blancs et l'éventail, puis décampa dans les ténèbres
aussi vite qu'il le put.

Alice ramassa l'éventail et les gants ; ensuite,
comme la pièce était chaude, elle se mit à s'éventer
sans arrêt tout en parlant : « Mon Dieu ! Mon Dieu !
Comme tout est bizarre aujourd'hui ! Pourtant, hier,

les choses se passaient normalement. Je me demande si on m'a changée pendant la nuit ? Voyons, réfléchissons : est-ce que j'étais bien la même quand je me suis levée ce matin ? Je crois me rappeler que je me suis sentie un peu différente. Mais, si je ne suis pas la même, la question qui se pose est la suivante : Qui diable puis-je bien être ? Ah ! voilà le grand problème ! » Sur quoi, elle se mit à passer en revue dans sa tête toutes les filles de son âge qu'elle connaissait, pour voir si elle avait pu être changée en l'une d'elles.

« Je suis sûre de ne pas être Édith, se dit-elle, car elle a de très longues boucles, tandis que mes cheveux ne bouclent pas du tout. Je suis sûre également de ne pas être Mabel, car, moi, je sais toutes sortes de choses, tandis qu'elle ne sait quasiment rien ! De plus, elle est elle, et moi je suis moi, et... oh ! Seigneur ! quel casse-tête ! Je vais vérifier si je sais encore tout ce que je savais jusqu'ici. Voyons un peu : quatre fois cinq font douze, quatre fois six font treize, et quatre fois sept font... Oh ! mon Dieu ! jamais je n'arriverai jusqu'à vingt à cette allure[1] ! Mais la Table de Multiplication ne prouve rien ; essayons la Géographie. Londres est la capitale de Paris, et Paris est la capitale de Rome, et Rome... non, je suis sûre que ça n'est pas du tout ça ! On a dû me changer en Mabel ! Je vais essayer de réciter : *Petite abeille*[2]... » S'étant croisé les mains sur les genoux comme si elle récitait ses leçons, elle se mit à dire la poésie bien connue, mais sa voix lui parut rauque et étrange, et les mots vinrent tout différents de ce qu'ils étaient d'habitude :

« Voyez le petit crocodile :
Comme sa queue se tord
Lorsqu'il répand les eaux du Nil
Sur ses écailles d'or !

« Voyez son sourire d'ivoire,
Ses griffes en poinçons !
Il accueille à pleine mâchoire
Tous les petits poissons !

« Je suis sûre que ce ne sont pas les mots qu'il faut », soupira la pauvre Alice ; et ses yeux se remplirent de larmes tandis qu'elle poursuivait : « Après tout, je dois être Mabel ; il va falloir que j'aille habiter cette misérable petite maison, et je n'aurai quasiment pas de jouets, et j'aurai tant et tant de leçons à apprendre ! Non, ma décision est prise : si je suis Mabel, je reste ici ! On aura beau pencher la tête vers moi en disant : " Allons, remonte, ma chérie ! " je me contenterai de lever les yeux et de répondre : " Dites-moi d'abord qui je suis : si ça me plaît d'être cette personne-là, alors je remonterai ; sinon, je resterai ici jusqu'à ce que je sois quelqu'un d'autre "… Mais, oh ! mon Dieu ! » s'écria-t-elle en fondant brusquement en larmes, « je voudrais bien qu'on se décide à pencher la tête vers moi ! J'en ai tellement assez d'être toute seule ici ! »

Tout en disant cela, elle regarda ses mains, et s'aperçut, à sa grande stupeur, qu'elle avait mis un des petits gants de chevreau blancs du Lapin, sans y faire attention : « Comment ai-je pu m'y prendre ? songea-t-elle. Je dois être en train de rapetisser. » Elle se leva et s'approcha de la table pour voir par comparaison combien elle mesurait ; elle s'aperçut que, autant qu'elle pouvait en juger, elle avait environ soixante centimètres de haut, et ne cessait de diminuer rapidement. Elle comprit bientôt que ceci était dû à l'éventail qu'elle tenait ; elle le lâcha en toute hâte, juste à temps pour éviter de disparaître tout à fait.

« Cette fois, je l'ai échappé belle ! dit Alice, tout effrayée de sa brusque transformation, mais très heureuse d'être encore de ce monde ; maintenant, à moi le jardin ! » Et elle revint en courant à toute vitesse vers la petite porte. Hélas ! la petite porte était de nouveau fermée, la petite clé d'or se trouvait sur la table comme auparavant, « et les choses sont bien pires que jamais, pensa la pauvre fille, car jamais je n'ai été aussi petite qu'à présent, non, jamais ! Ma parole, c'est vraiment un peu trop fort ! »

Au moment où elle prononçait ces mots, son pied glissa, et, un instant plus tard, plouf ! elle se trouvait dans l'eau salée jusqu'au menton. Sa première idée fut qu'elle était tombée dans la mer, elle ne savait comment, « et, dans ce cas, songea-t-elle, je vais pouvoir rentrer par le train ». (Alice était allée au bord de la mer une seule fois dans sa vie : elle en avait tiré cette conclusion générale que, partout où on allait sur les côtes anglaises, on trouvait des cabines de bain roulantes dans l'eau, des enfants en train de faire des trous dans le sable avec des pelles en bois, puis une rangée de pensions de famille, et enfin une gare de chemin de fer.) Cependant, elle ne tarda pas à comprendre qu'elle était dans la mare des larmes qu'elle avait versées au moment où elle avait deux mètres soixante et quinze de haut.

« Comme je regrette d'avoir tant pleuré ! » s'exclama-t-elle, tout en nageant pour essayer de se tirer de là. « Je suppose que, en punition, je vais me noyer dans mes propres larmes ! C'est ça qui sera bizarre, pour ça, oui ! Il est vrai que tout est bizarre aujourd'hui. »

À ce moment précis, elle entendit un clapotis dans la mare, à peu de distance, et elle nagea de ce côté-là pour voir de quoi il s'agissait ; elle crut d'abord se trouver en présence d'un morse ou d'un hippopotame ; mais ensuite elle se rappela sa taille minuscule, et elle ne tarda pas à s'apercevoir que c'était tout simplement une souris qui avait glissé dans la mare, exactement comme elle.

« Voyons, pensa Alice, est-ce que ça servirait à quelque chose de parler à cette souris ? Tout est tellement extravagant dans ce trou, qu'elle est très probablement capable de parler ; en tout cas, je peux toujours essayer. »

Elle commença donc en ces termes : « Ô Souris, sais-tu comment on peut sortir de cette mare ? Je suis lasse de nager par ici, ô Souris ! » (Elle croyait qu'il

fallait s'adresser en ces termes à une souris : jamais
encore elle ne s'était exprimée de la sorte, mais elle
venait de se rappeler avoir lu dans la Grammaire
Latine de son frère : « Une souris, d'une souris, à
une souris, une souris, ô souris ! ») La Souris regarda
la petite fille avec curiosité (Alice crut même la voir
cligner un de ses petits yeux), mais elle ne répondit
pas.

« Peut-être qu'elle ne comprend pas l'anglais,
pensa Alice ; ce doit être une souris française qui est
venue ici avec Guillaume le Conquérant. » (Malgré
toutes ses connaissances historiques, Alice avait des
idées très vagues sur l'époque où tel ou tel événe-
ment s'était produit.) En conséquence, elle dit :
« Où est ma chatte[1] ? » ce qui était la première
phrase de son manuel de français. La Souris bondit
brusquement hors de l'eau, et parut frissonner de
terreur du museau à la queue.

« Oh, excuse-moi, je t'en prie ! » s'écria vivement
Alice, craignant d'avoir froissé la pauvre bête.

« J'avais complètement oublié que tu n'aimais pas les chats.

— Que je n'aime pas les chats ! » s'exclama la Souris d'une voix perçante et furieuse. « Et toi, tu les aimerais, les chats, si tu étais à ma place ?

— Ma foi, peut-être bien que non », répondit Alice d'un ton conciliant. « Je t'en prie, ne te mets pas en colère à ce sujet. Pourtant, je voudrais bien pouvoir te montrer notre chatte Dinah : je crois que tu aurais de l'affection pour les chats si tu pouvais seulement la voir une fois. Elle est si pacifique, cette chère Dinah », continua la fillette comme si elle parlait pour elle seule, en nageant paresseusement de-ci de-là. « Elle reste assise au coin du feu, à ronronner d'une façon charmante, tout en se léchant les pattes et en se lavant la figure ; et puis c'est si doux de la caresser ; enfin, elle est vraiment de première force pour attraper les souris... Oh ! je t'en prie, excuse-moi ! » s'écria de nouveau Alice, car cette fois-ci, la Souris était toute hérissée, et la petite fille était sûre de l'avoir offensée gravement. « Nous ne parlerons plus de ma chatte, puisque ça te déplaît.

— *Nous* n'en parlerons plus ! » s'écria la Souris qui tremblait jusqu'au bout de la queue. « Comme si, *moi,* j'allais parler d'une chose pareille ! Dans notre famille, nous avons toujours exécré les chats : ce sont des créatures vulgaires, viles, répugnantes ! Ne t'avise plus de prononcer le mot : chat !

— Je m'en garderai bien ! » dit Alice qui avait hâte de changer de conversation. « Est-ce que tu... tu... aimes les... les... chiens ? »

La Souris ne répondant pas, Alice continua avec empressement :

« Il y a près de chez nous un petit chien si charmant que j'aimerais bien pouvoir te le montrer ! Vois-tu, c'est un petit terrier aux grands yeux brillants, au poil long et bouclé ; oh, il est adorable ! Il va chercher les objets qu'on lui jette, il se dresse sur ses pattes de derrière pour mendier son dîner, et il fait tellement de tours que j'en oublie toujours plus de la moitié. Il appartient à un fermier qui dit que ce chien lui est si utile qu'il vaut plus de deux mille francs ! Il dit qu'il tue les rats et... Oh, mon Dieu ! » s'écria Alice d'un ton chagrin, « j'ai bien peur de l'avoir offensée une fois de plus ! »

En effet, la Souris s'éloignait d'elle en nageant aussi vite que possible, et en soulevant une véritable tempête à la surface de la mare.

Alice l'appela doucement :

« Ma petite Souris chérie ! Je t'en prie, reviens, et nous ne parlerons plus ni de chats ni de chiens, puisque tu ne les aimes pas ! »

Quand la Souris entendit cela, elle fit demi-tour et nagea lentement vers Alice ; son visage était tout pâle (de colère, pensa la petite fille), et elle déclara d'une voix basse et tremblante :

« Regagnons la terre ferme ; là, je te raconterai mon histoire ; tu comprendras alors pourquoi je déteste les chats et les chiens. »

Il était grand temps de partir, la mare se trouvant à présent fort encombrée par les oiseaux et les animaux qui y étaient tombés : il y avait un Canard, un Dodo, un Lori, un Aiglon[1], et plusieurs autres créatures bizarres. Alice montra le chemin, et toute la troupe gagna la terre à la nage.

CHAPITRE 3

UNE COURSE AU CAUCUS[1]
ET UNE LONGUE HISTOIRE

Étrange troupe, en vérité, que celle qui s'assembla sur la rive : oiseaux aux plumes mouillées, animaux dont la fourrure collait au corps, tous trempés comme des soupes, mal à l'aise, et de mauvaise humeur.

Naturellement, la question la plus importante était de savoir comment se sécher : ils tinrent conseil à ce sujet, et, au bout de quelques minutes, Alice trouva tout naturel de bavarder familièrement avec eux, comme si elle les avait connus toute sa vie. En réalité, elle eut une très longue discussion avec le Lori qui finit par bouder et se contenta de déclarer : « Je suis plus âgé que toi, je sais mieux que toi ce qu'il faut faire » ; mais Alice ne voulut pas admettre cela avant de connaître son âge, et, comme le Lori refusa catégoriquement de le dire, les choses en restèrent là.

Finalement, la Souris, qui semblait avoir beaucoup d'autorité sur eux, ordonna d'une voix forte :

« Asseyez-vous, tous tant que vous êtes, et écoutez-moi ! Je vais vous sécher, moi, en deux temps et trois mouvements ! »

Tous s'assirent aussitôt en formant un large cercle dont la Souris était le centre. Alice la regardait fixement d'un air inquiet, car elle était sûre d'attraper un mauvais rhume si elle ne se séchait pas bien vite.

« Hum ! Hum ! » reprit la Souris d'un air important. « Tout le monde est prêt ? Voici la chose la plus sèche que je connaisse. Faites silence, s'il vous plaît ! Je commence :

" Guillaume le Conquérant, à la cause duquel le pape était favorable, reçut bientôt la soumission des Anglais qui avaient besoin de chefs et qui étaient habitués depuis quelque temps à l'usurpation et à la conquête. Edwin et Morcar, comtes de Mercie et de Northumbrie... "

— Pouah ! » s'exclama le Lori en frissonnant.

« Plaît-il ? » demanda la Souris très poliment, mais en fronçant le sourcil. « Tu as dit quelque chose ?

— Ça n'est pas moi ! » répliqua vivement le Lori.

« Ah ! j'avais cru t'entendre parler... Je continue :

" Edwin et Morcar, comtes de Mercie et de Northumbrie, se déclarèrent pour lui ; et Stigand lui-même, archevêque de Canterbury, bien connu pour son patriotisme, trouvant cela opportun... "

— Trouvant quoi ? demanda le Canard.

— Trouvant *cela* », répondit la Souris d'un ton plutôt maussade. « Je suppose que tu sais ce que " cela " veut dire.

— Je sais ce que " cela " veut dire quand c'est moi qui le trouve, rétorqua le Canard. C'est générale-ment une grenouille ou un ver. La question est de savoir ce que trouva l'archevêque. »

La Souris fit semblant de ne pas avoir entendu cette question, et continua vivement :

« " ... trouvant cela opportun, accompagna Edgard Atheling à la rencontre de Guillaume pour offrir la couronne à ce dernier. Tout d'abord, l'atti-tude de Guillaume fut raisonnable ; mais l'insolence de ses Normands "... Comment te sens-tu à présent, ma petite ? » dit-elle en se tournant vers Alice.

« Plus mouillée que jamais », répondit la fillette d'une voix mélancolique ; « ça n'a pas l'air de me sécher le moins du monde.

— Dans ce cas », déclara solennellement le Dodo en se levant, « je propose que la réunion soit remise à une date ultérieure, et que nous adoptions sans plus tarder des mesures plus énergiques qui soient de nature à...

— Parle plus simplement ! s'exclama l'Aiglon[1]. Je ne comprends pas la moitié de ce que tu racontes, et, par-dessus le marché, je crois que tu ne comprends pas, toi non plus ! »

Sur ces mots, il baissa la tête pour dissimuler un

sourire ; on entendit nettement quelques oiseaux ricaner.

« Ce que j'allais dire », reprit le Dodo d'un ton vexé, « c'est que la meilleure chose pour nous sécher serait une course au Caucus.

— Qu'est-ce que c'est qu'une course au Caucus ? » demanda Alice. (Non pas qu'elle tînt beaucoup à le savoir ; mais le Dodo s'était tu comme s'il estimait que quelqu'un devait prendre la parole, et personne n'avait l'air de vouloir parler.)

« Ma foi, répondit-il, la meilleure façon d'expliquer ce que c'est qu'une course au Caucus, c'est de la faire. »

Et, comme vous pourriez avoir envie d'essayer vous-même, un jour d'hiver, je vais vous raconter comment le Dodo procéda.

D'abord, il traça les limites d'un champ de courses à peu près circulaire (« La forme n'a pas d'importance », dit-il) ; puis tous les membres du groupe se placèrent sur le terrain au petit bonheur. Il n'y eut pas de : « Un, deux, trois, partez ! » Chacun se mit à courir quand il lui plut et s'arrêta de même, si bien qu'il fut assez difficile de savoir à quel moment la course était terminée. Néanmoins, lorsqu'ils eurent couru pendant une demi-heure environ et qu'ils furent tous bien secs de nouveau, le Dodo cria brusquement : « La course est finie ! » Sur quoi, ils s'attroupèrent autour de lui en demandant d'une voix haletante : « Mais qui a gagné ? »

Le Dodo ne put répondre à cette question avant d'avoir mûrement réfléchi, et il resta assis pendant un bon moment, un doigt sur le front (c'est dans cette position qu'on voit Shakespeare, la plupart du temps, sur les tableaux qui le représentent), tandis que les autres attendaient sans rien dire. Finalement, il déclara :

« Tout le monde sans exception a gagné ; chacun de nous doit recevoir un prix.

— Mais qui va donner les prix ? » demandèrent les autres en chœur.

« C'est elle, bien sûr », dit le Dodo, en montrant Alice du doigt.

Et, immédiatement, tous s'attroupèrent autour d'elle, en criant tumultueusement : « Des prix ! Des prix ! »

Alice ne savait que faire. En désespoir de cause, elle mit la main à la poche, en tira une boîte de dragées (fort heureusement l'eau salée n'avait pas pénétré dans la boîte), et les distribua en guise de prix. Il y en avait exactement une pour chacun.

« Mais il faut qu'elle ait un prix, elle aussi, dit la Souris.

— Bien sûr », affirma le Dodo d'un ton très sérieux.

« Qu'as-tu encore dans ta poche ? » continua-t-il en se tournant vers Alice.

« Rien qu'un dé à coudre », répondit-elle tristement.

« Passe-le-moi », ordonna-t-il.

Une fois de plus, tous se pressèrent autour d'elle, tandis que le Dodo présentait solennellement le dé à Alice, en disant :« Nous vous prions de bien vouloir accepter cet élégant dé à coudre. » Quand il eut achevé ce bref discours, les assistants poussèrent des acclamations.

Alice jugea tout cela parfaitement absurde, mais ils avaient l'air si sérieux qu'elle n'osa pas rire ; comme elle ne trouvait rien à répondre, elle se contenta de s'incliner et de prendre le dé, d'un air aussi grave que possible.

Il fallait à présent manger les dragées, ce qui n'alla pas sans beaucoup de bruit et de désordre : en effet, les gros oiseaux se plaignirent de ne pas avoir le temps de goûter les leurs, et les petits s'étranglèrent, si bien qu'on fut obligé de leur tapoter le dos. Cependant, tout finit par s'arranger ; ils s'assirent en cercle de nouveau, et prièrent la Souris de leur narrer autre chose.

« Tu m'avais promis de m'expliquer pourquoi tu détestes les… C,H,A,T,S, et les C,H,I,E,N,S », dit Alice à voix basse (craignant de la froisser une fois de plus) « et de me raconter ton histoire.

— Elle est bien longue et bien triste ! » s'exclama

la Souris en soupirant et en regardant sa queue[1].

« Il est exact qu'elle est très longue », déclara Alice, en regardant la queue, elle aussi, d'un air stupéfait, « mais pourquoi la trouves-tu triste ? »

Et, pendant que la Souris parlait, Alice continuait à se casser la tête à ce propos, de sorte que l'idée qu'elle se faisait de l'histoire ressemblait un peu à ceci...

« Tu n'écoutes pas ! » s'écria la Souris d'un ton sévère. « À quoi penses-tu ? »

« Je te demande pardon », dit Alice très humblement. « Tu en étais arrivée à la cinquième courbe, n'est-ce pas ?

— Mais pas du tout ! » s'exclama la Souris d'un ton furieux. « Je n'étais pas encore au nœud de mon histoire[2] !

— Il y a donc un nœud quelque part ? » demanda Alice, toujours prête à se rendre utile, en regardant anxieusement autour d'elle. « Oh, je t'en prie, laisse-moi t'aider à le défaire !

— Jamais de la vie ! » rétorqua la Souris en se levant et en s'éloignant. « Tu m'insultes en racontant des bêtises pareilles !

— Je ne l'ai pas fait exprès ! » dit la pauvre Alice pour s'excuser. « Mais, aussi, tu te froisses à propos de tout ! »

La Souris, en guise de réponse, se contenta de grogner.

« Je t'en prie, reviens et achève ton histoire ! » s'écria Alice.

Et tous les autres s'exclamèrent en chœur :

« Oui, nous t'en prions ! »

Mais la Souris se contenta de hocher la tête avec impatience, en s'éloignant un peu plus vite.

Fureur dit à
une Souris Qu'il
avait trouvée au
logis : " Allons
devant le tri-
bunal : Je te
poursuis de-
vant la loi.
Je n'accepte
pas de refus;
Je tiens que
ce procès
m'est dû :
Or il se
trouve
qu'au-
jourd'hui
moi je
n'ai rien
à faire; et
toi ? " La
souris ré-
pond au ro-
quet : " Mon
cher mon-
sieur, un tel
procès, Sans
juge et sans
aucun jury,
Ne se peut pas,
je le crains
fort. — Je se-
rai juge et
puis juré ",
répondit
Fureur le
rusé. " C'est
moi qui ren-
drai le
verdict.
Je te
condam-
nerai
à
m
o
r
t.."

« Quel dommage qu'elle n'ait pas voulu rester ! » déclara le Lori en soupirant, aussitôt qu'elle eut disparu.

Une mère Crabe profita de l'occasion pour dire à sa fille :

« Ah ! ma chérie ! Que ceci te serve de leçon et t'apprenne à ne jamais te mettre en colère !

— Tais-toi, m'man ! » répondit la petite d'un ton acariâtre. « Ma parole, tu ferais perdre patience à une huître !

— Ce que je voudrais avoir notre Dinah avec moi ! » s'exclama Alice à haute voix, mais sans s'adresser à personne en particulier. « Elle aurait vite fait de la ramener !

— Et qui est Dinah, si je puis me permettre de poser cette question ? » demanda le Lori.

Alice répondit avec empressement, car elle était toujours prête à parler de son animal favori :

« Dinah est notre petite chatte. Elle est vraiment merveilleuse pour attraper les souris, tu ne peux pas t'en faire une idée ! Et je voudrais que tu la voies quand elle chasse les oiseaux ! Elle avale un petit oiseau en un rien de temps ! »

Ces paroles causèrent une grande sensation dans l'assistance. Quelques oiseaux s'envolèrent sans plus attendre. Une vieille Pie commença à s'emmitoufler très soigneusement en marmottant : « Il faut absolument que je rentre ; l'air de la nuit me fait mal à la gorge ! » et un Serin cria à ses enfants d'une voix tremblante : « Partons, mes chéris ! Vous devriez être au lit depuis longtemps déjà ! »

Sous des prétextes divers, tous s'éloignèrent, et, bientôt, Alice se trouva seule.

« Ce que je regrette d'avoir parlé de Dinah ! se dit-elle d'une voix mélancolique. Personne ici n'a l'air de l'aimer, et pourtant je suis sûre que c'est la meilleure chatte du monde ! Oh ! ma chère Dinah ! »

Là-dessus, la pauvre fille se remit à pleurer, car elle se sentait très seule et très abattue. Mais, au bout d'un moment, elle entendit dans le lointain un léger bruit de pas ; alors, elle leva des yeux avides, espérant vaguement que la Souris avait changé d'idée et revenait pour achever son histoire.

CHAPITRE 4

LE LAPIN ENVOIE
PIERRE ET PIERRES[1]

C'était le Lapin Blanc qui revenait en trottant avec lenteur et en jetant autour de lui des regards inquiets comme s'il avait perdu quelque chose. Alice l'entendit murmurer : « La Duchesse ! La Duchesse ! Oh, mes pauvres petites pattes ! Oh, ma fourrure et mes moustaches ! Elle va me faire exécuter, aussi sûr que les furets sont des furets ! Où diable ai-je bien pu les laisser tomber ? »

Alice devina sur-le-champ qu'il cherchait l'éventail et les gants de chevreau blancs ; très gentiment, elle se mit à les chercher à son tour, mais elle ne les trouva nulle part ; tout semblait changé depuis qu'elle était sortie de la mare : la grande salle, la table de verre et la petite clé avaient complètement disparu.

Bientôt le Lapin vit Alice en train de fureter partout, et il l'interpella avec colère : « Eh bien, Marie-Anne, que diable faites-vous là ? Filez tout de suite à la maison, et rapportez-moi une paire de gants et un éventail ! Allons, vite ! »

Alice eut si peur qu'elle partit immédiatement à toutes jambes dans la direction qu'il lui montrait du doigt, sans essayer de lui expliquer qu'il s'était trompé.

« Il m'a pris pour sa bonne », se disait-elle tout en courant. « Comme il sera étonné quand il saura qui je suis ! Mais je ferais mieux de lui rapporter son éventail et ses gants... du moins si j'arrive à les trouver. » Comme elle prononçait ces mots, elle arriva devant une petite maison fort coquette, sur la porte de laquelle se trouvait une plaque de cuivre étincelante où était gravé le nom : « L. BLANC ». Elle entra sans frapper, puis monta l'escalier quatre à quatre, car elle avait très peur de rencontrer la véritable Marie-Anne et de se faire expulser de la maison avant d'avoir trouvé l'éventail et les gants.

« Ce que ça semble drôle, pensa Alice, de faire des commissions pour un lapin ! Après ça, je suppose que c'est Dinah qui m'enverra faire des commissions ! » Et elle commença à s'imaginer ce qui se passerait :

« Mademoiselle Alice, venez tout de suite vous habiller pour aller faire votre promenade ! — J'arrive dans un instant, Mademoiselle ! Mais il faut que je surveille ce trou de souris jusqu'au retour de Dinah, pour empêcher la souris de sortir. »

« Seulement, continua Alice, je ne crois pas qu'on garderait Dinah à la maison si elle se mettait à donner des ordres comme ça ! »

Elle était arrivée maintenant dans une petite chambre merveilleusement bien rangée. Devant la fenêtre se trouvait une table ; sur la table, comme elle l'avait espéré, il y avait un éventail et deux ou trois paires de minuscules gants de chevreau blancs. Elle prit l'éventail et une paire de gants, et elle s'apprêtait à quitter la chambre quand son regard se posa sur une petite bouteille à côté d'un miroir. Cette fois, il n'y avait pas d'étiquette portant les mots : « BOIS-MOI », mais, cependant, elle déboucha la bouteille et la porta à ses lèvres. « Je sais qu'il arrive toujours quelque chose d'intéressant chaque fois que je mange ou que je bois n'importe quoi, se dit-elle. Je vais voir l'effet que produira cette bouteille. J'espère bien qu'elle me fera grandir de nouveau, car, vraiment, j'en ai assez d'être si minuscule ! »

Elle se mit effectivement à grandir, et plus tôt qu'elle ne s'y attendait. Avant d'avoir bu la moitié du contenu de la bouteille, elle s'aperçut que sa tête était pressée contre le plafond, si bien qu'elle dut se baisser pour éviter d'avoir le cou rompu. Elle se hâta de remettre la bouteille à sa place, en disant : « Ça suffit comme ça… J'espère que je ne grandirai plus… Au point où j'en suis, je ne peux déjà plus sortir par la porte… Ce que je regrette d'avoir tant bu ! »

Hélas ! les regrets étaient inutiles ! Elle continuait à grandir sans arrêt, et, bientôt, elle fut obligée de s'agenouiller sur le plancher. Une minute plus tard, elle n'avait même plus assez de place pour rester à genoux. Elle essaya de voir si elle serait mieux en se couchant, un coude contre la porte, son autre bras replié sur la tête. Puis, comme elle ne cessait toujours pas de grandir, elle passa un bras par la fenêtre, mit un pied dans la cheminée, et se dit : « À présent je ne peux pas faire plus, quoi qu'il arrive. Que vais-je devenir ? »

Fort heureusement, la petite bouteille magique ayant produit tout son effet, Alice s'arrêta de grandir ; malgré tout, elle était très mal à l'aise, et, comme elle ne semblait pas avoir la moindre chance de pouvoir sortir un jour de la petite chambre, il n'était pas surprenant qu'elle se sentît malheureuse.

« C'était bien plus agréable à la maison, pensait la pauvre fille ; on ne grandissait pas et on ne rapetissait pas à tout bout de champ, et il n'y avait pas de souris ni de lapin pour vous envoyer de côté et d'autre. Je regrette presque d'être entrée dans ce terrier... Et pourtant... et pourtant... le genre de vie que je mène est vraiment très curieux ! Je me demande ce qui a bien pu m'arriver ! Au temps où je lisais des contes de fées, je m'imaginais que ce genre de choses n'arrivait jamais, et voilà que je me trouve en plein dedans ! On devrait écrire un livre sur moi, ça, oui ! Quand je serai grande, j'en écrirai un... Mais je suis assez grande maintenant », ajouta-t-elle d'une voix désolée ; « en tout cas, ici, je n'ai plus du tout de place pour grandir...

« Mais alors, poursuivit-elle, est-ce que j'aurai toujours l'âge que j'ai aujourd'hui ? D'un côté ce serait bien réconfortant de ne jamais devenir une vieille femme... mais, d'un autre côté, avoir des leçons à apprendre pendant toute ma vie !... Oh ! je n'aimerais pas ça du tout ! »

« Ma pauvre Alice, ce que tu peux être sotte ! se répondit-elle. Comment pourrais-tu apprendre des leçons ici ? C'est tout juste s'il y a assez de place pour toi ! Il n'y en a pas du tout pour un livre de classe ! »

Elle continua de la sorte pendant un bon moment, tenant une véritable conversation à elle seule, en faisant alternativement les questions et les réponses. Puis, au bout de quelques minutes, elle entendit une voix à l'extérieur de la maison, et se tut pour écouter.

« Marie-Anne ! Marie-Anne ! disait la voix. Apportez-moi mes gants tout de suite ! »

Ensuite, Alice entendit un bruit de pas pressés dans l'escalier. Elle comprit que c'était le Lapin qui venait voir ce qu'elle devenait, et elle se mit à trembler au point d'ébranler toute la maison, car elle avait oublié qu'elle était à présent mille fois plus grosse que le Lapin et qu'elle n'avait plus aucune raison d'en avoir peur.

Bientôt le Lapin arriva à la porte et essaya de l'ouvrir ; mais, comme elle s'ouvrait en dedans et comme le coude de la fillette était fortement appuyé contre le battant, cette tentative échoua. Alice entendit le Lapin qui disait : « Puisque c'est ainsi, je vais faire le tour et entrer par la fenêtre. »

« Si tu crois ça, tu te trompes ! » pensa-t-elle. Elle attendit un moment, puis, lorsqu'il lui sembla entendre le Lapin juste sous la fenêtre, elle ouvrit brusquement la main et fit un grand geste comme pour attraper une mouche. Elle n'attrapa rien, mais elle entendit un cri aigu, un bruit de chute et un fracas de verre brisé : d'où elle conclut que le Lapin avait dû

tomber sur un châssis à concombres, ou quelque chose de ce genre.

Ensuite résonna une voix furieuse, la voix du Lapin, en train de crier : « Pat ! Pat ! Où es-tu ? »

Après quoi, une voix qu'elle ne connaissait pas répondit : « Ben, j'suis là, pour sûr ! J'arrache des pommes, not' maît' ! »

— Ah ! vraiment, tu arraches des pommes ! Arrive ici ! Viens m'aider à sortir de là ! » (Nouveau fracas de verre brisé). « Voyons, Pat, dis-moi un peu : qu'est-ce que tu aperçois à la fenêtre ?

— Pour sûr que c'est un bras, not' maît' ! » (Il prononçait : brâââs).

« Un bras, imbécile ! Qui a jamais vu un bras de cette taille ? Ma parole, il bouche complètement la fenêtre !

— Pour sûr que c'est ben vrai, not' maît' ; mais, malgré ça, c'est ben un bras.

— En tout cas, il n'a rien à faire là : va donc l'enlever ! »

Cette conversation fut suivie d'un long silence, et Alice n'entendit plus que quelques phrases à voix basse de temps à autre, telles que : « Pour sûr, j'aime pas ça du tout, not' maît' ; vrai, j'aime pas ça du tout ! » et : « Fais ce que je te dis, espèce de poltron ! »

Finalement, Alice ouvrit la main de nouveau et fit encore un grand geste comme pour attraper une mouche. Cette fois, il y eut *deux* cris aigus et un nouveau fracas de verre brisé. « Qu'est-ce qu'il doit y avoir comme châssis à concombres ! pensa Alice. Je me demande ce qu'ils vont faire à présent ! Pour ce qui est de me retirer de la fenêtre, je voudrais bien qu'ils puissent y arriver ! Moi, je n'ai pas envie de rester ici plus longtemp-temps ! »

Pendant un moment, elle n'entendit plus rien ; puis vint le grondement sourd de petites roues de charrette et le bruit de plusieurs voix en train de parler en même temps. Elle distingua les phrases suivantes :

« Ousqu'est l'autre échelle ? — On m'a dit d'en apporter qu'une ; c'est Pierre qu'a l'autre. — Pierre, amène-là ici, mon gars ! — Mettez-les à ce coin-ci. — Non, faut d'abord les attacher bout à bout ; elles arrivent point assez haut. — Oh ! ça fera comme ça, t'es ben difficile. — Dis-donc, Pierre, attrape-moi cette corde ! — Est-ce que le toit supportera son poids ! — Attention à cette ardoise qu'est détachée ! — Ça y est, elle dégringole ! Gare là-dessous ! » (Ici il y eut un grand fracas.) « Qui c'est qu'a fait ça ? — Je crois que c'est Pierre. — Qui va descendre dans la cheminée ? — Moi, je ne marche pas ! Vas-y, toi ! — Si c'est comme ça, j'y vais point, moi non plus ! — C'est Pierre qui doit descendre. — T'entends,

Pierre ? le maître dit que tu dois descendre dans la cheminée ! »

« Ah, vraiment ! Pierre doit descendre dans la cheminée ! pensa Alice. Ma parole, c'est à croire que tout retombe sur le dos de Pierre ! Je ne voudrais pour rien au monde être à la place de Pierre : cette cheminée est étroite, c'est vrai, mais je crois bien que j'ai la place de donner un coup de pied ! »

Elle retira son pied aussi loin qu'elle le put, et attendit. Bientôt, elle entendit les griffes d'un petit animal (elle ne put deviner quelle sorte d'animal c'était) gratter les parois de la cheminée juste au-dessus d'elle. Elle se dit : « Voici Pierre », donna un grand coup de pied, et prêta l'oreille pour savoir ce qui allait se passer.

D'abord elle entendit plusieurs voix qui s'exclamaient en chœur : « Tiens, voilà Pierre ! »... Puis le Lapin ordonna : « Attrapez-le, vous, là-bas, près de la haie ! »... Puis il y eut un silence... puis un chœur de voix confuses : « Relevez-lui la tête. — Un peu d'eau-de-vie maintenant. — Ne l'étouffez pas. — Comment ça s'est-il passé, mon vieux ? Qu'est-ce qui t'est arrivé ? Raconte-nous ça ! »

Finalement, une petite voix faible et glapissante se fit entendre : (« Ça, c'est Pierre », pensa Alice.)

« Ma parole, je ne sais pas... Non, merci, j'en ai assez... Oui, je me sens mieux, mais je suis encore trop étourdi pour vous raconter... Tout ce que je sais, c'est qu'un espèce de machin m'a cogné comme un diable qui sort d'un boîte, et me v'là parti en l'air comme une fusée !

— Pour ça, oui, c'est ben vrai, mon vieux ! s'exclamèrent les autres.

— Il va falloir brûler la maison ! dit la voix du Lapin.

— Si vous faites ça, je lance Dinah à vos trousses ! » s'écria Alice de toutes ses forces.

Un silence de mort régna aussitôt, et elle pensa : « Je me demande ce qu'ils vont bien pouvoir inventer à présent ! S'ils avaient pour deux sous de bon sens, ils enlèveraient le toit. »

Au bout d'une minute ou deux, ils recommencèrent à s'agiter, et Alice entendit le Lapin qui disait : « Une brouettée suffira pour commencer. »

« Une brouettée de *quoi ?* » pensa la fillette. Mais elle ne tarda pas à être fixée, car, une seconde plus tard, une averse de petits cailloux s'abattit sur la fenêtre, et quelques-uns la frappèrent au visage. « Je vais faire arrêter ça », se dit-elle ; puis elle cria de toute sa force : « Vous ferez bien de ne pas recommencer ! » ce qui amena un silence de mort.

Alice remarqua, non sans surprise, que les cailloux éparpillés sur le plancher se transformaient en petits gâteaux, et une idée lumineuse lui vint. « Si j'en mange un, pensa-t-elle, il va sûrement me faire changer de taille ; et, comme il est impossible qu'il me fasse encore grandir, je suppose qu'il va me faire rapetisser. »

Là-dessus, elle avala un gâteau, et fut ravie de voir qu'elle commençait à diminuer immédiatement. Dès qu'elle fut assez petite pour pouvoir passer la porte, elle sortit de la maison en courant. Dans le jardin, elle trouva un grand nombre de petits animaux et d'oiseaux. Pierre, le pauvre Lézard, était au milieu du groupe, soutenu par deux cochons d'Inde qui lui versaient à boire. Tous se ruèrent dans la direction d'Alice dès qu'elle se montra, mais elle s'enfuit à toutes jambes et se trouva bientôt en sécurité dans un bois touffu.

« La première chose que je dois faire », se dit-elle tout en marchant dans le bois à l'aventure, « c'est retrouver ma taille normale ; après ça, il faut que j'arrive à pénétrer dans ce charmant jardin. Je crois que c'est un très bon projet. »

En vérité, ce projet semblait excellent, à la fois simple et précis ; la seule difficulté c'est qu'Alice ne savait pas le moins du monde comment le mettre à exécution. Tandis qu'elle regardait autour d'elle avec inquiétude parmi les arbres, un petit aboiement sec juste au-dessus de sa tête lui fit lever les yeux en toute hâte.

Un énorme petit chien la regardait d'en haut avec de grands yeux ronds, et essayait de la toucher en tendant timidement une de ses pattes.

« Pauvre petite bête ! » dit Alice d'une voix caressante. Puis elle essaya tant qu'elle put de siffler le petit chien ; mais, en réalité, elle avait terriblement peur à l'idée qu'il pouvait avoir faim car, dans ce cas, il aurait pu tout aussi bien la dévorer, malgré ses cajoleries.

Ne sachant trop que faire, elle ramassa un bout de

bâton et le lui tendit ; alors le petit chien fit un grand
saut en l'air en jappant de plaisir, puis il se jeta sur le
bâton qu'il se mit à mordiller ; Alice s'esquiva
derrière un grand chardon pour éviter d'être renversée, mais, dès qu'elle se montra de l'autre côté du
chardon, le petit chien se précipita de nouveau sur le
bâton et fit la cabriole dans sa hâte de s'en emparer ;
alors Alice (qui avait nettement l'impression de jouer
avec un cheval de trait, et qui s'attendait à être
piétinée d'un moment à l'autre) s'esquiva de nouveau
derrière le chardon ; sur quoi, le petit chien exécuta
une série de courtes attaques contre le bâton, avançant très peu et reculant beaucoup chaque fois, sans
cesser d'aboyer d'une voix rauque ; finalement il
s'assit à une assez grande distance, haletant, la
langue pendante, et ses grands yeux mi-clos.

Alice jugea qu'elle avait là une bonne occasion de

se sauver ; elle partit sans plus attendre, et courut jusqu'à ce qu'elle fût épuisée, hors d'haleine, et que l'aboiement du petit chien ne résonnât plus que très faiblement dans le lointain.

« Pourtant, quel charmant petit chien c'était ! » se dit-elle en s'appuyant contre un bouton d'or pour se reposer, et en s'éventant avec une de ses feuilles. « J'aurais bien aimé lui apprendre à faire des tours si... si seulement j'avais eu la taille qu'il faut pour ça ! Oh ! mon Dieu ! J'avais presque oublié que je dois grandir ! Voyons... comment est-ce que je vais m'y prendre ? Je suppose que je devrais manger ou boire quelque chose ; mais la grande question est : quoi ? »

La grande question était certainement : quoi ? Alice regarda les fleurs et les brins d'herbe autour d'elle, sans rien voir qui ressemblât à la chose qu'il fallait manger ou boire, étant donné les circonstances. Tout près d'elle se dressait un champignon à peu près de sa taille ; quand elle eut regardé sous le champignon, derrière le champignon, et des deux côtés du champignon, l'idée lui vint qu'elle pourrait également regarder ce qu'il y avait sur le dessus du champignon.

Elle se dressa sur la pointe des pieds, jeta un coup d'œil attentif, et son regard rencontra immédiatement celui d'une grosse chenille bleue[1], assise les bras croisés, fumant tranquillement un long narguilé, sans prêter la moindre attention à Alice ou à quoi que ce fût.

CHAPITRE 5

CONSEILS D'UNE CHENILLE

La Chenille et Alice se regardèrent un bon moment en silence. Finalement, la Chenille retira son narguilé de sa bouche, puis demanda d'une voix languissante et endormie :

« Qui es-tu ? »

Ce n'était pas un début de conversation très encourageant. Alice répondit d'un ton timide :

« Je... Je... ne sais pas très bien, madame, du moins pour l'instant... Je sais qui j'*étais* quand je me suis levée ce matin, mais je crois qu'on a dû me changer plusieurs fois depuis ce moment-là.

— Que veux-tu dire ? » demanda la Chenille d'un ton sévère. « Explique-toi[1] !

— Je crains de ne pas pouvoir m'expliquer, madame, parce que je ne suis pas moi, voyez-vous !

— Non, je ne vois pas.

— J'ai bien peur de ne pas pouvoir m'exprimer plus clairement, reprit Alice avec beaucoup de politesse, car, tout d'abord, je ne comprends pas moi-même ce qui m'arrive, et, de plus, ça vous brouille les idées de changer si souvent de taille dans la même journée.

— Pas du tout.

— Vous ne vous en êtes peut-être pas aperçue jusqu'à présent ; mais, quand vous serez obligée de vous transformer en chrysalide (ça vous arrivera un de ces jours, vous savez), puis en papillon, je suppose que ça vous paraîtra un peu bizarre.

— Certainement pas.

— Il est possible que ça ne vous fasse pas cet effet-là, mais, tout ce que je sais, c'est que ça me paraîtrait extrêmement bizarre, à moi.

— À toi ! » s'exclama la Chenille d'un ton de mépris. « Et qui es-tu, toi ? »

Ce qui les ramenait au début de leur conversation. Alice, un peu irritée de ce que la Chenille lui parlât si sèchement, se redressa de toute sa hauteur et déclara d'un ton solennel :

« Je crois que c'est vous qui devriez d'abord me dire qui vous êtes.

— Pourquoi ? »

La question était fort embarrassante ; comme Alice ne pouvait trouver une bonne raison, et comme la Chenille semblait être d'humeur très désagréable, la fillette s'éloigna.

« Reviens ! lui cria la Chenille. J'ai quelque chose d'important à te dire ! »

Ceci semblait plein de promesses : Alice fit demi-tour et revint.

« Ne te mets jamais en colère, déclara la Chenille.

— C'est tout ? » demanda Alice, en maîtrisant sa fureur de son mieux.

« Non », répliqua la Chenille.

Alice pensa qu'elle pourrait aussi bien attendre, puisqu'elle n'avait rien d'autre à faire ; peut-être

qu'après tout la Chenille lui dirait quelque chose qui
vaudrait la peine d'être entendu. Pendant quelques
minutes, la Chenille fuma en silence, puis, finalement, elle décroisa ses bras, retira le narguilé de sa
bouche, et dit :

« Donc, tu crois que tu es changée, n'est-ce pas ?

— J'en ai peur, madame. Je suis incapable de me
rappeler les choses comme avant... et je change de
taille toutes les dix minutes !

— Quelles sont les choses que tu ne peux pas te
rappeler ?

— Eh bien, par exemple, j'ai essayé de réciter :
Petite abeille, mais c'est venu tout différent de ce que
c'est en réalité ! » dit Alice d'une voix mélancolique.

« Récite : *Vous êtes vieux, Père William*[1] »,
ordonna la Chenille.

Alice joignit les mains et commença :

« *Vous êtes vieux, Père William, dit le jeune homme ;*
   Voyez, déjà vos cheveux sont tout blancs,
Or, sans arrêt vous faites la chandelle ; en somme,
   Ça n'est pas très normal, à soixante ans.

« *Père William lui dit : — Du temps de ma jeunesse,*
  Ça m'inquiétait un peu pour mon cerveau ;
Aujourd'hui, sûr de n'en avoir pas, je confesse
  Y trouver un plaisir toujours nouveau.

« *Vous êtes vieux (je l'ai déjà dit, mais qu'importe !)*
  Et vous êtes très gros ; et cependant,
Sans effort vous sautez par-dessus cette porte :
  Père, comment pourrais-je en faire autant ?

« *— Dans ma jeunesse, dit-il d'une voix benoîte,*
  Je gardai mon corps souple et vigoureux
Par le moyen de cet onguent (vingt sous la boîte) ;
  Mon fils, veux-tu que je t'en vende deux ?

« *— Vous êtes vieux, et vos mâchoires sont trop frêles*
  Pour rien mâcher que le gras de rognon ;
Vous mangeâtes pourtant, des pattes jusqu'aux ailes,
  Une oie entière : pour quelle raison ?

« *— Dans ma jeunesse, j'étudiais la loi sans trêve ;*
  Ma femme et moi discutions chaque cas ;
D'où cette force de mâchoires dont tu rêves
  Et qui me dure depuis ce temps-là.

« — *Vous êtes vieux, et quand on voit vos yeux en
    vrille,
  Nul ne croirait que vous y voyez bien ;
Pourtant, sur votre nez, vous tenez une anguille
  En équilibre... Dites-moi, par quel moyen ?*

« — *J'ai déjà répondu trois fois ; cela m'assomme ;
  N'essaie donc pas de prendre un air hautain !
Mon temps est trop précieux, file à l'instant, jeune
  homme,
  Ou je te vais botter l'arrière-train !*

— Ça n'est pas ça du tout, fit observer la Chenille.
— J'ai bien peur que ça ne soit pas tout à fait ça,

dit Alice timidement. Il y a quelques mots qui ont été changés.

— C'est inexact du début à la fin », affirma la Chenille d'un ton sans réplique. Puis, elle reprit, après quelques minutes de silence :

« Quelle taille veux-tu avoir ?

— Oh ! je ne suis pas tellement difficile pour ce qui est de la taille », répondit vivement Alice. « Ce qu'il y a d'ennuyeux c'est de changer si souvent de taille, voyez-vous.

— Non, je ne vois pas. »

Alice garda le silence : jamais elle n'avait été contredite tant de fois, et elle sentait qu'elle allait se mettre en colère.

« Es-tu satisfaite de ta taille actuelle ? demanda la Chenille.

— Ma foi, si ça vous était égal, j'aimerais bien être un tout petit peu plus grande ; huit centimètres, c'est vraiment une bien piètre taille.

— Moi, je trouve que c'est une très bonne taille ! » s'exclama la Chenille d'un ton furieux, en se dressant de toute sa hauteur. (Elle avait exactement huit centimètres.)

« Mais, moi, je n'y suis pas habituée ! » dit Alice d'une voix pitoyable, afin de s'excuser. Et elle pensa : « Je voudrais bien que toutes ces créatures ne se vexent pas si facilement ! »

« Tu t'y habitueras au bout d'un certain temps », affirma la Chenille. Après quoi, elle porta le narguilé à sa bouche et se remit à fumer.

Cette fois Alice attendit patiemment qu'il lui plût de parler. Au bout d'une ou deux minutes, la Chenille retira le narguilé de sa bouche, bâilla une ou deux fois, et se secoua. Puis, elle descendit du champignon et s'éloigna dans l'herbe en rampant, après avoir prononcé ces simples mots :

« Un côté te fera grandir, l'autre côté te fera rapetisser. »

« Un côté de quoi ? L'autre côté de quoi ? » pensa Alice.

« Du champignon », dit la Chenille, exactement comme si la fillette avait posé ses questions à haute voix. Après quoi elle disparut.

Alice regarda pensivement le champignon pendant une bonne minute, en essayant de distinguer où se trouvaient les deux côtés ; mais, comme il était parfaitement rond, le problème lui parut bien difficile. Néanmoins, elle finit par étendre les deux bras autour du champignon aussi loin qu'elle le put, et en détacha un morceau de chaque main.

« Et maintenant, lequel des deux est le bon ? » se dit-elle. Là-dessus elle grignota un petit bout du morceau qu'elle tenait dans sa main droite, pour voir l'effet produit. L'instant d'après, elle ressentit un coup violent sous le menton : il était tombé sur ses pieds !

Terrifiée par ce changement particulièrement soudain, elle comprit qu'il n'y avait pas de temps à perdre, car elle diminuait rapidement ; en conséquence, elle entreprit de manger un peu de l'autre morceau. Son menton était tellement comprimé contre son pied qu'elle avait à peine assez de place pour ouvrir la bouche, mais elle finit par y arriver et parvint à avaler un fragment du morceau qu'elle tenait dans sa main gauche.

. . . .

« Enfin ! ma tête est dégagée ! » s'exclama-t-elle d'un ton ravi.

Mais, presque aussitôt, son ravissement se transforma en vive inquiétude lorsqu'elle s'aperçut que ses épaules ne se trouvaient nulle part : tout ce qu'elle pouvait voir en regardant vers le bas, c'était une immense étendue de cou qui semblait se dresser comme une tige au-dessus d'un océan de feuilles vertes bien loin au-dessous d'elle.

« Qu'est-ce que c'est que toute cette verdure ? poursuivit-elle. Et où donc sont passées mes épaules ? Oh ! mes pauvres mains, comment se fait-il que je ne puisse pas vous voir ? »

Elle les remuait tout en parlant, mais sans obtenir d'autre résultat que d'agiter légèrement les feuillages lointains.

Comme elle semblait n'avoir aucune chance de porter ses mains à sa tête, elle essaya d'amener sa tête au niveau de ses mains, et elle fut enchantée de découvrir que son cou se tordait aisément dans toutes les directions, comme un serpent. Elle venait de réussir à le courber vers le sol en décrivant un gracieux zigzag, et elle s'apprêtait à plonger au milieu des feuillages (qui n'étaient autres que les cimes des arbres sous lesquels elle s'était promenée quelque temps plus tôt), lorsqu'un sifflement aigu la fit reculer en toute hâte : un gros pigeon s'était jeté en plein sur son visage, et la frappait violemment de ses ailes.

« Serpent ! cria le Pigeon.

— Mais je ne suis pas un serpent ! » riposta Alice d'un ton indigné. « Laissez-moi donc tranquille !

— Serpent, je le répète ! » déclara le Pigeon d'une

voix plus calme. Puis il ajouta, avec une sorte de sanglot :

« J'ai tout essayé, mais rien ne semble les satisfaire !

— Je ne comprends pas du tout de quoi vous parlez, dit Alice.

— J'ai essayé les racines d'arbres, j'ai essayé les talus, j'ai essayé les haies », continua le Pigeon, sans prêter attention à elle. « Mais ces serpents ! Impossible de les satisfaire ! »

Alice était de plus en plus intriguée ; cependant elle pensa qu'il était inutile de prononcer un mot de plus avant que le Pigeon eût fini de parler.

« Comme si je n'avais pas assez de mal à couver les œufs », poursuivit-il d'un ton lamentable, « il faut encore que je reste nuit et jour sur le qui-vive à cause de ces maudits serpents ! Ma parole, voilà trois semaines que je n'ai pas fermé l'œil !

— Je suis navrée que vous ayez des ennuis », dit Alice qui commençait à comprendre.

« Et juste au moment où j'avais pris l'arbre le plus haut du bois », continua le Pigeon, dont la voix monta jusqu'à devenir un cri aigu, « juste au moment où je croyais être enfin débarrassé d'eux, voilà qu'ils descendent du ciel en se tortillant ! Pouah ! Sale serpent !

— Mais je vous répète que je ne suis pas un serpent ! Je suis... je suis...

— Eh bien, parlez ! Dites-moi ce que vous êtes ! vociféra le Pigeon. Je vois bien que vous essayez d'inventer quelque chose !

— Je... je suis une petite fille », dit Alice d'une

voix hésitante, car elle se rappelait tous les changements qu'elle avait subis ce jour-là.

« Comme c'est vraisemblable ! » s'exclama le Pigeon d'un ton profondément méprisant. « J'ai vu pas mal de petites filles dans ma vie, mais *aucune* n'avait un cou pareil ! Non, non ! Vous êtes un serpent, inutile de le nier. Je suppose que vous allez me raconter aussi que vous n'avez jamais goûté à un œuf !

— J'ai certainement goûté à des œufs », répliqua Alice, qui était une enfant très franche ; « mais, voyez-vous, les petites filles mangent autant d'œufs que les serpents.

— Je n'en crois rien. Pourtant, si c'est vrai, alors les petites filles sont une espèce de serpent, un point c'est tout. »

Cette idée était tellement nouvelle pour Alice qu'elle resta sans mot dire pendant une ou deux minutes, ce qui donna au Pigeon l'occasion d'ajouter :

« Je sais très bien que vous cherchez des œufs ; dans ces conditions, qu'est-ce que cela peut me faire que vous soyez une petite fille ou un serpent ?

— Cela me fait beaucoup, à moi », dit Alice vivement. « Mais il se trouve justement que je ne cherche pas d'œufs ; d'ailleurs, si j'en cherchais, je ne voudrais pas de vos œufs à vous : je ne les aime pas lorsqu'ils sont crus.

— En ce cas, allez-vous-en ! » grommela le Pigeon d'un ton maussade, en s'installant de nouveau dans son nid.

Alice se blottit parmi les arbres non sans peine, car son cou s'empêtrait continuellement dans les branches, et, de temps en temps, elle était obligée de s'arrêter pour le dégager. Au bout d'un moment, elle se rappela qu'elle tenait encore dans ses mains les deux morceaux de champignon ; alors elle se mit prudemment à la besogne, grignotant tantôt l'un tantôt l'autre, parfois devenant plus grande, parfois devenant plus petite, jusqu'à ce qu'elle eût réussi à retrouver sa taille normale.

Il y avait si longtemps que cela ne lui était pas arrivé qu'elle se sentit d'abord toute drôle ; mais elle s'y habitua en quelques minutes, et commença à parler toute seule, selon son habitude : « Et voilà ! j'ai réalisé la moitié de mon projet ! Comme tous ces changements sont déconcertants ! D'une minute à l'autre je ne sais jamais ce que je vais être ! En tout cas j'ai retrouvé ma taille normale ; reste maintenant à pénétrer dans le beau jardin, et ça, je me demande comment je vais m'y prendre. »

Comme elle disait ces mots, elle arriva brusquement dans une clairière où se trouvait une petite maison haute d'un mètre vingt environ. « Quels que soient les gens qui habitent là, pensa Alice, ça ne serait pas à faire de leur rendre visite, grande comme je suis : ils en mourraient de peur, c'est sûr ! »

En conséquence, elle se remit à grignoter le morceau qu'elle tenait dans sa main droite, et ne s'aventura près de la petite maison que lorsqu'elle eut ramené sa taille à vingt centimètres.

CHAPITRE 6

POIVRE ET COCHON

Pendant une ou deux minutes elle resta à regarder la maison en se demandant ce qu'elle allait faire. Soudain un valet de pied en livrée sortit du bois en courant (elle se dit que c'était un valet de pied parce qu'il était en livrée, mais à en juger seulement d'après son visage, elle l'aurait plutôt pris pour un poisson), et frappa très fort à la porte de ses doigts repliés. Le battant fut ouvert par un autre valet de pied en livrée, au visage tout rond, aux gros yeux saillants comme ceux d'une grenouille. Alice remarqua que les deux domestiques avaient des cheveux poudrés et tout en boucles ; très curieuse de savoir de quoi il s'agissait, elle sortit du bois pour écouter.

Le Valet de pied-Poisson commença par prendre sous son bras une immense lettre, presque aussi grande que lui, puis il la tendit à l'autre en disant d'un ton solennel :

« Pour la Duchesse. Une invitation de la Reine à une partie de croquet. »

Le Valet de pied-Grenouille répéta du même ton solennel, mais en changeant un peu l'ordre des mots :

« De la Reine. Une invitation à une partie de croquet pour la Duchesse. »

Puis tous deux s'inclinèrent très bas, et leurs boucles s'entremêlèrent.

Alice se mit à rire si fort à ce spectacle qu'elle fut obligée de regagner le bois en courant, de peur d'être entendue. Quand elle se hasarda à jeter un coup d'œil, le Valet de pied-Poisson avait disparu, et l'autre était assis sur le sol près de la porte, à regarder fixement le ciel d'un air stupide.

Alice alla timidement jusqu'à la porte et frappa un coup.

« Ce n'est pas la peine de frapper, dit le Valet de pied, et cela pour deux raisons. D'abord parce que je suis du même côté de la porte que toi ; ensuite, parce qu'il y a tellement de bruit à l'intérieur que personne ne peut t'entendre. »

En effet, un vacarme vraiment extraordinaire retentissait dans la maison : un bruit continu de hurlements et d'éternuements, ponctué de temps à autre par un grand fracas, comme si on brisait un plat ou une marmite en mille morceaux.

« En ce cas, déclara Alice, pouvez-vous, je vous prie, me dire comment je dois faire pour entrer ?

— Tu n'aurais pas tort de frapper », continua le Valet de pied sans l'écouter, « si la porte était entre nous. Par exemple, si tu étais à l'intérieur, tu pourrais frapper, et moi je pourrais te faire sortir. »

Il ne cessait pas de regarder le ciel tout en parlant, ce qu'Alice trouvait parfaitement impoli. « Après tout, pensa-t-elle, peut-être qu'il ne peut pas faire autrement : il a les yeux si près du haut de la tête ! Mais, du moins, il pourrait répondre aux questions qu'on lui pose… »

« Comment dois-je faire pour entrer ? » répéta-t-elle à haute voix.

« Je vais rester assis ici jusqu'à demain », déclara-t-il.

À ce moment, la porte de la maison s'ouvrit, et une grande assiette fendit l'air, droit vers la tête du Valet de pied ; elle lui effleura le nez pour se briser enfin contre un des arbres qui se trouvaient derrière lui.

« … ou peut-être jusqu'à après-demain », continua-t-il sur le même ton, exactement comme si rien ne s'était passé.

« Comment dois-je faire pour entrer ? » demanda Alice d'une voix encore plus forte.

« Faut-il vraiment que tu entres ? riposta-t-il. Voilà la première question à poser. »

C'était parfaitement exact, mais Alice trouva mauvais qu'on le lui rappelât.

« La façon dont toutes ces créatures discutent est

vraiment insupportable, murmura-t-elle. Il y a de quoi vous rendre folle ! »

Le Valet de pied eut l'air de juger que le moment était venu de répéter sa remarque, avec des variantes :

« Je resterai ici sans désemparer, dit-il, pendant des jours et des jours.

— Mais que dois-je faire ?

— Ce que tu voudras », répondit-il en se mettant à siffler.

« Oh ! il est inutile de lui parler ! » s'exclama Alice en désespoir de cause. « Il est complètement idiot ! »

Sur ces mots, elle ouvrit la porte et entra.

La porte donnait directement sur une grande cuisine pleine de fumée d'un bout à l'autre ; la Duchesse, assise sur un tabouret à trois pieds, était en train de bercer un bébé ; la cuisinière, penchée au-dessus du feu, remuait de la soupe dans un grand chaudron.

« Il y a certainement trop de poivre dans cette soupe ! » parvint à dire Alice, tout en éternuant tant qu'elle pouvait.

Il y en avait certainement beaucoup trop dans l'air. La Duchesse elle-même éternuait de temps à autre ; le bébé éternuait et braillait alternativement, sans interruption. Les seuls occupants de la cuisine qui n'éternuaient pas étaient la cuisinière et un gros chat, assis sur la plaque de l'âtre, qui souriait jusqu'aux oreilles.

« S'il vous plaît, madame », demanda Alice assez timidement, car elle n'était pas très sûre qu'il fût très poli de parler la première, « pourriez-vous me dire pourquoi votre chat sourit comme ça ?

— C'est un chat du comté de Chester[1], dit la Duchesse ; voilà pourquoi. Cochon ! »

Elle prononça ce dernier mot si brusquement et avec tant de violence qu'Alice sursauta ; mais elle vit tout de suite que le mot s'adressait au bébé et non pas à elle, c'est pourquoi elle reprit courage et continua :

« Je ne savais pas que les chats du comté de Chester souriaient toujours ; en fait, je ne savais pas que les chats étaient capables de sourire.

— Tous les chats sont capables de sourire, et ils sourient pour la plupart.

— Je n'en ai jamais vu sourire », dit Alice très poliment, tout heureuse de voir que la conversation était engagée.

« Tu n'as pas vu grand-chose, c'est un fait. »

Le ton de cette remarque déplut beaucoup à Alice qui jugea qu'il vaudrait peut-être mieux passer à un autre sujet. Pendant qu'elle essayait d'en trouver un, la cuisinière retira le chaudron du feu, puis se mit immédiatement à jeter sur la Duchesse et sur le bébé tout ce qui lui tomba sous la main : d'abord vinrent la pelle, les pincettes et le tisonnier ; ensuite, ce fut une averse de casseroles, d'assiettes et de plats. La Duchesse ne faisait aucune attention à ces objets, même lorsqu'ils la frappaient ; quant au bébé, il hurlait déjà si fort qu'il était parfaitement impossible de savoir si les coups lui faisaient mal ou non.

« Oh, je vous en supplie, prenez garde à ce que vous faites ! » s'écria Alice en bondissant d'inquiétude et de terreur. « Oh ! ça y est, cette fois c'est son pauvre petit nez ! » ajouta-t-elle en voyant une casserole particulièrement volumineuse effleurer le visage du bébé.

« Si chacun s'occupait de ses affaires », grommela la Duchesse d'une voix rauque, « la terre tournerait beaucoup plus vite qu'elle ne le fait.

— Ce qui ne nous avancerait à rien », dit Alice, tout heureuse d'étaler un peu de ses connaissances. « Pensez au désordre que ça amènerait dans la succession du jour et de la nuit ! Voyez-vous, la terre tourne sur elle-même pendant vingt-quatre heures sans relâche...

— À propos de hache, dit la Duchesse, coupez-lui donc la tête [1] ! »

Alice jeta un coup d'œil anxieux vers la cuisinière, pour voir si elle avait l'intention de saisir l'allusion ; mais elle était fort occupée à remuer la soupe, et n'avait pas l'air d'écouter. C'est pourquoi Alice se hasarda à poursuivre :

« Du moins, il me semble bien que c'est vingt-quatre ; ou bien est-ce douze ? Je...

— Oh, ne m'embête pas avec tes chiffres ! s'écria

la Duchesse. Je n'ai jamais pu supporter les chiffres ! »

Là-dessus elle se remit à bercer son enfant, tout en lui chantant une espèce de berceuse[1] et en le secouant violemment à la fin de chaque vers :

> « *Parlez rudement à votre bébé ;*
> *Battez-le quand il éternue ;*
> *Ce qu'il en fait, c'est pour vous embêter,*
> *C'est pour cela qu'il s'évertue.*

CHŒUR
(auquel prirent part la cuisinière et le bébé)

« Ouah ! Ouah ! Ouah ! »

Pendant tout le temps que la Duchesse chanta la seconde strophe de la chanson, elle n'arrêta pas de secouer violemment le bébé de haut en bas, et le pauvre petit n'arrêta pas de hurler si fort qu'Alice put à peine distinguer les paroles :

> « *Je parle rudement à mon bébé ;*
> *Je le bats quand il éternue ;*
> *Quand il le veut, il peut apprécier*
> *Le poivre qu'ici je remue.*

CHŒUR
« Ouah ! Ouah ! Ouah !

— Tiens, tu peux le bercer un peu, si tu veux ! » dit la Duchesse à Alice en lui jetant l'enfant comme un paquet. « Il faut que j'aille m'apprêter pour la partie de croquet de la Reine ! »

Sur ces mots, elle sortit vivement de la pièce. La cuisinière lui lança une poêle à frire au moment où elle franchissait la porte, et la manqua de peu.

Alice eut du mal à saisir le bébé qui avait une forme bizarre, et qui étendait bras et jambes dans toutes les directions, « exactement comme une étoile de mer », pensa la fillette. Le pauvre petit renâclait aussi bruyamment qu'une machine à vapeur quand elle l'attrapa ; en outre, il n'arrêtait pas de se plier en deux et de se redresser, si bien que, pendant les deux premières minutes, tout ce qu'elle put faire fut de l'empêcher de tomber.

Dès qu'elle eut compris comment il fallait s'y prendre pour le tenir (c'est-à-dire en faire une espèce de nœud, puis le saisir ferme par l'oreille droite et par le pied gauche pour l'empêcher de se dénouer), elle l'emporta en plein air. « Si je n'emmène pas cet enfant avec moi, songea-t-elle, ces deux femmes ne manqueront pas de le tuer d'ici un jour ou deux ; ce serait un véritable meurtre que de le laisser ici. »

Elle prononça ces derniers mots à haute voix, et le bébé poussa en réponse un petit grognement (il avait cessé d'éternuer à présent).

« Ne grogne pas, dit Alice, ça n'est pas une façon convenable de s'exprimer. »

Le bébé poussa un second grognement, et elle le regarda bien en face d'un air inquiet pour voir ce qu'il avait. Sans aucun doute son nez extrêmement retroussé ressemblait davantage à un museau qu'à un nez véritable ; d'autre part, ses yeux étaient bien petits pour des yeux de bébé ; dans l'ensemble, l'aspect de ce nourrisson déplut beaucoup à Alice. « Mais peut-être qu'il ne faisait que sangloter », pensa-t-elle ; et elle examina ses yeux de très près pour voir s'il y avait des larmes.

Non, il n'y avait pas de larmes.

« Si jamais tu te transformes en cochon, mon chéri », déclara Alice d'un ton sérieux, « je ne m'occuperai plus de toi. Fais attention à mes paroles ! »

Le pauvre petit sanglota de nouveau (ou grogna, puisqu'il était impossible de faire la différence), et tous deux poursuivirent leur route quelque temps en silence.

Alice commençait à se dire : « Que vais-je faire de cette créature quand je l'aurai emmenée à la maison ? » lorsque le bébé poussa un nouveau grognement, si fort, cette fois, qu'elle regarda son visage non sans inquiétude. Il n'y avait pas moyen de s'y tromper : c'était bel et bien un cochon, et elle sentit qu'il serait parfaitement absurde de le porter plus loin.

En conséquence, elle déposa le petit animal sur le sol et fut soulagée de le voir s'enfoncer dans le bois d'un petit trot paisible. « S'il avait grandi, se dit-elle, ç'aurait fait un enfant horriblement laid ; mais je trouve que ça fait un assez joli cochon. » Elle se mit à penser aux autres enfants de sa connaissance qui auraient fait de très jolis cochons, et elle était en train de songer : « Si seulement on savait comment s'y prendre pour les transformer... » lorsqu'elle sursauta légèrement en voyant le Chat-du-comté-de-Chester assis sur une branche d'arbre à quelques mètres d'elle.

Le Chat se contenta de sourire en voyant Alice. Elle lui trouva l'air fort aimable ; néanmoins, il avait des griffes extrêmement longues et un très grand nombre de dents, c'est pourquoi elle sentit qu'elle devait le traiter avec respect. « Minet-du-comté-de Chester », commença-t-elle assez timidement, car elle ne savait pas trop si ce nom lui plairait.

Le Chat s'étant contenté de sourire plus largement, Alice pensa : « Allons, jusqu'ici il est satisfait », et elle continua :

« Voudriez-vous me dire, s'il vous plaît, par où je dois m'en aller d'ici ?

— Cela dépend beaucoup de l'endroit où tu veux aller.

— Peu m'importe l'endroit...

— En ce cas, peu importe la route que tu prendras.

— ... pourvu que j'arrive quelque part », ajouta Alice en guise d'explication.

« Oh, tu ne manqueras pas d'arriver quelque part, si tu marches assez longtemps. »

Alice comprit que c'était indiscutable ; en conséquence elle essaya une autre question :

« Quelle espèce de gens trouve-t-on dans ces parages ?

— Dans cette direction-ci », répondit le Chat, en faisant un geste de sa patte droite, « habite un Chapelier ; et dans cette direction-là » (il fit un geste de sa patte gauche), « habite un Lièvre de Mars. Tu peux aller rendre visite à l'un ou à l'autre : ils sont fous tous les deux[1].

— Mais je ne veux pas aller parmi les fous !

— Impossible de faire autrement ; nous sommes tous fous ici. Je suis fou. Tu es folle.

— Comment savez-vous que je suis folle ?

— Si tu n'étais pas folle, tu ne serais pas venue ici. »

Alice pensa que ce n'était pas une preuve, mais elle continua :

« Et comment savez-vous que vous êtes fou ?

— Pour commencer, est-ce que tu m'accordes qu'un chien n'est pas fou ?

— Sans doute.

— Eh bien, vois-tu, un chien gronde lorsqu'il est en colère, et remue la queue lorsqu'il est content. Or, moi, je gronde quand je suis content, et je remue la queue quand je suis en colère. Donc, je suis fou.

— Moi j'appelle ça ronronner, pas gronder.

— Appelle ça comme tu voudras. Est-ce que tu es de la partie de croquet de la Reine, cet après-midi ?

— Je voudrais bien, mais je n'ai pas encore été invitée.

— Tu m'y verras », dit le Chat.

Et il disparut.

Alice ne s'en étonna guère, tellement elle était habituée à voir se passer des choses bizarres. Pendant qu'elle regardait l'endroit où le Chat s'était trouvé, il réapparut.

« À propos, fit-il, qu'est devenu le bébé ? J'ai failli oublier de te le demander.

— Il s'est transformé en cochon », répondit Alice d'une voix calme, comme si c'était la chose la plus naturelle du monde.

« Ça ne m'étonne pas », déclara le Chat.

Et il disparut à nouveau.

Alice attendit encore un peu, dans l'espoir de le voir réapparaître, mais il n'en fit rien, et, au bout d'une ou deux minutes, elle s'en alla vers l'endroit où on lui avait dit qu'habitait le Lièvre de Mars.

« J'ai déjà vu des chapeliers, dit-elle. Le Lièvre de Mars sera beaucoup plus intéressant à voir ; comme nous sommes en mai, peut-être qu'il ne sera pas fou furieux… ; du moins peut-être qu'il sera moins fou qu'il ne l'était en mars. »

Comme elle prononçait ces mots, elle leva les yeux, et voilà qu'elle aperçut le Chat, assis sur une branche.

« Est-ce que tu as dit : " cochon " ou " cocon " ? demanda-t-il [1].

— J'ai dit " cochon " ; et je voudrais bien que vous n'apparaissiez pas et ne disparaissiez pas si brusquement : ça me fait tourner la tête.

— C'est bon », dit le Chat.

Et, cette fois, il disparut très lentement, en commençant par le bout de la queue et en finissant par le sourire, qui resta un bon bout de temps quand tout le reste eut disparu.

« Ma parole ! pensa Alice, j'ai souvent vu un chat sans un sourire, mais jamais un sourire sans un chat !… C'est la chose la plus curieuse que j'aie jamais vue de ma vie ! »

Avant d'être allée bien loin, elle aperçut la maison du Lièvre de Mars : du moins elle pensa que c'était bien sa maison parce que les cheminées étaient en forme d'oreilles, et que le toit était couvert de fourrure en guise de chaume. La maison semblait si grande qu'Alice n'osa pas approcher avant d'avoir grignoté un peu du morceau de champignon qu'elle tenait à la main gauche et d'avoir atteint soixante centimètres environ. Même alors, elle reprit son chemin assez timidement, tout en se disant : « Et s'il est fou furieux, après tout ? Je regrette presque de ne pas être allée voir le Chapelier ! »

CHAPITRE 7

UN THÉ EXTRAVAGANT

Sous un arbre, devant la maison, se trouvait une table servie où le Lièvre de Mars et le Chapelier étaient en train de prendre le thé ; un Loir, qui dormait profondément, était assis entre eux, et les deux autres appuyaient leurs coudes sur lui comme sur un coussin en parlant par-dessus sa tête. « C'est bien incommode pour le Loir, pensa Alice ; mais, comme il dort, je suppose que ça lui est égal. »

La table était très grande ; pourtant tous trois se serraient l'un contre l'autre à un même coin.

« Pas de place ! Pas de place ! » s'écrièrent-ils en voyant Alice.

« Il y a de la place à revendre ! » s'écria-t-elle avec indignation.

Puis elle s'assit dans un grand fauteuil à un bout de la table.

« Prends donc un peu de vin », proposa le Lièvre de Mars d'un ton encourageant.

Alice promena son regard tout autour de la table, mais elle n'aperçut que du thé.

« Je ne vois pas de vin, fit-elle observer.

— Il n'y en a pas, dit le Lièvre de Mars.

— En ce cas, ce n'est pas très poli de votre part de m'en offrir », riposta Alice d'un ton furieux.

« Ce n'est pas très poli de ta part de t'asseoir sans y être invitée.

— Je ne savais pas que c'était votre table ; elle est mise pour plus de trois personnes.

— Tu as besoin de te faire couper les cheveux, déclara le Chapelier. » (Il y avait un bon moment qu'il la regardait avec beaucoup de curiosité, et c'étaient les premières paroles qu'il prononçait.)

« Vous ne devriez pas faire d'allusions personnelles », répliqua Alice sévèrement ; « c'est extrêmement grossier. »

Le Chapelier ouvrit de grands yeux en entendant cela ; mais il se contenta de demander :

« Pourquoi est-ce qu'un corbeau ressemble à un bureau ? »

« Parfait, nous allons nous amuser ! pensa Alice. Je suis contente qu'ils aient commencé à poser des devinettes... »

« Je crois que je peux deviner cela », ajouta-t-elle à haute voix.

« Veux-tu dire que tu penses pouvoir trouver la réponse ? demanda le Lièvre de Mars.

— Exactement.

— En ce cas, tu devrais dire ce que tu penses.

— Mais c'est ce que je fais », répondit Alice vivement. « Du moins... du moins... je pense ce que je dis... et c'est la même chose, n'est-ce pas ?

— Mais pas du tout ! s'exclama le Chapelier. C'est comme si tu disais que : " Je vois ce que je mange ", c'est la même chose que : " Je mange ce que je vois ! "

— C'est comme si tu disais, reprit le Lièvre de Mars, que : " J'aime ce que j'ai ", c'est la même chose que : " J'ai ce que j'aime ! "

— C'est comme si tu disais », ajouta le Loir (qui, semblait-il, parlait tout en dormant), « que : " Je respire quand je dors ", c'est la même chose que : " Je dors quand je respire ! "

— C'est bien la même chose pour toi », dit le Chapelier au Loir.

Sur ce, la conversation tomba, et tous les quatre restèrent sans parler pendant une minute, tandis qu'Alice passait en revue dans son esprit tout ce qu'elle pouvait se rappeler au sujet des corbeaux et des bureaux, et ce n'était pas grand-chose.

Le Chapelier fut le premier à rompre le silence.

« Quel jour du mois sommes-nous ? » demanda-t-il en se tournant vers Alice. (Il avait tiré sa montre de sa poche et la regardait d'un air inquiet, en la secouant et en la portant à son oreille de temps à autre.)

Alice réfléchit un moment avant de répondre :

« Le quatre.

— Elle retarde de deux jours ! » murmura le Chapelier en soupirant. « Je t'avais bien dit que le beurre ne conviendrait pas pour graisser les rouages ! » ajouta-t-il en regardant le Lièvre de Mars d'un air furieux.

« C'était le meilleur beurre que j'avais pu trouver », répondit l'autre d'un ton humble.

« Sans doute, mais quelques miettes ont dû entrer en même temps, grommela le Chapelier. Tu n'aurais pas dû y mettre le beurre avec le couteau à pain. »

Le Lièvre de Mars prit la montre, la regarda tristement, puis la plongea dans sa tasse de thé et la regarda de nouveau ; mais il ne trouva rien de mieux à dire que ce qu'il avait déjà dit :

« C'était le *meilleur* beurre que j'avais pu trouver. »

Alice, qui avait regardé par-dessus son épaule avec curiosité, s'exclama :

« Quelle drôle de montre ! Elle indique le jour du mois et elle n'indique pas l'heure !

— Pourquoi indiquerait-elle l'heure ? murmura le Chapelier. Est-ce que ta montre à toi t'indique l'année où l'on est ?

— Bien sûr que non », répondit Alice sans hésiter ; « mais c'est parce qu'elle reste dans la même année pendant très longtemps.

— Ce qui est exactement le cas de ma montre à moi », affirma le Chapelier.

Alice se sentit terriblement déconcertée : cette remarque semblait n'avoir aucun sens[1].

« Je ne comprends pas très bien », dit-elle aussi poliment qu'elle le put.

« Tiens, le Loir s'est rendormi », fit observer le Chapelier.

Et il lui versa un peu de thé chaud sur le museau.

Le Loir secoua la tête avec impatience, puis marmotta sans ouvrir les yeux :

« Bien sûr, bien sûr, c'est exactement ce que j'allais dire.

— As-tu deviné la devinette ? » demanda le Chapelier en se tournant vers Alice.

« Non, j'y renonce ; quelle est la réponse ?

— Je n'en ai pas la moindre idée, dit le Chapelier.

— Moi non plus », dit le Lièvre de Mars.

Alice poussa un soupir de lassitude.

« Je crois que vous pourriez mieux employer votre temps, déclara-t-elle, que de le perdre à poser des devinettes dont vous ignorez la réponse [1].

— Si tu connaissais le Temps aussi bien que moi, dit le Chapelier, tu ne parlerais pas de le perdre. Le Temps est un être vivant.

— Je ne comprends pas ce que vous voulez dire, répondit Alice.

— Naturellement ! » s'exclama-t-il en rejetant la tête en arrière d'un air de mépris. « Je suppose bien que tu n'as jamais parlé au Temps !

— Peut-être que non », répondit-elle prudemment. « Tout ce que je sais, c'est qu'il faut que je batte les temps quand je prends ma leçon de musique [2].

— Ah ! ça explique tout. Le Temps ne supporte pas d'être battu. Si tu étais en bons termes avec lui, il ferait presque tout ce que tu voudrais de la pendule.

Par exemple, suppose qu'il soit neuf heures du matin, l'heure de commencer tes leçons : tu n'as qu'à dire un mot au Temps, et les aiguilles tournent en un clin d'œil ! Voilà qu'il est une heure et demie, l'heure du déjeuner !

— Si seulement ça pouvait être l'heure du déjeuner ! murmura le Lièvre de Mars.

— Évidemment, ce serait magnifique », dit Alice d'un ton pensif ; « mais, voyez-vous, je... je n'aurais pas assez faim pour manger.

— Au début, peut-être pas, déclara le Chapelier ; mais tu pourrais faire rester la pendule sur une heure et demie aussi longtemps que tu voudrais.

— Est-ce ainsi que vous faites, vous ? »

Le Chapelier secoua négativement la tête d'un air lugubre.

« Hélas, non ! répondit-il. Nous nous sommes disputés en mars dernier, juste avant que lui ne devienne fou. » (Il montra le Lièvre de Mars, de sa cuillère à thé.) « C'était au grand concert donné par la Reine de cœur, où je devais chanter :

> *« Scintille, ô ma chauve-souris !*
> *Que fais-tu dans le soir tout gris ?*

« Je suppose que tu connais la chanson[1] ?

— J'ai entendu quelque chose de ce genre.

— Vois-tu, elle continue comme ceci :

> *« Tu voles dans le ciel d'été,*
> *Comme un petit plateau à thé !*
> *Scintille, scintille... »*

Ici, le Loir se secoua, et se mit à chanter tout en dormant : « Scintille, scintille, scintille, scintille... » Et il continua pendant si longtemps qu'ils durent le pincer pour le faire taire.

« Eh bien, j'avais à peine fini le premier vers, reprit le Chapelier, que la Reine se leva d'un bond en hurlant : " Il n'observe pas les pauses entre les mots ; il massacre le temps ! Qu'on lui coupe la tête ! "

— Quelle horrible cruauté ! s'exclama Alice.

— Et depuis ce jour-là », continua le Chapelier d'un ton lugubre, « le Temps refuse de faire ce que je lui demande ! Il est toujours six heures à présent. »

Alice eut une idée lumineuse.

« Est-ce pour ça qu'il y a tant de tasses à thé sur la table ? demanda-t-elle.

— Oui, c'est pour ça », répondit le Chapelier en soupirant. « C'est toujours l'heure du thé, et nous n'avons jamais pris le temps de faire la vaisselle.

— Alors, je suppose que vous faites perpétuellement le tour de la table ?

— Exactement ; à mesure que les tasses sont sales.

— Mais qu'arrive-t-il quand vous revenez aux premières tasses ?

— Si nous changions de sujet de conversation ? » répondit le Lièvre de Mars en bâillant. « Je commence à avoir assez de tout ceci. Je propose que cette jeune fille nous raconte une histoire.

— J'ai bien peur de ne pas savoir d'histoires », dit Alice un peu inquiète.

« En ce cas, le Loir va nous en raconter une ! » s'écrièrent-ils tous les deux. « Hé ! Loir ! Réveille-toi ! »

Et ils le pincèrent en même temps des deux côtés.

Le Loir ouvrit lentement les yeux.

« Je ne dormais pas », murmura-t-il d'une voix faible et enrouée. « J'ai entendu tout ce que vous disiez, sans en perdre un seul mot.

— Raconte-nous une histoire ! ordonna le Lièvre de Mars.

— Oh, oui ! je vous en prie ! dit Alice.

— Et tâche de te dépêcher, ajouta le Chapelier ; sans ça tu vas te rendormir avant d'avoir fini.

— Il était une fois trois petites sœurs », commença le Loir en toute hâte. « Elles se nommaient Elsie, Lacie, et Tillie[1], et elles vivaient au fond d'un puits...

— De quoi se nourrissaient-elles ? » demanda Alice qui s'intéressait toujours beaucoup au manger et au boire.

« Elles se nourrissaient de mélasse », répondit le Loir après deux minutes de réflexion.

« Voyons, ça n'est pas possible », fit observer Alice d'une voix douce. « Elles auraient été malades.

— Elles étaient malades, très malades. »

Alice essaya de s'imaginer à quoi pourrait bien ressembler un genre d'existence si extraordinaire, mais cela lui cassa tellement la tête qu'elle préféra continuer à poser des questions.

« Pourquoi vivaient-elles au fond d'un puits ? demanda-t-elle.

— Prends donc un peu plus de thé », lui dit le Lièvre de Mars le plus sérieusement du monde.

« Je n'ai encore rien pris », répondit-elle d'un ton offensé. « Je ne peux pas prendre quelque chose de plus.

— Tu veux dire que tu ne peux pas prendre quelque chose de moins, fit observer le Chapelier ; mais il est très facile de prendre plus que rien.

— Personne ne vous a demandé votre avis, répliqua Alice.

— Qui est-ce qui fait des allusions personnelles, à présent ? » demanda le Chapelier d'un ton de triomphe.

Alice ne sut trop que répondre à cela. En conséquence, elle prit un peu de thé et de pain beurré, puis elle se tourna vers le Loir et répéta sa question :

« Pourquoi vivaient-elles au fond d'un puits ? »

De nouveau le Loir réfléchit pendant deux bonnes minutes. Ensuite il déclara :

« C'était un puits de mélasse.

— Ça n'existe pas ! » s'écria Alice avec colère. Mais le Chapelier et le Lièvre de Mars firent : « Chut ! Chut ! » et le Loir observa d'un ton maussade :

« Si tu ne peux pas être polie, tu ferais mieux de finir toi-même l'histoire.

— Non ! continuez, je vous en prie ! dit Alice. Je

ne vous interromprai plus. Après tout, peut-être qu'il existe un puits de ce genre, un seul.

— Un seul, vraiment ! » s'exclama le Loir d'un ton indigné.

Néanmoins, il consentit à continuer :

« Donc, ces trois petites sœurs, vois-tu, elles apprenaient à puiser...

— Que puisaient-elles ? » demanda Alice, oubliant tout à fait sa promesse.

« De la mélasse », dit le Loir, sans prendre le temps de réfléchir, cette fois.

« Je veux une tasse propre, déclara le Chapelier. Avançons tous d'une place. »

Il avança tout en parlant, et le Loir le suivit. Le Lièvre de Mars prit la place que le Loir venait de quitter, et Alice, un peu à contrecœur, prit la place du Lièvre de Mars. Le Chapelier fut le seul à profiter du changement ; Alice se trouva bien plus mal installée qu'auparavant parce que le Lièvre de Mars venait de renverser la jatte de lait dans son assiette.

Ne voulant pas offenser le Loir de nouveau, elle commença à dire très prudemment :

« Mais je ne comprends pas. Où puisaient-elles cette mélasse ?

— On peut puiser de l'eau dans un puits d'eau, répliqua le Chapelier. Je ne vois donc pas pourquoi on ne pourrait pas puiser de la mélasse dans un puits de mélasse, hein, pauvre sotte ?

— Mais voyons, elles étaient bien au fond du puits ? » demanda Alice au Loir, en jugeant préférable de ne pas relever les deux derniers mots.

« Bien sûr, répliqua le Loir ; et puis, bien au fond. »

Cette réponse brouilla tellement les idées de la pauvre fille, qu'elle laissa le Loir continuer pendant un bon bout de temps sans l'interrompre.

« Elles apprenaient aussi à dessiner[1] », poursuivit-il en bâillant et en se frottant les yeux, car il avait très sommeil ; « et elles dessinaient toutes sortes de choses... tout ce qui commence par A[2]...

— Pourquoi par A ? demanda Alice.

— Pourquoi pas ? » rétorqua le Lièvre de Mars.

Alice ne répondit pas.

Le Loir avait fermé les yeux, et il commençait à

somnoler ; mais, quand le Chapelier l'eut pincé, il s'éveilla en poussant un petit cri aigu et reprit :

« ... qui commence par A... par exemple : des attrape-mouches, des astres, des affections, des à-peu-près ?

— Vraiment, maintenant que vous m'en parlez », dit Alice, qui ne savait plus où elle en était, « je ne crois pas que...

— En ce cas, tu devrais te taire », fit observer le Chapelier.

Cette grossièreté était plus que la fillette n'en pouvait supporter : complètement dégoûtée, elle se

leva et s'éloigna. Le Loir s'endormit immédiatement ; les deux autres ne firent pas la moindre
attention au départ d'Alice, quoiqu'elle se retournât
deux ou trois fois dans l'espoir qu'ils la rappelle-
raient. La dernière fois qu'elle les vit, ils essayaient
de plonger le Loir dans la théière.

« En tout cas, je ne reviendrai jamais par ici ! »
déclara-t-elle tout en cheminant dans le bois. « C'est
le thé le plus stupide auquel j'aie jamais assisté de ma
vie ! »

Comme elle disait ces mots, elle remarqua que l'un
des arbres était muni d'une porte qui permettait d'y
pénétrer. « Voilà qui est bien curieux ! pensa-t-elle.
Mais tout est curieux aujourd'hui. Je crois que je
ferais aussi bien d'entrer tout de suite. » Et elle
entra.

Une fois de plus, elle se trouva dans la longue
salle, tout près de la petite table de verre. « Cette
fois-ci, je vais m'y prendre un peu mieux », se dit-
elle. Elle commença par s'emparer de la petite clé
d'or et par ouvrir la porte qui donnait sur le jardin.
Puis elle se mit à grignoter le champignon (dont elle
avait gardé un morceau dans sa poche) jusqu'à ce
qu'elle n'eût plus que trente centimètres ; puis elle
traversa le petit corridor ; et puis... elle se trouva
enfin dans le beau jardin, au milieu des parterres de
fleurs aux couleurs vives et des fraîches fontaines.

CHAPITRE 8

LE TERRAIN DE CROQUET
DE LA REINE

Un grand rosier se dressait près de l'entrée du jardin ; il était tout couvert de roses blanches, mais trois jardiniers s'affairaient à les peindre en rouge. Ceci sembla très curieux à Alice qui s'approcha pour les regarder faire, et, juste au moment où elle arrivait à leur hauteur, elle entendit l'un d'eux qui disait :

« Fais donc attention, Cinq ! ne m'éclabousse pas de peinture comme ça !

— Je ne l'ai pas fait exprès », répondit l'autre d'un ton maussade. « C'est Sept qui m'a poussé le coude. »

Sur quoi, Sept leva les yeux et déclara :

« C'est ça, ne te gêne pas, Cinq ! Tu prétends toujours que c'est la faute des autres !

— Toi, tu ferais mieux de te taire ! répliqua Cinq. Pas plus tard qu'hier j'ai entendu la Reine dire que tu méritais qu'on te coupe la tête.

— Et pourquoi ? » demanda celui qui avait parlé le premier.

« Ça, ça ne te regarde pas, Deux ! répondit Sept.

— Parfaitement que ça le regarde ! déclara Cinq. Et je vais lui dire pourquoi : parce que tu as apporté

à la cuisinière des oignons de tulipes au lieu d'oignons ordinaires. »

Sept jeta son pinceau, et il venait de dire : « Ma parole, de toutes les calomnies... », lorsque ses yeux se posèrent par hasard sur Alice en train de les regarder. Il s'interrompit brusquement, les deux autres se retournèrent, et tous firent une profonde révérence.

« Voudriez-vous me dire », demanda Alice un peu timidement, « pourquoi vous peignez ces roses ? »

Cinq et Sept restèrent muets, et se tournèrent vers Deux qui commença à voix basse :

« Ma foi, voyez-vous, mam'selle, pour dire la vérité vraie, ce rosier-là, ç'aurait dû être un rosier rouge, et nous en avons planté un blanc par erreur ; et si la Reine venait à s'en apercevoir, on aurait tous la tête coupée, voyez-vous. Aussi, voyez-vous, mam'selle, on fait de notre mieux, devant qu'elle arrive, pour... »

À ce moment, Cinq, qui regardait avec anxiété

vers le fond du jardin, se mit à crier : « La Reine ! La Reine ! » et les trois jardiniers se jetèrent immédiatement à plat ventre. On entendit un bruit de pas nombreux, et Alice, qui mourait d'envie de voir la Reine, se retourna.

Venaient d'abord, armés de gourdins, dix soldats ayant la même forme que les trois jardiniers : plats et rectangulaires, avec des pieds et des mains aux quatre coins. Venaient ensuite dix courtisans, aux habits constellés de diamants, qui marchaient deux par deux comme les soldats. Après eux, venaient les enfants royaux ; il y en avait dix, et ces petits amours avançaient par couples, la main dans la main, en sautant gaiement : ils étaient ornés de cœurs[1] de la tête aux pieds. À leur suite venaient les invités, pour la plupart des Rois et des Reines. Parmi eux Alice reconnut le Lapin Blanc : il parlait vite, d'un ton nerveux, en souriant à tout ce qu'on disait ; il passa près d'Alice sans faire attention à elle. Derrière les invités s'avançait le Valet de Cœur, qui portait la couronne du Roi sur un coussin de velours rouge ; et, à la fin de ce cortège imposant, venaient LE ROI ET LA REINE DE CŒUR.

Alice se demanda si elle ne devrait pas s'aplatir le visage contre terre, comme les trois jardiniers, mais elle ne put se rappeler avoir jamais entendu dire que c'était la règle quand un cortège passait. « D'ailleurs, pensa-t-elle, à quoi servirait un cortège, si chacun devait se jeter le visage contre terre et ne pouvait pas le voir passer ? » Elle resta donc immobile à sa place, et attendit.

Quand ces divers personnages arrivèrent à sa hauteur, tous s'arrêtèrent pour la regarder, et la

Reine demanda d'une voix sévère : « Qui est-ce ? »
Elle dit cela au Valet de Cœur qui, pour toute
réponse, se contenta de s'incliner en souriant.

« Imbécile ! » s'exclama la Reine, en rejetant la
tête en arrière d'un air impatient. Puis, se tournant
vers Alice, elle continua :

« Comment t'appelles-tu, mon enfant ?

— Je m'appelle Alice, plaise à Votre Majesté »,
répondit la fillette très poliment.

Mais elle ajouta, en elle-même : « Après tout, ces
gens-là ne sont qu'un jeu de cartes. Je n'ai pas besoin
d'avoir peur d'eux. »

« Et qui sont ceux-là ? » demanda la Reine, en montrant du doigt les trois jardiniers étendus autour du rosier. (Car, voyez-vous, comme ils étaient couchés le visage contre terre et comme le dessin de leur dos était le même que celui des autres cartes du jeu, elle ne pouvait distinguer si c'étaient des jardiniers, des courtisans, ou trois de ses propres enfants.)

« Comment voulez-vous que je le sache ? » répondit Alice, surprise de son courage. « Ce n'est pas mon affaire, à moi. »

La Reine devint écarlate de fureur, puis, après avoir regardé férocement la fillette comme une bête sauvage, elle se mit à hurler :

« Qu'on lui coupe la tête ! Qu'on lui…

— Quelle bêtise ! » s'exclama Alice d'une voix forte et décidée.

La Reine se tut aussitôt. Le Roi lui mit la main sur le bras en murmurant timidement :

« Réfléchissez un peu, ma chère amie : ce n'est qu'une enfant ! »

Elle se détourna de lui d'un air courroucé, et ordonna au Valet :

« Retournez-les ! »

Le Valet les retourna, très prudemment, du bout du pied.

« Debout ! » cria la Reine d'une voix forte et perçante.

Sur ce, les trois jardiniers se dressèrent d'un bond sans plus attendre ; après quoi, ils se mirent à s'incliner devant le Roi, la Reine, les enfants royaux, et tous les personnages du cortège.

« Arrêtez ! ordonna la Reine. Vous me donnez le

vertige. » Puis, se tournant vers le rosier, elle poursuivit :

« Qu'étiez-vous donc en train de faire ?

— Plaise à Votre Majesté », commença Deux,
d'une voix très humble, en mettant un genou en
terre, « nous essayions...

— Je comprends ! » dit la Reine, qui avait examiné les roses. « Qu'on leur coupe la tête ! »

Sur ces mots, le cortège se remit en route, à
l'exception de trois soldats qui restèrent en arrière
pour exécuter les infortunés jardiniers. Ceux-ci se
précipitèrent vers Alice pour implorer sa protec-
tion.

« Je ne veux pas qu'on leur coupe la tête ! »
s'exclama-t-elle en les mettant dans un grand pot à
fleurs qui se trouvait là.

Les trois soldats les cherchèrent dans toutes les
directions pendant une ou deux minutes, puis ils s'en
allèrent tranquillement à la suite du cortège.

« Est-ce qu'on leur a coupé la tête ? cria la Reine.

— Leur tête a disparu [1], plaise à Votre Majesté !
répondirent les soldats.

— C'est parfait ! brailla la Reine. Sais-tu jouer au
croquet ? »

Les soldats restèrent silencieux et regardèrent
Alice car c'était évidemment à elle que s'adressait la
question.

« Oui ! vociféra-t-elle.

— Alors, arrive ! » hurla la Reine.

Et Alice se joignit au cortège, en se demandant
bien ce qui allait se passer ensuite.

« Il... il fait très beau aujourd'hui ! » murmura une
voix timide tout près d'elle. C'était le Lapin Blanc,

qui marchait à son côté et fixait sur elle un regard anxieux.

« Très beau, dit Alice. Où est donc la Duchesse ?

— Chut ! Chut ! » murmura vivement le Lapin, en regardant derrière lui d'un air craintif. Puis, se dressant sur la pointe des pieds, il mit sa bouche contre l'oreille d'Alice et ajouta à voix basse :

« Elle a été condamnée à avoir la tête coupée.

— Quel carnage !

— Avez-vous dit : " Quel dommage ! "

— Non, je ne trouve pas que ce soit du tout dommage. Mais qu'a-t-elle donc fait ?

— Elle a giflé la Reine... », commença le Lapin.

Comme Alice se mettait à rire aux éclats, il murmura d'une voix craintive :

« Chut ! je vous en prie ! La Reine va vous entendre ! Voyez-vous, la Duchesse était arrivée en retard, et la Reine lui a dit...

— Prenez vos places ! » cria la Reine d'une voix de tonnerre.

Sur quoi, tous se mirent à courir dans tous les sens, en se cognant les uns contre les autres. Néanmoins, au bout d'une ou deux minutes, chacun se trouva à son poste et la partie commença.

Alice n'avait jamais vu un terrain de croquet aussi bizarre : il était tout en creux et en bosses ; les boules étaient des hérissons vivants ; les maillets, des flamants vivants ; et les soldats devaient se courber en deux, pieds et mains placés sur le sol, pour former les arceaux.

Dès le début, Alice trouva que le plus difficile était de se servir de son flamant : elle arrivait sans trop de mal à le tenir à plein corps sous son bras, les pattes pendantes, mais, généralement, au moment précis où, après lui avoir mis le cou bien droit, elle s'apprêtait à cogner sur le hérisson avec sa tête, le flamant ne manquait pas de se retourner et de la regarder bien en face d'un air si intrigué qu'elle ne pouvait s'empêcher de rire ; d'autre part, quand elle lui avait fait baisser la tête et s'apprêtait à recommencer, elle trouvait on ne peut plus exaspérant de s'apercevoir que le hérisson s'était déroulé et s'éloignait lentement ; de plus, il y avait presque toujours un creux ou une bosse à l'endroit où elle se proposait d'envoyer le hérisson ; et comme, en outre, les soldats courbés en deux n'arrêtaient pas de se redresser pour s'en aller vers d'autres parties du terrain, Alice en vint bientôt à conclure que c'était vraiment un jeu très difficile.

Les joueurs jouaient tous en même temps sans attendre leur tour ; ils se disputaient sans arrêt et s'arrachaient les hérissons. Au bout d'un instant la Reine, entrant dans une furieuse colère, parcourut le terrain en tapant du pied et en criant : « Qu'on lui coupe la tête ! Qu'on lui coupe la tête ! » à peu près une fois par minute.

Alice commençait à se sentir très inquiète ; à vrai dire, elle ne s'était pas encore disputée avec la Reine, mais elle savait que cela pouvait arriver d'un moment à l'autre. « Et dans ce cas, pensait-elle, qu'est-ce que je deviendrais ? Ils sont terribles, avec leur manie de couper la tête aux gens ; ce qui est vraiment extraordinaire, c'est qu'il y ait encore des survivants ! »

Elle était en train de regarder autour d'elle pour voir s'il y avait moyen de s'échapper, en se demandant si elle pourrait s'éloigner sans qu'on s'en aperçût, lorsqu'elle remarqua une curieuse apparition dans l'air. Elle fut tout d'abord intriguée, car elle n'arrivait pas à distinguer ce que c'était, mais, après avoir regardé attentivement pendant une ou deux minutes, elle comprit que c'était un sourire, et elle pensa : « C'est le Chat du comté de Chester : je vais enfin pouvoir parler à quelqu'un. »

« Comment vas-tu ? » dit le Chat, dès qu'il eut assez de bouche pour parler.

Alice attendit l'apparition de ses yeux pour le

saluer d'un signe de tête. « Il est inutile de lui parler, pensa-t-elle, avant que ses oreilles ne se montrent, du moins une des deux. » Au bout d'une minute, toute la tête était visible ; Alice posa alors son flamant et se mit à raconter la partie de croquet, tout heureuse d'avoir quelqu'un qui voulût bien l'écouter. Le Chat jugea sans doute qu'on voyait une partie suffisante de sa personne, et il n'en apparut pas davantage.

« Je trouve qu'ils ne jouent pas du tout honnêtement », commença-t-elle d'un ton assez mécontent ; « et ils se disputent d'une façon si épouvantable qu'on ne peut pas s'entendre parler ; et on dirait qu'il n'y a aucune règle du jeu (en tout cas, s'il y en a, personne ne les suit) ; et vous ne pouvez pas vous imaginer combien c'est déconcertant d'avoir affaire à des êtres vivants : par exemple, l'arceau sous lequel doit passer ma boule est en train de se promener à l'autre bout du terrain, et je suis sûre que j'aurais croqué le hérisson de la Reine il y a un instant, mais il s'est enfui en voyant arriver le mien !

— Que penses-tu de la Reine ? » demanda le Chat à voix basse.

« Elle ne me plaît pas du tout ; elle est tellement... »

Juste à ce moment, elle s'aperçut que la Reine était tout près derrière eux, en train d'écouter ; c'est pourquoi elle continua ainsi :

« ... sûre de gagner que c'est presque inutile de finir la partie. »

La Reine passa son chemin en souriant.

« À qui diable parles-tu ? » demanda le Roi, en s'approchant d'Alice et en regardant la tête du Chat avec beaucoup de curiosité.

« C'est un de mes amis... un Chat du comté de Chester. Permettez-moi de vous le présenter.

— Je n'aime pas du tout sa mine, déclara le Roi. Néanmoins, je l'autorise à me baiser la main, s'il le désire.

— J'aime mieux pas, riposta le Chat.

— Ne faites pas l'impertinent, dit le Roi. Et ne me regardez pas comme ça ! » ajouta-t-il en se mettant derrière Alice.

« Un chat peut bien regarder un roi, fit-elle observer. J'ai lu ça dans un livre, je ne me rappelle plus où.

— C'est possible, mais il faut le faire disparaître », affirma le Roi d'un ton décidé.

Puis il cria à la Reine qui se trouvait à passer à ce moment :

« Ma chère amie, je voudrais bien que vous fassiez disparaître ce chat ! »

La Reine ne connaissait qu'une seule façon de résoudre toutes les difficultés.

« Qu'on lui coupe la tête ! » cria-t-elle, sans même se retourner.

« Je vais aller chercher le bourreau moi-même », dit le Roi avec empressement.

Et il s'éloigna en toute hâte.

Alice pensa qu'elle ferait tout aussi bien de rejoindre les joueurs pour voir où en était la partie, car elle entendait dans le lointain la voix de la Reine qui hurlait de colère. Elle l'avait déjà entendue condamner trois des joueurs à avoir la tête coupée parce qu'ils avaient laissé passer leur tour, et cela ne lui plaisait pas beaucoup car la partie était tellement embrouillée qu'elle ne savait jamais si c'était son tour ou non. En conséquence, elle se mit à la recherche de son hérisson.

Celui-ci livrait bataille à un autre hérisson, et Alice vit là une excellente occasion de croquer l'un et l'autre : le seul ennui était que son flamant se trouvait à l'autre extrémité du jardin, où elle pouvait le voir qui essayait vainement de s'envoler pour se percher sur un arbre.

Avant qu'elle n'eût attrapé et ramené le flamant, la bataille était terminée, et les deux hérissons avaient disparu. « Mais ça n'a pas une grande importance, pensa-t-elle, puisqu'il ne reste plus un seul arceau de ce côté-ci du terrain. »

Elle fourra le flamant sous son bras pour l'empêcher de s'échapper de nouveau, puis revint vers son ami pour continuer la conversation.

Quand elle arriva à l'endroit où se trouvait le Chat du comté de Chester, elle fut fort étonnée de voir qu'une foule nombreuse l'entourait : le bourreau, le Roi et la Reine se disputaient en parlant tous à la fois, tandis que le reste de l'assistance se taisait d'un air extrêmement gêné.

Dès qu'Alice apparut, les trois personnages firent appel à elle pour régler le différend. Chacun lui exposa ses arguments, mais, comme ils parlaient tous à la fois, elle eut beaucoup de mal à comprendre exactement ce qu'ils disaient.

Le bourreau déclarait qu'il était impossible de couper une tête s'il n'y avait pas un corps dont on pût la séparer, qu'il n'avait jamais rien fait de semblable jusqu'à présent, et qu'il n'allait sûrement pas commencer à son âge.

Le Roi déclarait que tout ce qui avait une tête

pouvait être décapité, et qu'il ne fallait pas raconter de bêtises.

La Reine déclarait que si on ne prenait pas une décision en un rien de temps, elle ferait exécuter tout le monde autour d'elle. (Cette dernière remarque expliquait l'air grave et inquiet de l'assistance.)

Alice ne put trouver autre chose à dire que ceci :

« Le Chat appartient à la Duchesse ; c'est à elle que vous feriez mieux de vous adresser.

— Elle est en prison », dit la Reine au bourreau. « Allez la chercher et amenez-la ici. »

Sur ces mots, le bourreau fila comme une flèche.

Dès qu'il fut parti, la tête du Chat commença à s'évanouir ; avant que le bourreau ne fût revenu avec la Duchesse, elle avait complètement disparu ; le Roi et le bourreau se mirent à courir comme des fous dans tous les sens pour la retrouver, et le reste de l'assistance s'en alla reprendre la partie interrompue.

CHAPITRE 9

HISTOIRE
DE LA SIMILI-TORTUE[1]

« Tu ne saurais croire combien je suis heureuse de te revoir, ma vieille ! » dit la Duchesse, tout en glissant affectueusement son bras sous celui d'Alice et en s'éloignant avec elle.

Alice fut enchantée de la trouver de si charmante humeur ; elle se dit que c'était peut-être le poivre qui l'avait rendue si furieuse lorsqu'elle l'avait vue pour la première fois dans la cuisine.

« Moi, quand je serai Duchesse », pensa-t-elle (mais sans beaucoup de conviction), « je n'aurai pas un seul grain de poivre dans ma cuisine. La soupe est tout aussi bonne sans poivre... Peut-être que c'est toujours le poivre qui rend les gens furieux », continua-t-elle, ravie d'avoir découvert une nouvelle règle, « et le vinaigre qui les rend aigres..., et la camomille qui les rend amers..., et... et le sucre d'orge et les friandises qui rendent les enfants doux et aimables. Je voudrais bien que tout le monde sache cela, parce que, alors, les gens seraient moins avares de sucreries... »

Ayant complètement oublié l'existence de la

Duchesse, elle fut un peu saisie en entendant sa voix tout près de son oreille :

« Ma chère enfant, tu es en train de penser à une chose qui te fait oublier de parler. Pour l'instant je ne peux pas te dire quelle est la morale à tirer de ce fait, mais je m'en souviendrai dans un instant.

— Peut-être qu'il n'y a pas de morale à en tirer, risqua Alice.

— Allons donc ! » s'exclama la Duchesse tout en se serrant contre elle. « On peut tirer une morale de tout : il suffit de la trouver. »

Alice n'aimait pas du tout avoir la Duchesse si près d'elle : d'abord parce qu'elle était vraiment très laide ; ensuite, parce qu'elle avait exactement la taille qu'il fallait pour pouvoir appuyer son menton sur l'épaule d'Alice, et c'était un menton désagréablement pointu. Néanmoins, comme elle ne voulait pas être grossière, elle supporta de son mieux ce désagrément.

« On dirait que la partie marche un peu mieux, fit-elle observer.

— C'est exact. Et la morale de ce fait est : " Oh ! c'est l'amour, l'amour, qui fait tourner la terre ! "

— Quelqu'un a dit, murmura Alice, que la terre tournait bien quand chacun s'occupait de ses affaires !

— Ma foi ! cela revient à peu près au même », dit la Duchesse en lui enfonçant son petit menton pointu dans l'épaule. Puis elle ajouta :

« Et la morale de ce fait est : " Occupez-vous du sens, et les mots s'occuperont d'eux-mêmes[1]. "

« Quelle manie elle a de tirer une morale de tout ! » pensa Alice.

« Je parie que tu te demandes pourquoi je ne mets pas mon bras autour de ta taille », reprit la Duchesse après un moment de silence. « C'est parce que je ne suis pas sûre de l'humeur de ton flamant. Faut-il que je tente l'expérience ?

— Il pourrait vous piquer d'un coup de bec », dit prudemment Alice qui ne tenait pas du tout à la voir tenter l'expérience.

« Tout à fait exact. Les flamants et la moutarde piquent également. Et la morale de ce fait est : " Qui se ressemble, s'assemble. "

— Mais la moutarde ne ressemble pas à un flamant.

— Tu as raison, comme d'habitude. Ce que tu exprimes clairement les choses !

— Il me semble bien que la moutarde est un minéral, poursuivit Alice.

— Bien sûr que c'en est un », dit la Duchesse, qui semblait prête à approuver toutes les paroles de la

fillette. « Il y a une grande mine de moutarde tout
près d'ici. Et la morale de ce fait est : " Garde-toi
tant que tu vivras de juger les gens sur la mine[1]. "

— Oh ! je sais ! » s'exclama Alice, qui n'avait pas
écouté cette dernière phrase. « C'est un végétal. Ça
n'en a pas l'air, mais c'en est un tout de même.

— Je suis entièrement d'accord avec toi, dit la
Duchesse. Et la morale de ce fait est : " Mieux vaut
être que paraître " ou, pour parler plus clairement :
" Ne te crois jamais différente de ce qui aurait pu
paraître aux autres que ce que tu étais ou aurais pu
être n'était pas différent de ce que tu avais été qui
aurait pu leur paraître différent. "

— Je crois », fit observer Alice poliment, « que je
comprendrais ça beaucoup mieux si je le voyais écrit ;
mais je crains de ne pas très bien vous suivre quand
vous le dites.

— Ce n'est rien à côté de ce que je pourrais dire
si je voulais », répliqua la Duchesse d'un ton satisfait.

« Je vous en prie, ne vous donnez pas la peine d'en
dire plus long, déclara Alice.

— Oh ! mais ça ne me donnerait aucune peine !
affirma la Duchesse. Je te fais cadeau de tout ce que
j'ai dit jusqu'à présent. »

« Voilà un cadeau qui ne coûte pas cher ! pensa
Alice. Je suis bien contente qu'on ne me donne pas
des cadeaux d'anniversaire de ce genre ! » (Mais elle
ne se hasarda pas à exprimer cela tout haut.)

« Encore en train de réfléchir ? » demanda la
Duchesse en lui enfonçant de nouveau son petit
menton pointu dans l'épaule.

« J'ai bien le droit de réfléchir », répliqua Alice

sèchement, car elle commençait à se sentir un peu agacée.

« À peu près autant que les cochons ont le droit de voler, déclara la Duchesse. Et la mo... »

Mais, à cet instant précis, à la grande surprise d'Alice, la voix de la Duchesse s'éteignit au beau milieu de son mot favori : « morale », et le bras qu'elle avait passé sous celui de sa compagne se mit à trembler. La fillette leva les yeux : devant elles se dressait la Reine, les bras croisés, le visage aussi menaçant qu'un ciel d'orage.

« Belle journée, Votre majesté ! » commença la Duchesse d'une voix faible et basse.

« Je ne veux pas vous prendre en traître », hurla la Reine en tapant du pied, « mais je vous avertis d'une chose : ou bien vous vous ôtez de là, ou bien je vous ôte la tête, et cela en un rien de temps ! Faites votre choix ! »

La Duchesse fit son choix et disparut en un moment.

« Continuons la partie », dit la Reine à Alice qui, trop effrayée pour pouvoir prononcer un mot, la suivit lentement jusqu'au terrain de croquet.

Les autres invités avaient profité de l'absence de la Reine pour se reposer à l'ombre ; mais, dès qu'ils la virent arriver, ils se hâtèrent de reprendre la partie, tandis que Sa Majesté se contentait de déclarer qu'un moment de retard leur coûterait la vie.

Pendant tout le temps que dura la partie, la Reine n'arrêta pas de se disputer avec les autres joueurs et de crier : « Qu'on lui coupe la tête ! Qu'on lui coupe la tête ! » Ceux qu'elle condamnait étaient arrêtés par les soldats, qui, naturellement, devaient cesser d'être des arceaux pour pouvoir procéder aux arrestations ; de sorte que, au bout d'une demi-heure environ, il ne restait plus d'arceaux, et que tous les joueurs, sauf le Roi, la Reine et Alice, étaient arrêtés et condamnés à avoir la tête coupée.

Alors la Reine s'arrêta, toute hors d'haleine, pour demander à Alice :

« As-tu déjà vu la Simili-Tortue ?

— Non, je ne sais même pas ce qu'est une Simili-Tortue.

— C'est ce avec quoi on fait la soupe à la Simili-Tortue.

— Je n'en ai jamais vu ni entendu parler.

— En ce cas, suis-moi. Elle te racontera son histoire. »

Tandis qu'elles s'éloignaient ensemble, Alice entendit le Roi dire à voix basse à toute la société : « Je vous fais grâce. » « Allons, c'est parfait ! » pensa-t-elle, car le nombre des exécutions ordonnées par la Reine l'avait rendue très malheureuse.

Bientôt, elles rencontrèrent un Griffon qui dormait profondément, étendu en plein soleil. (Si vous ne savez pas ce que c'est qu'un Griffon, regardez l'image.)

« Debout, paresseux ! cria la Reine. Amène cette jeune fille à la Simili-Tortue pour que celle-ci lui raconte son histoire. Il faut que j'aille m'occuper de quelques exécutions que j'ai ordonnées. »

Sur ces mots, elle s'éloigna, laissant Alice seule avec le Griffon. L'aspect de cet animal ne plaisait guère à la fillette, mais elle se dit que, après tout, elle serait plus en sécurité en restant près de lui qu'en suivant cette Reine féroce : c'est pourquoi elle attendit.

Le Griffon se leva et se frotta les yeux ; puis il regarda la Reine jusqu'à ce qu'elle eût disparu ; puis, il se mit à rire tout bas.

« Ce que c'est drôle ! » dit-il, autant pour Alice que pour lui-même.

« Qu'est-ce qui est drôle ?

— Mais, elle, voyons. Tout ça, elle se l'imagine : en réalité, y a pas jamais personne d'exécuté. Arrive ! »

« Tout le monde ici me dit : " Arrive ! " », pensa Alice, en le suivant lentement. « Jamais de ma vie on ne m'a fait pivoter comme ça, jamais ! »

Ils n'étaient pas allés bien loin lorsqu'ils aperçurent la Simili-Tortue à quelque distance, assise triste et solitaire sur une petite saillie rocheuse, et, à mesure qu'ils approchaient, Alice pouvait l'entendre soupirer comme si son cœur allait se briser.

« Quelle est la cause de son chagrin ? » demandat-elle au Griffon, le cœur plein de pitié.

Et il répondit, presque dans les mêmes termes qu'il avait déjà employés :

« Tout ça, elle se l'imagine : en réalité, elle a pas aucun motif de chagrin. Arrive ! »

Ils allèrent donc vers la Simili-Tortue, qui les regarda de ses grands yeux pleins de larmes, sans souffler mot.

« C'te jeune demoiselle qu'est ici, expliqua le Griffon, elle a rudement envie que t'y racontes ton histoire, pour sûr que oui !

— Je vais la lui raconter », répondit la Simili-Tortue d'une voix caverneuse. « Asseyez-vous tous les deux, et ne prononcez pas une seule parole avant que j'aie fini. »

Ils s'assirent, et personne ne parla pendant quelques minutes. Alice pensa : « Je ne vois pas comment elle pourra jamais finir si elle ne commence pas. » Mais elle attendit patiemment.

« Autrefois », dit enfin la Simili-Tortue en poussant un profond soupir, « j'étais une vraie Tortue ».

Ces paroles furent suivies d'un long silence, rompu seulement par un « Grrrh ! » que poussait le Griffon de temps à autre, et par les lourds sanglots incessants de la Simili-Tortue. Alice fut sur le point de se lever en disant : « Je vous remercie, madame, de votre intéressante histoire », mais elle ne put s'empêcher de penser qu'il devait sûrement y avoir une suite ; c'est pourquoi elle resta assise sans bouger et sans souffler mot.

« Quand nous étions petits », reprit finalement la Simili-Tortue d'une voix plus calme, mais en poussant encore un léger sanglot de temps en temps, « nous allions à l'école dans la mer. La maîtresse

était une vieille Tortue de mer... nous l'appelions la
Tortue Grecque...

— Pourquoi l'appeliez-vous la Tortue Grecque,
puisque c'était une Tortue de mer ? demanda Alice.
J'ai lu quelque part que la Tortue Grecque est une
Tortue d'eau douce.

— Nous l'appelions la Tortue Grecque parce
qu'elle savait le grec[1] », répondit la Simili-Tortue
avec colère. « Vraiment, je te trouve bien bornée.

— Tu devrais avoir honte de poser une question
aussi simple », ajouta le Griffon.

Après quoi, tous deux restèrent assis en silence, les
yeux fixés sur la pauvre Alice qui aurait bien voulu
disparaître sous terre.

Enfin le Griffon dit à la Simili-Tortue :

« Dégoise la suite, ma vieille ! Tâche que ça ne dure pas toute la journée ! »

Et elle continua en ces termes :

« Oui, nous allions à l'école dans la mer, quoique cela puisse te paraître incroyable...

— Je n'ai jamais dit ça ! » s'exclama Alice en l'interrompant.

« Si fait, tu l'as dit ! répliqua la Simili-Tortue.

— Tais-toi ! » ajouta le Griffon, avant que la fillette ait eu le temps de placer un mot.

Après quoi, la Simili-Tortue reprit la parole :

« Nous recevions une excellente éducation ; en fait, nous allions à l'école tous les jours...

— Moi aussi, dit Alice. Vous n'avez pas besoin d'être si fière pour si peu.

— Il y avait des matières supplémentaires, à ton école ? » demanda la Simili-Tortue d'un ton un peu anxieux.

« Oui, nous apprenions le français et la musique.

— Et le blanchissage ?

— Sûrement pas ! » dit Alice avec indignation.

« Ah ! dans ce cas, ton école n'était pas fameuse », déclara la Simili-Tortue d'un ton extrêmement soulagé. « Vois-tu, dans notre école à nous, il y avait à la fin du prospectus : " Matières supplémentaires : français, musique, *et blanchissage.* "

— Vous ne deviez guère en avoir besoin, fit observer Alice, puisque vous viviez au fond de la mer.

— Je n'avais pas les moyens d'étudier les matières supplémentaires », répondit la Simili-Tortue en soupirant. « Je ne suivais que les cours ordinaires.

— En quoi consistaient-ils ?

— Pour commencer, bien entendu, Rire et Médire ; puis, les différentes parties de l'Arithmétique : Ambition, Distraction, Laidification et Dérision[1].

— Je n'ai jamais entendu parler de la " Laidification ". Qu'est-ce que ça peut bien être ? »

Le Griffon leva ses deux pattes pour manifester sa surprise.

« Comment ! tu n'as jamais entendu parler de laidification ! s'exclama-t-il. Tu sais ce que veut dire le verbe " embellir ", je suppose ?

— Oui », répondit Alice, qui n'en était pas très sûre. « Ça veut dire… rendre… quelque chose… plus beau.

— En ce cas, continua le Griffon, si tu ne sais pas ce que c'est que " laidifier ", tu es une idiote fieffée. »

Ne se sentant pas encouragée à poser d'autres questions à ce sujet, Alice se tourna vers la Simili-Tortue, et lui demanda :

« Qu'est-ce qu'on vous enseignait d'autre ?

— Eh bien, il y avait l'Ivoire, répondit la Simili-Tortue en comptant sur ses pattes, l'Ivoire Ancien et l'Ivoire Moderne, et la Mérographie. Puis, on nous apprenait à Lésiner… Le professeur était un vieux congre qui venait une fois par semaine : il nous apprenait à Lésiner, à Troquer, et à Feindre à la Marelle.

— Comment faisiez-vous ça : " Feindre à la Marelle " ?

— Ma foi, je ne peux pas te le dire, car je l'ai oublié. Quant au Griffon, il ne l'a jamais appris.

— Pas eu le temps, déclara le Griffon. Mais j'étudiais les classiques avec un vieux professeur qu'était un vieux crabe.

— Je n'ai jamais pu suivre ses cours », poursuivit la Simili-Tortue en soupirant. « On disait qu'il enseignait le Patin et la Greffe.

— Et c'était bien vrai, oui, bien vrai », affirma le Griffon, en soupirant à son tour.

Sur quoi les deux créatures se cachèrent le visage dans les pattes.

« Et combien d'heures de cours aviez-vous par jour ? » demanda Alice qui avait hâte de changer de sujet de conversation.

« Dix heures le premier jour, répondit la Simili-Tortue, neuf heures le lendemain, et ainsi de suite en diminuant d'une heure par jour.

— Quelle drôle de méthode ! s'exclama Alice.

— C'est pour cette raison qu'on appelle ça des cours, fit observer le Griffon : parce qu'ils deviennent chaque jour plus courts [1]. »

C'était là une idée tout à fait nouvelle pour Alice, et elle y réfléchit un moment avant de demander :

« Mais alors, le onzième jour était un jour de congé ?

— Naturellement, dit la Simili-Tortue.

— Et que faisiez-vous le douzième jour ? » continua Alice vivement.

« Ça suffit pour les cours », déclara le Griffon d'une voix tranchante. « Parle-lui un peu des jeux à présent. »

CHAPITRE 10

LE QUADRILLE
DES HOMARDS

La Simili-Tortue poussa un profond soupir et s'essuya les yeux du revers d'une de ses pattes. Elle regarda Alice et s'efforça de parler, mais, pendant une ou deux minutes, les sanglots étouffèrent sa voix.

« Pareil que si elle avait une arête dans la gorge », dit le Griffon.

Et il se mit en devoir de la secouer et de lui taper dans le dos.

Finalement, la Simili-Tortue retrouva la parole, et tandis que les larmes ruisselaient sur ses joues, elle reprit en ces termes :

« Tu n'as sans doute pas beaucoup vécu dans la mer...

— Non, en effet, dit Alice...

— ... et peut-être que tu n'as jamais été présentée à un homard...

— J'ai goûté une fois... » commença Alice.

Puis elle s'interrompit brusquement et ajouta :

« Non, jamais.

— ... de sorte que tu ne peux pas savoir combien le quadrille des homards est une chose charmante !

— Certainement pas, déclara Alice. Quel genre de danse cela peut-il bien être ?

— Eh bien, expliqua le Griffon, on commence par s'aligner sur un rang au bord de la mer...

— Sur deux rangs ! s'écria la Simili-Tortue. Tous tant qu'on est : phoques, tortues, etc. Ensuite, quand on a déblayé le terrain des méduses qui l'encombrent...

— Et ça, ça prend généralement pas mal de temps.

— ... on fait deux pas en avant...

— Avec, chacun, un homard pour cavalier !

— Naturellement ! Donc, on fait deux pas en avant en même temps que son vis-à-vis...

— ... on change de homard, et on fait deux pas en arrière.

— Après ça, vois-tu, on jette les...

— Les homards ! » cria le Griffon, en bondissant très haut.

« ... aussi loin que possible dans la mer...

— On nage à leur poursuite ! hurla le Griffon.

— On fait un saut périlleux dans la mer ! » vociféra la Simili-Tortue, tout en cabriolant comme une folle.

« On change de nouveau de homard ! braila le Griffon.

— On revient sur le rivage, et... et c'est tout pour la première figure », dit la Simili-Tortue en baissant brusquement la voix.

Puis, les deux créatures, qui n'avaient pas cessé de bondir dans toutes les directions d'une manière désordonnée, se rassirent, très tristes et très calmes, et regardèrent Alice.

« Veux-tu qu'on te montre un peu comment ça se danse ? demanda la Simili-Tortue.

— J'en serais ravie, répondit Alice.

— Essayons la première figure ! » dit la Simili-Tortue au Griffon. « Après tout, on peut très bien se passer de homards. Qui va chanter ?

— Oh, chante, toi, répondit le Griffon. Moi j'ai oublié les paroles. »

Là-dessus, ils commencèrent gravement à danser en rond autour d'Alice, lui marchant de temps à autre sur les orteils quand ils passaient trop près d'elle, et battant la mesure avec leurs pattes de devant, tandis que la Simili-Tortue chantait ceci d'une voix lente et triste[1] :

« *Le merlan dit à l'escargot : " Veux-tu avancer un*
   peu ?

Y a un brochet[1] *derrière nous qui me marche sur la
      queue.*
*Vois les homards et les tortues s'élancer en troupes
      denses !*
*Ils attendent sur les galets, veux-tu entrer dans la
      danse ?*
*Veux-tu, ne veux-tu pas, veux-tu, veux-tu entrer dans
      la danse ?*
*Veux-tu, ne veux-tu pas, veux-tu, veux-tu entrer dans
      la danse ?*

*« " Tu ne peux vraiment pas savoir à quel point cela
      est beau*
*Quand on vous prend et qu'on vous jette, avec les
      homards, dans l'eau ! "*
*Mais l'escargot répond : " Trop loin ! ", regarde avec
      méfiance,*
*Remercie beaucoup le merlan, ne veut entrer dans la
      danse.*
*Ne veut, ne peut, ne veut, ne peut, ne veut entrer dans
      la danse.*
*Ne veut, ne peut, ne veut, ne peut, ne veut entrer dans
      la danse.*

*« " Qu'importe que nous allions loin ? répond l'autre
      avec gaieté,*
Car il y a un autre pays, vois-tu, de l'autre côté.
*Plus on est loin de l'Angleterre et plus on est près de la
      France.*
*Ne crains rien, escargot chéri, entre avec moi dans la
      danse.*
*Veux-tu, ne veux-tu pas, veux-tu, veux-tu entrer dans
      la danse ?*

Veux-tu, ne veux-tu pas, veux-tu, veux-tu entrer dans
  la danse ? ”

— Je vous remercie, c'est très intéressant à voir
danser », déclara Alice, qui était tout heureuse que
ce fût enfin terminé. « J'aime énormément cette
curieuse chanson du merlan !

— Oh, pour ce qui est des merlans, dit la Simili-
Tortue, ils... Tu as déjà vu des merlans, naturellement ?

— Oui, répondit Alice, j'en ai vu souvent à
déj... » (Elle s'interrompit brusquement.)

« J'ignore où Déj peut bien se trouver, déclara la
Simili-Tortue, mais si tu en as vu souvent, tu dois
savoir comment ils sont faits.

— Il me semble bien que oui, répondit Alice, en
réfléchissant. Ils ont la queue dans la bouche... et ils
sont tout couverts de miettes de pain.

— Pour ce qui est des miettes, tu te trompes, fit
observer la Simili-Tortue ; elles seraient emportées
par l'eau dans la mer. Mais il est exact qu'ils ont la
queue dans la bouche ; et voici pourquoi... »

Elle se mit à bâiller et ferma les yeux :

« Explique-lui pourquoi, et raconte-lui tout le
reste, dit-elle au Griffon.

— Voici pourquoi, reprit ce dernier. Ils ont voulu
absolument aller danser avec les homards. En conséquence, ils ont été jetés à la mer. En conséquence, il
a fallu qu'ils tombent très loin. En conséquence, ils se
sont mis la queue dans la bouche aussi ferme que
possible. En conséquence, ils n'ont pas pu la retirer.
C'est tout.

— Je vous remercie, déclara Alice ; c'est vraiment

très intéressant. Jamais je n'avais appris tant de choses sur les merlans.

— Si ça t'amuse, je peux t'en dire bien davantage, dit le Griffon. Sais-tu à quoi servent les merlans ?

— Je ne me le suis jamais demandé. À quoi servent-ils ?

— *Ils font les bottines et les souliers* », déclara le Griffon avec la plus profonde gravité.

Alice fut complètement déconcertée.

« Ils font les bottines et les souliers ! » répéta-t-elle d'un ton stupéfait.

« Voyons, avec quoi fait-on tes chaussures d'été ? demanda le Griffon. Je veux dire : avec quoi les blanchit-on ? »

Alice réfléchit un moment avant de répondre :

« Je crois bien qu'on les fait avec du blanc d'Espagne.

— Bon ! » dit le Griffon d'une voix grave. « Eh bien, les chaussures, au fond de la mer, on les fait avec du blanc de merlan qui, tu ne l'ignores pas, est un poisson blanc[1] !

— Et qui est-ce qui les fabrique ? » demanda Alice d'un ton plein de curiosité.

« L'aiguille de mer et le requin-marteau, bien entendu », répondit le Griffon, non sans impatience ; « la moindre crevette aurait pu te dire ça[2] !

— Si j'avais été à la place du merlan, déclara Alice, qui pensait encore à la chanson, j'aurais dit au brochet : " En arrière, s'il vous plaît ! Nous n'avons pas besoin de vous ! "

— Ils étaient obligés de l'avoir avec eux, dit la Simili-Tortue ; aucun poisson doué de bon sens n'irait où que ce fût sans un brochet.

— Vraiment ! » s'exclama Alice d'un ton stupéfait.

« Bien sûr que non. Vois-tu, si un poisson venait me trouver, moi, et me disait qu'il va partir en voyage, je lui demanderais : " Avec quel brochet ? "

— N'est-ce pas : " projet ", et non : " brochet " que vous voulez dire [1] ?

— Je veux dire ce que je dis », répliqua la Simili-Tortue d'un ton offensé.

Et le Griffon ajouta :

« Allons, à présent, c'est ton tour de nous raconter tes aventures.

— Je peux vous raconter les aventures qui me sont arrivées depuis ce matin », dit Alice assez timidement ; « mais il est inutile que je remonte jusqu'à hier, car, hier, j'étais tout à fait différente de ce que je suis aujourd'hui...

— Explique-nous ça, demanda la Simili-Tortue.

— Non, non ! les aventures d'abord ! » s'exclama le Griffon d'un ton impatient. « Les explications prennent beaucoup trop de temps. »

Alice commença donc à leur raconter ses aventures à partir du moment où elle avait rencontré le Lapin Blanc. Au début, elle se sentit un peu intimidée, car les deux créatures, qui s'étaient mises contre elle, une de chaque côté, ouvraient de très grands yeux et une très grande bouche ; mais elle prit courage à mesure qu'elle avançait dans son récit. Ses auditeurs observèrent un silence complet, mais, lorsqu'elle arriva à sa rencontre avec la Chenille, lorsqu'elle eut raconté comment elle avait essayé de réciter : « *Vous êtes vieux, Père William* », et comment les mots étaient venus tout différents de ce qu'ils étaient en réalité, la Simili-Tortue respira profondément et dit :

« Voilà qui est bien curieux.

— Je n'ai jamais entendu rien d'aussi curieux, déclara le Griffon.

— C'est venu tout différent de ce que c'est en réalité !... » répéta pensivement la Simili-Tortue. « J'aimerais bien qu'elle me récite quelque chose. Dis-lui de commencer tout de suite », demanda-t-elle au Griffon, comme si elle croyait qu'il avait une autorité particulière sur Alice.

« Lève-toi et récite : " *C'est la voix du paresseux* [1] " », ordonna-t-il.

« Comme ces créatures aiment vous commander et vous faire réciter des leçons ! pensa Alice. Vraiment, j'ai l'impression d'être en classe. »

Néanmoins, elle se leva et commença à réciter ; mais elle pensait tellement au quadrille des Homards qu'elle ne savait plus trop ce qu'elle disait, et les paroles qu'elle prononça étaient vraiment très bizarres :

« *C'est la voix du homard qui dit d'un ton nerveux :*
" *J'ai cuit bien trop longtemps, sucrez-moi les cheveux.* "
Comme font les canards, avec son nez vermeil
Il se boutonne, et tourne en dehors ses orteils.
Lorsque le sable est sec, d'un petit air coquin,

Avec un grand mépris il parle du requin ;
Mais quand vient la marée où le requin s'ébat,
Vous ne l'entendez plus tant il chuchote bas.

— C'est différent de ce que je récitais, moi, quand j'étais enfant, dit le Griffon.

— Quant à moi, je n'avais jamais entendu ça de ma vie, ajouta la Simili-Tortue, mais ça m'a tout l'air d'un ramassis de sottises. »

Alice resta silencieuse ; elle s'était assise, le visage enfoui dans les mains, et se demandait si les choses redeviendraient normales un jour ou l'autre.

« Je voudrais bien qu'on m'explique ces vers, demanda la Simili-Tortue.

— Elle en est bien incapable », dit vivement le Griffon. « Récite-nous la troisième strophe.

— Mais, voyons, insista la Tortue, comment pourrait-il bien faire pour tourner en dehors ses orteils avec le bout de son nez ?

— C'est la première position qu'on prend pour danser », répondit Alice qui, terriblement déconcertée par tout ceci, mourait d'envie de changer de sujet de conversation.

« Récite-nous la troisième strophe, répéta le Griffon. Elle commence comme ceci : " *En passant devant son jardin.* " »

Alice n'osa pas désobéir, bien qu'elle fût certaine que tout irait de travers, et elle continua d'une voix tremblante :

En passant devant son jardin, j'ai remarqué
Le Tigre et le Hibou qui mangeaient un pâté ;
Le Tigre avalait croûte et viande sans retard,

Et le Hibou avait le plat pour toute part.
Le pâté terminé, le Hibou, comme don,
D'empocher la cuillère eut l'autorisation;
Le Tigre, lui, reçut le reste du couvert,
Et conclut le banquet en... [1]

— À quoi cela sert-il de répéter toutes ces sor-
nettes », dit la Simili-Tortue en l'interrompant, « si
tu n'expliques pas au fur et à mesure ce qu'elles
signifient ? Jamais de ma vie je n'ai entendu quelque
chose d'aussi déconcertant !

— Oui, je crois que tu ferais mieux de t'arrêter »,
déclara le Griffon. (Et Alice fut trop heureuse de
suivre ce conseil.) « Veux-tu que nous essayions de
danser une autre figure du Quadrille des Homards ?
poursuivit-il. Ou bien aimerais-tu mieux que la
Simili-Tortue te chante une chanson ?

— Oh, une chanson, je vous en prie, si la Simili-
Tortue veut être assez gentille pour en chanter une »,
répondit Alice avec tant d'empressement que le
Griffon grommela d'un ton légèrement offensé :

« Hum ! Il y a des gens qui ont des goûts bizarres !
Enfin, soit. Chante-lui : " *Soupe à la Tortue* ", veux-
tu, ma vieille ? »

La Simili-Tortue poussa un profond soupir, et
commença d'une voix entrecoupée de sanglots [2] :

« Belle Soupe, si riche et verte,
Fumant dans la soupière ouverte !
La foule autour de toi s'attroupe !
Soupe du soir, ô belle soupe !
Soupe du soir, ô belle soupe !

« Bê-êlle Sou-oupe !
Bê-êlle Sou-oupe !
Sou-oupe du soi-oir !
Belle, belle Soupe !

« Belle Soupe ! Viande et poisson
Près de toi ne sont que poison !
J'en veux seulement pour deux sous,
Petite Soupe, ô ma belle Soupe !
Ô ma petite et belle Soupe !

Bê-êlle Sou-oupe !
Bê-êlle Sou-oupe !
Sou-oupe du soi-oir !
Belle, bê-ELLE SOUPE !

— Répète le refrain ! » cria le Griffon.

La Simili-Tortue avait commencé à le répéter, lorsqu'on entendit dans le lointain une voix qui clamait :

« Le procès va s'ouvrir ! »

« Arrive ! » hurla le Griffon.

Puis, prenant Alice par la main, il s'en alla en toute hâte, sans attendre la fin de la chanson.

« De quel procès s'agit-il ? » demanda Alice, toute haletante, sans cesser de courir.

Mais le Griffon se contenta de répondre : « Arrive ! » en courant de plus belle, tandis que la brise portait jusqu'à eux ces paroles mélancoliques qui résonnaient de plus en plus faiblement :

« Sou-oupe du soi-oir !
Belle, belle Soupe ! »

CHAPITRE 11

QUI A VOLÉ LES TARTES ?

Lorsque Alice et le Griffon arrivèrent, le Roi et la Reine de Cœur étaient assis sur leur trône, au milieu d'une grande foule composée de toutes sortes de petits animaux et de petits oiseaux, ainsi que de toutes les cartes du jeu. Devant eux se trouvait le Valet de Cœur, chargé de chaînes, gardé par deux soldats ; près du Roi, on voyait le Lapin Blanc qui tenait une trompette d'une main et un rouleau de parchemin de l'autre. Au centre exact de l'enceinte où siégeait le tribunal se trouvait une table couverte d'un grand plat de tartes : elles avaient l'air si bonnes qu'Alice eut très faim rien qu'à les regarder. « Je voudrais bien que le procès s'achève, se dit-elle, et qu'on fasse circuler les rafraîchissements ! » Mais il semblait n'y avoir guère de chance que son vœu se réalisât ; aussi commença-t-elle à regarder tout autour d'elle pour passer le temps.

Alice n'avait jamais pénétré dans une salle de tribunal, mais elle en avait lu diverses descriptions dans plusieurs livres et elle fut tout heureuse de constater qu'elle savait le nom de presque tout ce qui s'y trouvait. « Celui-là, c'est le juge, se dit-elle, puisqu'il a une perruque. »

Il faut préciser que le juge était le Roi. Comme il portait sa couronne par-dessus sa perruque, il avait l'air très mal à l'aise, et cet attirail était totalement dépourvu d'élégance.

« Ah ! voici le banc du jury, pensa Alice, et ces douze créatures » (elle était obligée d'employer le mot : « créature », car, voyez-vous, il y avait à la fois des animaux et des oiseaux), « je suppose que ce sont les jureurs. » Elle se répéta ce dernier mot deux ou trois fois, très fière de le savoir ; car elle pensait, à juste titre d'ailleurs, que très peu de petites filles de son âge en connaissaient la signification. Néanmoins, elle aurait pu tout aussi bien employer le mot : « jurés ».

Les douze « jureurs » étaient fort occupés à écrire sur des ardoises.

« Que font-ils ? » demanda Alice au Griffon à voix basse. « Ils n'ont rien à écrire tant que le procès n'a pas commencé.

— Ils écrivent leur nom », répondit le Griffon dans un souffle, « de peur de l'oublier avant la fin du procès.

— Quels imbéciles ! » s'exclama-t-elle d'une voix forte et indignée.

Mais elle se tut vivement, car le Lapin Blanc cria : « Silence ! » tandis que le Roi mettait ses lunettes et regardait anxieusement autour de lui pour voir qui se permettait de parler.

Alice put voir, aussi distinctement que si elle avait regardé par-dessus leur épaule, que tous les jurés étaient en train d'écrire : « Quels imbéciles ! » sur leur ardoise, et que l'un d'eux, ne sachant pas orthographier : « imbéciles », était obligé de demander à son voisin de lui épeler le mot. « Il va y avoir un beau fouillis sur leurs ardoises d'ici la fin du procès ! » pensa-t-elle.

L'un d'eux avait un crayon qui grinçait. Naturellement, Alice ne put supporter cela : elle fit le tour du tribunal, se glissa derrière le juré, et eut vite trouvé l'occasion de lui subtiliser son crayon. Elle le fit si prestement que le pauvre petit juré (c'était Pierre, le Lézard), ne comprit absolument rien à ce qui s'était passé ; aussi, après avoir cherché partout son crayon,

il fut obligé d'écrire avec un doigt pendant tout le temps que dura le procès, ce qui ne servait pas à grand-chose car le doigt ne laissait aucune trace sur l'ardoise.

« Héraut, lisez l'acte d'accusation ! » s'écria le Roi.

Sur ce, le Lapin Blanc sonna trois fois de sa trompette, déroula le parchemin, et lut ce qui suit [1] :

> *« La Reine de Cœur ayant fait des tartes*
> *Par un beau jour d'été,*
> *Le Valet de Cœur a volé ces tartes,*
> *Et puis s'en est allé !*

— Délibérez pour rendre votre verdict, ordonna le Roi aux jurés.

— Pas encore, pas encore ! protesta le Lapin. Il y a beaucoup à faire avant d'en arriver là !

— Appelez le premier témoin », reprit le Roi.

Aussitôt le Lapin Blanc sonna trois fois de la trompette et cria : « Premier témoin ! »

Le premier témoin était le Chapelier. Il entra, tenant d'une main une tasse de thé et de l'autre une tartine beurrée.

« Je demande pardon à Votre Majesté, commença-t-il, de me présenter ainsi, mais je n'avais pas tout à fait fini de prendre mon thé lorsqu'on est venu me chercher.

— Vous auriez dû avoir fini, rétorqua le Roi. Quand avez-vous commencé ? »

Le Chapelier regarda le Lièvre de Mars qui l'avait suivi dans la salle du Tribunal, bras dessus bras dessous avec le Loir.

« Je crois bien que c'était le quatorze mars, dit-il.

— Le quinze, rectifia le Lièvre de Mars.

— Le seize, ajouta le Loir.

— Notez tout cela », dit le Roi aux jurés. Ceux-ci écrivirent avec ardeur les trois dates sur leur ardoise, puis ils les additionnèrent, et convertirent le total en francs et en centimes.

« Ôtez votre chapeau, ordonna le Roi au Chapelier.

— Il n'est pas à moi, protesta l'interpellé.

— Volé ! » s'exclama le Roi, en se tournant vers les jurés qui, immédiatement, prirent note du fait.

« Je n'ai aucun chapeau qui m'appartienne, ajouta le Chapelier en guise d'explication. Je les vends, je suis chapelier de mon métier. »

Sur ce, la Reine mit ses lunettes, puis elle le regarda si fixement qu'il devint tout pâle et commença à s'agiter.

« Faites votre déposition, dit le Roi, et tâchez de vous calmer ; sans quoi, je vous fais exécuter sur-le-champ. »

Ceci n'eut pas l'air d'encourager du tout le témoin : il continua à se dandiner d'un pied sur l'autre tout en jetant vers la Reine des regards inquiets, et, dans son désarroi, il prit une grosse bouchée de sa tasse au lieu de mordre dans sa tartine.

Juste à ce moment, Alice éprouva une sensation très bizarre qui l'intrigua beaucoup jusqu'à ce qu'elle eût compris de quoi il s'agissait : elle recommençait à grandir. Sa première idée fut de se lever et de quitter la salle du Tribunal ; mais, à la réflexion, elle décida de rester où elle était, tant qu'il y aurait assez de place pour elle.

« Je voudrais bien que tu ne me serres pas comme ça », dit le Loir qui était assis à côté d'elle. « C'est tout juste si je peux respirer.

— Ce n'est pas ma faute », répondit Alice très humblement ; « je suis en train de grandir.

— Tu n'as absolument pas le droit de grandir, du moins pas ici, affirma le Loir.

— Ne dites donc pas de bêtises », répliqua Alice plus hardiment. « Vous savez bien que vous grandissez, vous aussi...

— Oui, mais moi, je grandis à une vitesse raisonnable, et pas de cette façon ridicule », fit observer le Loir.

Sur ces mots, il se leva d'un air fort maussade, et alla s'installer à l'autre extrémité de la salle.

Pendant tout ce temps-là, la Reine n'avait pas cessé de regarder fixement le Chapelier, et, juste au moment où le Loir traversait la salle, elle ordonna à l'un des huissiers : « Apportez-moi la liste des chanteurs du dernier concert ! »

Là-dessus l'infortuné Chapelier se mit à trembler si fort qu'il en perdit ses souliers.

« Faites votre déposition », répéta le Roi d'un ton furieux, « sans quoi je vais vous faire exécuter, que vous ayez peur ou non.

— Je ne suis qu'un pauvre homme, Votre Majesté », débuta le Chapelier d'une voix tremblante, « et je n'avais pas encore commencé à prendre le thé... en tout cas pas depuis plus d'une semaine environ... et vu que, d'une part, les tartines devenaient de plus en plus minces... et que, d'autre part, les tintements du thé[1]...

— Les tintements du quoi ?

— Ça a commencé par un thé.

— Bien sûr que " tintement " commence par un T ! dit le Roi d'un ton aigre. Me prenez-vous pour un âne bâté ? Continuez !

— Je ne suis qu'un pauvre homme, reprit le Chapelier, et après ça, tout s'est mis à tinter... mais le Lièvre de Mars a dit que...

— C'est faux ! » interrompit le Lièvre de Mars très vivement.

« Tu l'as dit ! riposta le Chapelier.

— Je le nie ! protesta le Lièvre de Mars.

— Il le nie, déclara le Roi. Laissez ce sujet de côté.

— Soit. De toute façon, le Loir a dit... », continua le Chapelier en jetant autour de lui un regard inquiet pour voir si le Loir allait nier, lui aussi. Mais il ne nia rien, car il dormait profondément.

« Après cela, reprit le Chapelier, j'ai coupé d'autres tartines...

— Mais qu'est-ce qu'a dit le Loir ? demanda l'un des jurés.

— Je ne peux pas me le rappeler, répondit le Chapelier.

— Il faut absolument vous le rappeler, dit le Roi ; sans quoi je vais vous faire exécuter. »

Le pitoyable Chapelier laissa tomber sa tasse et sa tartine, et mit un genou en terre.

« Je ne suis qu'un pauvre homme, Votre Majesté, commença-t-il.

— Vous êtes surtout un bien pauvre orateur »,
déclara le Roi.

À ces mots, un des cochons d'Inde applaudit, et fut
immédiatement étouffé par les huissiers. (Comme
cela peut paraître difficile à comprendre, je vais vous
expliquer comment ils procédèrent : ils avaient un
grand sac de toile dont on fermait l'ouverture par des
ficelles ; ils y fourrèrent le cochon d'Inde, la tête la
première, puis ils s'assirent sur lui.)

« Je suis bien contente d'avoir vu ça, pensa Alice.
J'ai lu très souvent dans les journaux, à la fin du
compte rendu d'un procès : " Il y eut une tentative
d'applaudissement qui fut immédiatement étouffée
par les huissiers " mais, jusqu'aujourd'hui, je n'avais
jamais compris ce que ça voulait dire. »

« Si c'est tout ce que vous savez de cette affaire,
vous pouvez descendre, continua le Roi.

— Je ne peux pas aller plus bas, dit le Chapelier,
je suis déjà sur le plancher.

— Alors, asseyez-vous », répliqua le Roi.

À ces mots, le second cochon d'Inde applaudit, et
fut aussitôt étouffé.

« Bon, nous voilà débarrassés des cochons d'Inde !
pensa Alice. À présent, ça va aller mieux. »

« Je préférerais finir mon thé », répondit le Chapelier en jetant un regard inquiet à la Reine qui était en
train de lire la liste des chanteurs.

« Vous pouvez vous retirer », dit le Roi.

Là-dessus le Chapelier partit en toute hâte, sans
même prendre la peine de remettre ses souliers.

« ... et ne manquez pas de lui couper la tête dès
qu'il sera dehors », ajouta la Reine à l'adresse d'un
des huissiers.

Mais le Chapelier avait disparu avant même que
l'huissier fût arrivé à la porte.

« Appelez le témoin suivant ! » ordonna le Roi.

Le témoin suivant était la cuisinière de la Duchesse. Elle portait à la main sa boîte de poivre, et
Alice devina ce qui allait arriver, avant même qu'elle
ne pénétrât dans la salle, lorsque les gens qui se
trouvaient près de la porte commencèrent à éternuer
tous à la fois.

« Faites votre déposition, dit le Roi.

— Je refuse », répliqua la cuisinière.

Le Roi jeta un regard inquiet au Lapin Blanc qui
murmura à son oreille :

« Il faut absolument que Votre Majesté fasse subir
un contre-interrogatoire à ce témoin.

— Allons, puisqu'il le faut !... » dit le Roi d'un ton
mélancolique.

Ensuite, après avoir croisé les bras et froncé les
sourcils à un point tel qu'on ne voyait presque plus
ses yeux, il demanda à la cuisinière d'une voix
caverneuse :

« Avec quoi fait-on les tartes ?

— Avec du poivre, presque toujours, répondit-elle.

— Avec de la mélasse », murmura derrière elle une voix endormie.

« Prenez ce Loir au collet ! hurla la Reine. Coupez la tête à ce Loir ! Expulsez ce Loir ! Étouffez-le ! Pincez-le ! Coupez-lui les moustaches ! »

Pendant les quelques minutes nécessaires à l'expulsion du coupable, le plus grand désordre régna dans la salle du Tribunal, et, quand tout le monde eut regagné sa place, la cuisinière avait disparu.

« Peu importe ! » dit le Roi d'un air très soulagé. « Appelez le témoin suivant. »

Et il ajouta à voix basse, à l'adresse de la Reine :

« Vraiment, ma chère amie, c'est à vous de faire subir un contre-interrogatoire au témoin suivant. Ça me donne une telle migraine ! »

Alice regardait le Lapin Blanc chercher nerveusement qui serait le témoin suivant, « car, jusqu'à présent, ils n'ont pas beaucoup de preuves », se disait-elle.

Imaginez sa surprise, lorsque le Lapin Blanc cria très fort, de sa petite voix aiguë : « Alice ! »

CHAPITRE 12

LA DÉPOSITION D'ALICE

« Présente ! » répondit Alice.

Elle était si troublée qu'elle en oublia combien elle avait grandi pendant les quelques dernières minutes, et elle se leva d'un bond, si brusquement qu'elle renversa le banc des jurés avec le bas de sa jupe. Les jurés dégringolèrent sur la tête des assistants placés au-dessous, puis ils restèrent étalés les quatre fers en l'air, lui rappelant beaucoup les poissons rouges d'un bocal qu'elle avait renversé par accident huit jours auparavant.

« Oh ! je vous demande bien pardon ! » s'exclama-t-elle d'une voix consternée.

Ensuite, elle se mit à relever les jurés aussi vite que possible, car elle ne cessait de penser aux poissons rouges, et elle s'imaginait très vaguement qu'il fallait les ramasser et les remettre sur leur banc sans perdre une seconde, faute de quoi ils allaient mourir.

« Le procès ne peut continuer », déclara le Roi d'un ton fort grave, « avant que tous les jurés ne soient remis exactement à leur place... Tous », répéta-t-il en appuyant sur ce mot et en fixant Alice droit dans les yeux.

La fillette regarda le banc des jurés. Elle vit que, dans sa précipitation, elle avait remis le Lézard la tête en bas, et que la pauvre bête, incapable de se tirer d'affaire toute seule, agitait mélancoliquement sa queue dans tous les sens. Elle eut vite fait de le replacer dans une position normale, « bien que, pensa-t-elle, ça n'ait pas beaucoup d'importance : je ne crois pas qu'il puisse servir à grand-chose pour ce procès, dans un sens comme dans l'autre. »

Dès que les jurés furent un peu remis de leur émotion, dès qu'on eut retrouvé et qu'on leur eut rendu leur crayon et leur ardoise, ils se mirent à rédiger en détail, avec beaucoup d'application, l'histoire de leur accident ; tous sauf le Lézard qui avait l'air trop accablé pour faire autre chose que rester

assis, la bouche grande ouverte, à regarder le plafond.

« Que savez-vous de cette affaire ? demanda le Roi
à Alice.

— Rien.

— Absolument rien ?

— Absolument rien.

— Voilà une chose d'importance », déclara le Roi
en se tournant vers les jurés.

Ceux-ci s'apprêtaient à écrire sur leur ardoise
lorsque le Lapin Blanc intervint.

« Votre Majesté a voulu dire : " sans importance ", naturellement », dit-il d'un ton très respec-
tueux, mais en fronçant les sourcils et en faisant des
grimaces.

« Sans importance, naturellement, ai-je voulu
dire », reprit vivement le Roi.

Après quoi, il se mit à répéter à voix basse pour lui
tout seul : « d'importance, sans importance, sans
importance, d'importance », comme s'il essayait de
trouver ce qui sonnait le mieux.

Certains jurés notèrent : « d'importance », et
d'autres : « sans importance ». Alice s'en aperçut,
car elle était assez près d'eux pour lire sur leurs
ardoises ; « mais, de toute façon, pensa-t-elle, ça n'a
pas la moindre importance ».

À ce moment, le Roi, qui avait été pendant
quelque temps fort occupé à griffonner sur son
carnet, cria : « Silence ! » et se mit à lire à haute
voix : « Article Quarante-Deux : *Toute personne
dépassant un kilomètre de haut doit quitter le Tribunal.* »

Chacun regarda Alice.

« Moi, je n'ai pas un kilomètre de haut, dit Alice.

— Si fait, affirma le Roi.

— Près de deux kilomètres, ajouta la Reine.

— De toute façon, je ne m'en irai pas, déclara Alice. D'ailleurs cet article ne fait pas partie du code : vous venez de l'inventer à l'instant.

— C'est l'article le plus ancien du code, dit le Roi.

— En ce cas, il devrait porter le Numéro Un », fit observer Alice.

Le Roi pâlit, et referma vivement son carnet.

« Délibérez pour rendre votre verdict, ordonna-t-il aux jurés d'une voix basse et tremblante.

— Plaise à Votre Majesté, il y a encore d'autres preuves à examiner », dit le Lapin Blanc en se levant d'un bond. « On vient de trouver ce papier.

— Que contient-il ? demanda la Reine.

— Je ne l'ai pas encore ouvert, répondit le Lapin Blanc, mais cela ressemble à une lettre, écrite par le prisonnier à... quelqu'un.

— Ça doit être ça, dit le Roi. À moins que cette lettre n'ait été écrite à personne, ce qui est plutôt rare, comme vous le savez.

— À qui est-elle adressée ? demanda l'un des jurés.

— Elle n'est adressée à personne, répondit le Lapin Blanc. En fait, il n'y a rien d'écrit à l'extérieur. »

Il déplia le papier tout en parlant, puis il ajouta :

« Après tout, ce n'est pas une lettre ; c'est une pièce de vers.

— Ces vers sont-ils de la main du prisonnier ? demanda un autre juré.

— Non, répondit le Lapin Blanc ; et c'est bien ce

qu'il y a de plus bizarre. » (Tous les jurés prirent un air déconcerté.)

« Il a dû imiter l'écriture de quelqu'un », dit le Roi. (À ces mots, le visage des jurés se dérida.)

« Plaise à Votre Majesté, déclara le Valet de Cœur, je n'ai pas écrit ces vers, et personne ne peut prouver que je les ai écrits : ils ne sont pas signés.

— Si vous ne les avez pas signés, rétorqua le Roi, alors cela ne fait qu'aggraver votre cas. Si vous n'aviez pas eu de mauvaises intentions, vous auriez signé de votre nom, comme un honnête homme. »

À ces mots, tout le monde se mit à applaudir, car c'était la seule chose vraiment intelligente que le Roi eût dite depuis le début de la journée.

« Cela prouve formellement sa culpabilité, déclara la Reine.

— Cela ne prouve rien du tout ! s'exclama Alice. Allons donc ! vous ne savez même pas de quoi il est question dans ces vers !

— Lisez-les », ordonna le Roi.

Le Lapin Blanc mit ses lunettes.

« Plaise à Votre Majesté, où dois-je commencer ? demanda-t-il.

— Commencez au commencement », dit le Roi d'un ton grave, « et continuez jusqu'à ce que vous arriviez à la fin ; ensuite, arrêtez-vous. »

Voici les vers que lut le Lapin Blanc[1] :

« *Vous avez conversé avec elle, dit-on,*
  Et lui vous a parlé de moi :
Elle a dit que je nageais moins bien qu'un poisson,
  Mais que j'étais digne de foi.

« Il leur a fait savoir que j'étais toujours là
  (Nous n'ignorons pas que c'est vrai) :
Si elle poussait plus loin l'affaire que voilà,
  Où donc vous iriez-vous fourrer ?

« Je lui en ai donné une, ils lui en ont donné deux,
  Vous nous en avez donné trois,
Et lui vous les a bien rendues devant mes yeux :
  Pourtant elles étaient à moi.

« S'il advient qu'elle ou moi nous soyons par hasard
  Très compromis par ce procès,
Vous les libérerez, pense-t-il, sans retard,
  Tout comme on nous a libérés.

« Moi, je m'imaginais que vous aviez été,
  (Vu l'attaque qu'elle subit)
Un grand obstacle qui s'était interposé
  Entre lui, et nous, et ceci.

« Il ne doit pas savoir qu'elle les aimait mieux ;
  Et, si vous savez rester coi,
Nul n'apprendra ce grand secret mystérieux
  Bien gardé par elle et par moi.

— C'est la preuve la plus importante que nous ayons eue jusqu'ici », dit le Roi, en se frottant les mains. « En conséquence, que le jury...

— S'il y a un seul juré capable d'expliquer ces vers », déclara Alice (elle avait tellement grandi au cours des quelques dernières minutes qu'elle n'avait pas du tout peur d'interrompre le Roi), « je lui donnerai une pièce de dix sous. À mon avis, ils n'ont absolument aucun sens. »

Tous les jurés écrivirent sur leurs ardoises : « À son avis, ils n'ont absolument aucun sens » mais nul d'entre eux n'essaya d'expliquer les vers.

« S'ils n'ont aucun sens, dit le Roi, cela nous évite beaucoup de mal, car nous n'avons pas besoin d'en chercher un... Et pourtant, je me demande si c'est vrai », continua-t-il, en étalant la feuille de papier sur ses genoux et en lisant les vers d'un œil ; « il me semble qu'ils veulent dire quelque chose, après tout... Ainsi : " que je nageais moins bien qu'un poisson "... Vous ne savez pas nager, n'est-ce pas ? » demanda-t-il au Valet.

Celui-ci secoua la tête tristement.

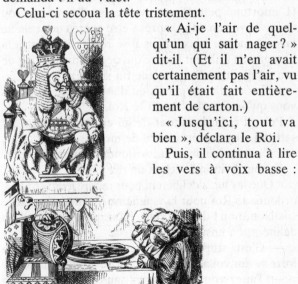

« Ai-je l'air de quelqu'un qui sait nager ? » dit-il. (Et il n'en avait certainement pas l'air, vu qu'il était fait entièrement de carton.)

« Jusqu'ici, tout va bien », déclara le Roi.

Puis, il continua à lire les vers à voix basse :

« " Nous n'ignorons pas que c'est vrai "... Il s'agit des jurés, naturellement... " Je lui en ai donné une, ils lui en ont donné deux "... Mais voyons, c'est clair : c'est ce qu'il a dû faire des tartes.

— Regardez donc la suite : " Et lui vous les a bien rendues ", dit Alice.

— Bien sûr, les voici ! » s'écria le Roi d'une voix triomphante, en montrant du doigt les tartes qui se trouvaient sur la table. « Cela me paraît clair comme le jour. Quant à ceci : " Vu l'attaque qu'elle subit "... Je crois que vous n'avez jamais eu d'attaque, n'est-ce pas, ma chère amie ? demanda-t-il à la Reine.

— Jamais ! » s'exclama-t-elle d'une voix furieuse, tout en jetant un encrier à la tête du Lézard. (L'infortuné petit Pierre avait cessé d'écrire sur son ardoise avec un doigt, après s'être aperçu que cela ne laissait aucune trace ; mais il se remit vivement à la besogne en utilisant l'encre qui dégoulinait le long de son visage jusqu'à ce qu'elle fût sèche.)

« Si vous n'avez jamais eu d'attaque, ce n'est pas vous qu'on attaque [1] », dit le Roi.

Puis, il regarda autour de lui en souriant d'un air satisfait. Il y eut un silence de mort.

« C'est un jeu de mots ! » ajouta-t-il d'un ton vexé.

Et tout le monde éclata de rire.

« Que les jurés délibèrent pour rendre leur verdict », ordonna le Roi pour la vingtième fois de la journée.

« Non, non ! dit la Reine. La sentence d'abord, la délibération ensuite.

— C'est stupide ! » protesta Alice d'une voix forte. « En voilà une idée !

— Taisez-vous ! » ordonna la Reine, pourpre de fureur.

« Je ne me tairai pas ! répliqua Alice.

— Qu'on lui coupe la tête ! » hurla la Reine de toutes ses forces.

Personne ne bougea.

« Qui fait attention à vous ? » demanda Alice (qui avait maintenant retrouvé sa taille normale). « Vous n'êtes qu'un jeu de cartes ! »

À ces mots, toutes les cartes montèrent dans l'air et lui retombèrent dessus. Elle poussa un petit cri de colère et de frayeur, essaya de les repousser avec ses mains, et se retrouva couchée sur le talus, la tête sur les genoux de sa sœur qui enlevait doucement de son visage quelques feuilles mortes tombées des arbres.

« Alice, ma chérie, réveille-toi ! lui dit sa sœur. Comme tu as dormi longtemps !

— Oh, quel rêve bizarre je viens de faire ! » s'exclama Alice.

Et elle se mit à raconter, autant qu'elle pouvait se

les rappeler, toutes les étranges Aventures que vous venez de lire.

Lorsqu'elle eut fini, sa sœur l'embrassa et dit :

« C'était un rêve vraiment très bizarre, ma chérie ; mais, à présent, rentre vite à la maison pour prendre ton thé ; il commence à se faire tard. »

Alice se leva et s'en alla en courant, tout en réfléchissant de son mieux au rêve merveilleux qu'elle venait de faire.

Mais sa sœur resta assise sans bouger à l'endroit où sa cadette l'avait laissée, la tête appuyée sur une main, regardant le soleil se coucher, songeant à Alice et à ses merveilleuses Aventures, jusqu'à ce qu'elle aussi se mît à rêver tout éveillée. Et voici quel fut son rêve.

D'abord elle rêva de la petite Alice. De nouveau les petites mains furent croisées sur ses genoux, les yeux avides et brillants furent fixés sur les siens ; elle crut entendre le timbre même de sa voix, elle crut voir le petit mouvement de sa tête rejetée en arrière pour écarter les cheveux qui avaient la fâcheuse habitude de lui tomber sur les yeux ; et, tandis qu'elle écoutait, ou croyait écouter, il lui sembla voir s'agiter autour d'elle les créatures bizarres du rêve de sa petite sœur.

Les longues herbes se mirent à bruire à ses pieds tandis que le Lapin Blanc passait en hâte... La Souris effrayée traversa la mare voisine avec un léger clapotis... Elle entendit le bruit des tasses à thé du Lièvre de Mars et de ses amis, éternellement attablés devant leur éternel goûter, et la voix aiguë de la Reine ordonnant l'exécution de ses malheureux invités... Une fois encore le bébé-cochon éternua sur les genoux de la Duchesse, tandis que plats et assiettes s'écrasaient autour de lui... Une fois encore le cri du Griffon, le grincement du crayon sur l'ardoise du Lézard, les faibles soupirs des cochons d'Inde étouffés, remplirent l'espace, mêlés aux sanglots lointains de l'infortunée Simili-Tortue.

Elle resta ainsi, les yeux fermés, croyant presque être au Pays des Merveilles, tout en sachant fort bien qu'il lui suffirait de les rouvrir pour retrouver la terne réalité. L'herbe ne bruirait plus qu'au souffle du vent, et, seul, le balancement des tiges des roseaux ferait naître des rides à la surface de la mare... Le tintement des tasses à thé deviendrait le tintement des clochettes des moutons, les cris aigus de la Reine ne seraient plus que la voix du petit berger... Les éternuements du bébé, les cris du Griffon et tous les autres bruits étranges, se transformeraient (elle ne le savait que trop) en la rumeur confuse qui montait de la basse-cour, tandis que les meuglements lointains du bétail remplaceraient les lourds sanglots de la Simili-Tortue.

Finalement, elle se représenta cette même petite sœur devenue femme. Elle était certaine que, dans les années à venir, Alice garderait son cœur d'enfant, si aimant et si simple ; elle rassemblerait autour d'elle d'autres petits enfants, ses enfants à elle, et ce serait leurs yeux à eux qui deviendraient brillants et avides en écoutant mainte histoire extraordinaire, peut-être même cet ancien rêve du Pays des Merveilles. Elle partagerait tous leurs simples chagrins et prendrait plaisir à toutes leurs simples joies, en se rappelant sa propre enfance et les heureuses journées d'été.

*Ce qu'Alice trouva
de l'autre côté du miroir*

BLANCS

Le Pion Blanc (Alice) joue et gagne en onze coups

	Pages		Pages
1. Alice rencontre la Reine Rouge	208	1. La Reine Rouge joue en h5	216
2. Alice, traversant D3 *(en chemin de fer)* joue en D4 *(Bonnet Blanc et Blanc Bonnet)*	218 / 233	2. La Reine Blanche joue en c4 *(à la poursuite de son châle)*	251
3. Alice rencontre la Reine Blanche *(avec son châle)*	251	3. La Reine Blanche joue en c5 *(elle devient brebis)*	258
4. Alice joue en D5 *(boutique, rivière, boutique)*	258	4. La Reine Blanche joue en f8 *(elle laisse l'œuf sur le rayon)*	266
5. Alice joue en D6 *(Gros Coco)*	267	5. La Reine Blanche joue en c8 *(elle fuit devant le Cavalier Rouge)*	291

6. Alice joue en D7 *(forêt)* 295

7. Le Cavalier Blanc prend le Cavalier Rouge 299

8. Alice joue en D8 *(couronnement)* 316

9. Alice devient Reine 325

10. Alice roque *(festin)* 330

11. Alice prend la Reine Rouge et gagne 338

6. Le Cavalier Rouge joue en f8 *(échec)* 297

7. Le Cavalier Blanc joue en f5 314

8. La Reine Rouge joue en c8 *(examen)* 317

9. Les Reines roquent 326

10. La Reine Blanche joue en a6 *(soupe)* 335

Ô belle enfant au front si doux,
  Aux yeux tout imprégnés de rêve !
Malgré la distance entre nous
  Dans cette existence trop brève,
Tu accueilleras en souriant
Ce récit, don d'un cœur aimant.

Jamais je ne t'ai vue ; jamais
  Je n'entendis ta voix ravie ;
Jamais non plus je ne pourrai
  Avoir place en ta jeune vie.
Mais ton cœur, je le sais, pourtant,
Aimera ce conte d'enfant.

Je l'ai commencé autrefois :
  Le clair soleil dardait sa flamme,
Et la cadence de ma voix
  Suivait la cadence des rames...
C'est en vain qu'ont passé les ans,
Ma mémoire défie le temps...

Écoute, avant qu'ait retenti
  Cet appel ferme et sans réplique

Qui t'invite à gagner ton lit,
*   Toute triste et mélancolique !*
Nous sommes tous de vieux enfants
Qui se couchent en rechignant.

Dehors c'est la neige et le gel,
*   Les rafales de la tempête ;*
Mais, dedans, un feu substantiel
*   A mis ton jeune cœur en fête.*
Fascinée par les mots troublants,
Tu mépriseras l'ouragan.

Même si l'ombre d'un soupir
*   Vient à passer sur cette histoire*
Quand j'évoque le souvenir
*   Des jours d'été nimbés de gloire*[1],
Il n'altérera nullement
L'attrait de ce conte d'enfant.

CHAPITRE 1

LA MAISON DU MIROIR

Ce qu'il y a de sûr, c'est que la petite chatte blanche n'y fut pour rien : c'est la petite chatte noire qui fut la cause de tout. En effet, il y avait un bon quart d'heure que la chatte blanche se laissait laver la figure par la vieille chatte (et, somme toute, elle supportait cela assez bien) ; de sorte que, voyez-vous, il lui aurait été absolument impossible de tremper dans cette méchante affaire.

Voici comment Dinah s'y prenait pour laver la figure de ses enfants : d'abord, elle maintenait la pauvre bête en lui appuyant une patte sur l'oreille, puis, de l'autre patte, elle lui frottait toute la figure à rebrousse-poil en commençant par le bout du nez. Or, à ce moment-là, comme je viens de vous le dire, elle était en train de s'escrimer tant qu'elle pouvait sur la chatte blanche qui restait étendue, parfaitement immobile, et essayait de ronronner (sans doute parce qu'elle sentait que c'était pour son bien).

Mais la toilette de la chatte noire avait été faite au début de l'après-midi ; c'est pourquoi, tandis qu'Alice restait blottie en boule dans un coin du grand fauteuil, toute somnolente et se faisant de

vagues discours, la chatte s'en était donné à cœur joie
de jouer avec la pelote de grosse laine que la fillette
avait essayé d'enrouler, et de la pousser dans tous les
sens jusqu'à ce qu'elle fût complètement déroulée ;
elle était là, étalée sur la carpette, tout embrouillée,
pleine de nœuds, et la chatte, au beau milieu, était en
train de courir après sa queue.

« Oh ! comme tu es vilaine ! » s'écria Alice, en
prenant la chatte dans ses bras et en lui donnant un
petit baiser pour bien lui faire comprendre qu'elle
était en disgrâce. « Vraiment, Dinah aurait dû t'élever un peu mieux que ça ! Oui, Dinah, parfaitement !
tu aurais dû l'élever un peu mieux, et tu le sais
bien ! » ajouta-t-elle, en jetant un regard de reproche
à la vieille chatte et en parlant de sa voix la plus
revêche ; après quoi elle grimpa de nouveau dans le
fauteuil en prenant avec elle la chatte et la laine, et
elle se remit à enrouler le peloton. Mais elle n'allait
pas très vite, car elle n'arrêtait pas de parler, tantôt
à la chatte, tantôt à elle-même. Kitty restait bien
sagement sur ses genoux, feignant de s'intéresser à
l'enroulement du peloton ; de temps en temps, elle
tendait une de ses pattes et touchait doucement la
laine, comme pour montrer qu'elle aurait été heureuse d'aider Alice si elle l'avait pu.

« Sais-tu quel jour nous serons demain[1], Kitty ? commença Alice. Tu l'aurais deviné si tu avais été à la fenêtre avec moi tout à l'heure… Mais Dinah était en train de faire ta toilette, c'est pour ça que tu n'as pas pu venir. Je regardais les garçons qui ramassaient du bois pour le feu de joie… et il faut des quantités de bois, Kitty ! Seulement, voilà, il s'est mis à faire si froid et à neiger si fort qu'ils ont été obligés d'y renoncer. Mais ça ne fait rien, Kitty, nous irons admirer le feu de joie demain. » À ce moment, Alice enroula deux ou trois tours de laine autour du cou de Kitty, juste pour voir de quoi elle aurait l'air : il en résulta une légère bousculade au cours de laquelle le peloton tomba sur le plancher, et plusieurs mètres de laine se déroulèrent.

« Figure-toi, Kitty », continua Alice dès qu'elles furent de nouveau confortablement installées, « que j'étais si furieuse en pensant à toutes les bêtises que tu as faites aujourd'hui, que j'ai failli ouvrir la fenêtre et te mettre dehors dans la neige ! Tu l'aurais bien mérité, petite coquine chérie ! Qu'as-tu à dire pour ta défense ? Je te prie de ne pas m'interrompre ! ordonna-t-elle en levant un doigt. Je vais te dire tout ce que tu as fait. Premièrement : tu as crié deux fois ce matin pendant que Dinah te lavait la figure. Inutile d'essayer de nier, Kitty, car je t'ai entendue ! Comment ? Qu'est-ce que tu dis ? poursuivit-elle en faisant semblant de croire que Kitty venait de parler. Sa patte t'est entrée dans l'œil ? C'est ta faute, parce que tu avais gardé les yeux ouverts ; si tu les avais tenus bien fermés, ça ne te serait pas arrivé. Je t'en prie, inutile de chercher d'autres excuses ! Écoute-moi ! Deuxièmement : tu as tiré Perce-Neige en

arrière par la queue juste au moment où je venais de
mettre une soucoupe de lait devant elle ! Comment ?
Tu dis que tu avais soif ? Et comment sais-tu si elle
n'avait pas soif, elle aussi ? Enfin, troisièmement : tu
as défait mon peloton de laine pendant que je ne te
regardais pas !

« Ça fait trois sottises, Kitty, et tu n'as encore été
punie pour aucune des trois. Tu sais que je réserve
toutes tes punitions pour mercredi en huit... Si on
réservait toutes mes punitions à moi, continua-t-elle,
plus pour elle-même que pour Kitty, qu'est-ce que ça
pourrait bien faire à la fin de l'année ? Je suppose
qu'on m'enverrait en prison quand le jour serait
venu. Ou bien... voyons... si chaque punition consis-
tait à se passer de dîner : alors, quand ce triste jour
serait arrivé, je serais obligée de me passer de

cinquante dîners à la fois ! Mais, après tout, ça me serait tout à fait égal ! Je préférerais m'en passer que de les manger !

« Entends-tu la neige contre les vitres, Kitty ? Quel joli petit bruit elle fait ! On dirait qu'il y a quelqu'un dehors qui embrasse la fenêtre tout partout. Je me demande si la neige aime vraiment les champs et les arbres, pour qu'elle les embrasse si doucement ? Après ça, vois-tu, elle les recouvre bien douillettement d'un couvre-pied blanc ; et peut-être qu'elle leur dit : " Dormez, mes chéris, jusqu'à ce que l'été revienne. " Et quand l'été revient, Kitty, ils se réveillent, ils s'habillent tout en vert, et ils se mettent à danser... chaque fois que le vent souffle... Oh ! comme c'est joli ! s'écria Alice, en laissant tomber le peloton de laine pour battre des mains. Et je voudrais tellement que ce soit vrai ! Je trouve que les bois ont l'air tout endormis en automne, quand les feuilles deviennent marron.

« Kitty, sais-tu jouer aux échecs ? Ne souris pas, ma chérie, je parle très sérieusement. Tout à l'heure, pendant que nous étions en train de jouer, tu as suivi la partie comme si tu comprenais : et quand j'ai dit : " Échec ! " tu t'es mise à ronronner ! Ma foi, c'était un échec très réussi, et je suis sûre que j'aurais pu gagner si ce méchant Cavalier n'était pas venu se faufiler au milieu de mes pièces. Kitty, ma chérie, faisons semblant... »

Ici, je voudrais pouvoir vous répéter tout ce qu'Alice avait coutume de dire en commençant par son expression favorite : « Faisons semblant. » Pas plus tard que la veille, elle avait eu une longue discussion avec sa sœur, parce qu'Alice avait com-

mencé à dire : « Faisons semblant d'être des rois et
des reines. » Sa sœur, qui aimait beaucoup l'exacti-
tude, avait prétendu que c'était impossible, étant
donné qu'elles n'étaient que deux, et Alice avait été
finalement obligée de dire : « Eh bien, toi, tu seras
l'un d'eux, et moi, je serai tous les autres. » Et un
jour, elle avait causé une peur folle à sa vieille
gouvernante en lui criant brusquement dans
l'oreille : « Je vous en prie, Mademoiselle, faisons
semblant que je sois une hyène affamée, et que vous
soyez un os ! »

Mais ceci nous écarte un peu trop de ce qu'Alice
disait à Kitty. « Faisons semblant que tu sois la Reine
Rouge, Kitty ! Vois-tu, je crois que si tu t'asseyais sur
ton derrière en te croisant les bras, tu lui ressemble-

rais tout à fait. Allons, essaie, pour me faire plaisir ! » Là-dessus, Alice prit la Reine Rouge sur la
table, et la mit devant Kitty pour lui servir de
modèle ; mais cette tentative échoua, surtout, préten-
dit Alice, parce que Kitty refusait de croiser les bras
comme il faut. Pour la punir, Alice la tint devant le
miroir afin de lui montrer comme elle avait l'air
boudeur... « Et si tu n'es pas sage tout de suite,
ajouta-t-elle, je te fais passer dans la Maison du
Miroir. Qu'est-ce que tu dirais de ça ?

« Allons, Kitty, si tu veux bien m'écouter, au lieu
de bavarder sans arrêt, je vais te dire tout ce que je
pense de la Maison du Miroir. D'abord, il y a la pièce
que tu peux voir dans le Miroir... Elle est exactement
pareille à notre salon, mais les choses sont en sens

inverse. Je peux la voir tout entière quand je grimpe
sur une chaise... tout entière, sauf la partie qui est
juste derrière la cheminée. Oh ! je meurs d'envie de
la voir ! Je voudrais tant savoir s'ils font du feu en
hiver : vois-tu, on n'est jamais fixé à ce sujet, sauf
quand notre feu se met à fumer, car, alors, la fumée
monte aussi dans cette pièce-là... ; mais peut-être
qu'ils font semblant, pour qu'on s'imagine qu'ils
allument du feu... Tiens, tu vois, les livres ressemblent pas mal à nos livres, mais les mots sont à
l'envers ; je le sais bien parce que j'ai tenu une fois un
de nos livres devant le miroir, et, quand on fait ça, ils
tiennent aussi un livre dans l'autre pièce.

« Aimerais-tu vivre dans la Maison du Miroir,
Kitty ? Je me demande si on te donnerait du lait.
Peut-être que le lait du Miroir n'est pas bon à boire...
Et maintenant, oh ! Kitty ! maintenant nous arrivons
au couloir. On peut tout juste distinguer un petit
bout du couloir de la Maison du Miroir quand on
laisse la porte de notre salon grande ouverte : ce
qu'on aperçoit ressemble beaucoup à notre couloir à
nous, mais, vois-tu, peut-être qu'il est tout à fait
différent un peu plus loin. Oh ! Kitty ! ce serait
merveilleux si on pouvait entrer dans la Maison du
Miroir ! Faisons semblant de pouvoir y entrer, d'une
façon ou d'une autre. Faisons semblant que le verre
soit devenu aussi mou que de la gaze pour que nous
puissions passer à travers. Mais, ma parole, voilà
qu'il se transforme en une sorte de brouillard ! Ça va
être assez facile de passer à travers... »

Pendant qu'elle disait ces mots, elle se trouvait
debout sur le dessus de la cheminée, sans trop savoir
comment elle était venue là. Et, en vérité, le verre

commençait bel et bien à disparaître, exactement comme une brume d'argent brillante.

Un instant plus tard, Alice avait traversé le verre et avait sauté légèrement dans la pièce du Miroir. Avant de faire quoi que ce fût d'autre, elle regarda s'il y avait du feu dans la cheminée, et elle fut ravie de voir qu'il y avait un vrai feu qui flambait aussi fort que celui qu'elle avait laissé derrière elle. « De sorte que j'aurai aussi chaud ici que dans notre salon, pensa Alice ; plus chaud même, parce qu'il n'y aura personne ici pour me gronder si je m'approche du feu. Oh ! comme ce sera drôle, lorsque mes parents me verront à travers le Miroir et qu'ils ne pourront pas m'attraper ! »

Ensuite, s'étant mise à regarder autour d'elle, elle remarqua que tout ce qu'on pouvait voir de la pièce quand on se trouvait dans le salon était très ordinaire et dépourvu d'intérêt, mais que tout le reste était complètement différent. Ainsi, les tableaux accrochés au mur à côté du feu avaient tous l'air d'être vivants, et la pendule qui était sur le dessus de la cheminée (vous savez qu'on n'en voit que le derrière dans le Miroir) avait le visage d'un petit vieux qui regardait Alice en souriant.

« Cette pièce est beaucoup moins bien rangée que l'autre », pensa la fillette, en voyant que plusieurs pièces du jeu d'échecs se trouvaient dans le foyer au milieu des cendres. Mais un instant plus tard, elle poussa un petit cri de surprise et se mit à quatre pattes pour mieux les observer : les pièces du jeu d'échecs se promenaient deux par deux !

« Voici le Roi Rouge et la Reine Rouge », dit Alice (à voix très basse, de peur de les effrayer) ; « et

voilà le Roi Blanc et la Reine Blanche assis au bord
de la pelle à charbon… ; et voilà deux Tours qui s'en
vont bras dessus bras dessous… Je ne crois pas qu'ils
puissent m'entendre », continua-t-elle, en baissant
un peu la tête, « et je suis presque certaine qu'ils ne
peuvent pas me voir. J'ai l'impression d'être invi-
sible… »

À ce moment, elle entendit un glapissement sur la
table, et tourna la tête juste à temps pour voir l'un
des Pions Blancs se renverser et se mettre à gigoter :
elle le regarda avec beaucoup de curiosité pour voir
ce qui allait se passer.

« C'est la voix de mon enfant ! » s'écria la Reine
Blanche en passant en trombe devant le Roi qu'elle
fit tomber dans les cendres. « Ma petite Lily ! Mon
trésor ! Mon impériale mignonne ! »

Et elle se mit à grimper comme une folle le long du
garde-feu.

« Au diable l'impériale mignonne ! » dit le Roi en

frottant son nez tout meurtri. (Il avait le droit d'être un tout petit peu contrarié, car il se trouvait couvert de cendre de la tête aux pieds.)

Alice était fort désireuse de se rendre utile : comme la petite Lily criait tellement qu'elle menaçait d'avoir des convulsions, elle se hâta de prendre la Reine et de la mettre sur la table à côté de sa bruyante petite fille.

La Reine ouvrit la bouche pour reprendre haleine, et s'assit : ce rapide voyage dans les airs lui avait complètement coupé la respiration, et, pendant une ou deux minutes, elle ne put rien faire d'autre que serrer dans ses bras la petite Lily sans dire un mot. Dès qu'elle eut retrouvé son souffle, elle cria au Roi Blanc qui était assis d'un air maussade dans les cendres :

« Faites attention au volcan !

— Quel volcan ? » demanda le Roi, en regardant avec inquiétude, comme s'il jugeait que c'était l'endroit le plus propre à contenir un cratère en éruption.

« M'a… fait… sauter… en… l'air », dit la Reine encore toute haletante. « Faites bien attention à monter… comme nous faisons d'habitude… ne vous laissez pas projeter en l'air ! »

Alice regarda le Roi Blanc grimper lentement d'une barre à l'autre, puis elle finit par dire : « Mais tu vas mettre des heures et des heures avant d'arriver à la table, à cette allure ! Ne crois-tu pas qu'il vaut mieux que je t'aide ? » Le Roi ne fit aucune attention à sa question : il était clair qu'il ne pouvait ni la voir ni l'entendre.

Alice le prit très doucement, et le souleva beaucoup plus lentement qu'elle n'avait soulevé la Reine, afin de ne pas lui couper le souffle ; mais, avant de le poser sur la table, elle crut qu'elle ferait aussi bien de l'épousseter un peu, car il était tout couvert de cendre.

Elle raconta par la suite que jamais elle n'avait vu de grimace semblable à celle que fit le Roi lorsqu'il se trouva tenu en l'air et épousseté par des mains invisibles : il était beaucoup trop stupéfait pour crier, mais ses yeux et sa bouche devinrent de plus en plus grands, de plus en plus ronds, et Alice se mit à rire si fort que sa main tremblante faillit le laisser tomber sur le plancher.

« Oh ! je t'en prie, ne fais pas des grimaces pareilles, mon chéri ! » s'écria-t-elle, en oubliant tout à fait que le Roi ne pouvait pas l'entendre. « Tu me

fais rire tellement que c'est tout juste si j'ai la force de te tenir ! Et n'ouvre pas la bouche si grande ! Toute la cendre va y entrer ! Là, je crois que tu es assez propre », ajouta-t-elle, en lui lissant les cheveux. Puis elle le posa très soigneusement sur la table à côté de la Reine.

Le Roi tomba immédiatement sur le dos de tout
son long et demeura parfaitement immobile. Alice,
un peu alarmée par ce qu'elle avait fait, se mit à
tourner dans la pièce pour voir si elle pourrait
trouver un peu d'eau pour la lui jeter au visage, mais
elle ne trouva qu'une bouteille d'encre.

Quand elle revint, sa bouteille à la main, elle vit
que le Roi avait repris ses sens, et que la Reine et lui
parlaient d'une voix terrifiée, si bas qu'elle eut du
mal à entendre leurs propos.

Le Roi disait :

« Je vous assure, ma chère amie, que j'en ai été
glacé jusqu'à l'extrémité de mes favoris ! »

Ce à quoi la Reine répliquait :

« Vous n'avez pas de favoris, voyons !

— Jamais, au grand jamais, poursuivit le Roi, je
n'oublierai l'horreur de cette minute.

— Oh, que si ! dit la Reine, vous l'oublierez si
vous n'en prenez pas note. »

Alice regarda avec beaucoup d'intérêt le Roi tirer
de sa poche un énorme carnet sur lequel il commença

à écrire. Une idée lui vint brusquement à l'esprit : elle s'empara de l'extrémité du crayon qui dépassait un peu l'épaule du Roi, et elle se mit à écrire à sa place.

Le pauvre Roi prit un air intrigué et malheureux, et, pendant quelque temps, il lutta contre son crayon sans mot dire ; mais Alice était trop forte pour qu'il pût lui résister, aussi finit-il par déclarer d'une voix haletante :

« Ma chère amie ! Il faut absolument que je trouve un crayon plus mince que celui-ci ! Je ne peux pas le diriger : il écrit toutes sortes de choses que je n'ai jamais eu l'intention...

— Quelles sortes de choses ? » demanda la Reine, en regardant le carnet (sur lequel Alice avait écrit : « *Le Cavalier Blanc est en train de glisser à cheval sur le tisonnier. Il n'est pas très bien en équilibre.* ») « Ce n'est certainement pas une note au sujet de ce que vous avez ressenti ! »

Sur la table, tout près d'Alice, il y avait un livre. Tout en observant le Roi Blanc (car elle était encore un peu inquiète à son sujet, et se tenait prête à lui jeter de l'encre à la figure au cas où il s'évanouirait de nouveau), elle se mit à tourner les pages pour trouver un passage qu'elle pût lire... « car c'est écrit dans une langue que je ne connais pas », se dit-elle.

Et voici ce qu'elle avait sous les yeux [1] :

JABBERWOCKY

Il était grilheure; les slictueux toves
Gyraient sur l'alloinde et vriblaient :
Tout flivoreux allaient les borogoves;
Les verchons fourgus bourniflaient.

Elle se cassa la tête là-dessus pendant un certain temps, puis, brusquement, une idée lumineuse lui vint à l'esprit : « Mais bien sûr ! c'est un livre du Miroir ! Si je le tiens devant un miroir, les mots seront de nouveau comme ils doivent être. »

Et voici le poème qu'elle lut :

JABBERWOCKY[1]

« *Il était grilheure ; les slictueux toves*
Gyraient sur l'alloinde et vriblaient :
Tout flivoreux allaient les borogoves ;
Les verchons fourgus bourniflaient.

« " *Prends garde au Jabberwock, mon fils !*
À sa gueule qui mord, à ses griffes qui happent !
Gare l'oiseau Jubjube, et laisse
En paix le frumieux Bandersnatch !

« *Le jeune homme, ayant pris sa vorpaline épée,*
Cherchait longtemps l'ennemi manxiquais...
Puis, arrivé près de l'Arbre Tépé,
Pour réfléchir un instant s'arrêtait.

« *Or, comme il ruminait de suffêches pensées,*
Le Jabberwock, l'œil flamboyant,
Ruginiflant par le bois touffeté,
Arrivait en barigoulant !

« *Une, deux ! Une, deux ! D'outre en outre,*
Le glaive vorpalin virevolte, flac-vlan !
Il terrasse le monstre, et, brandissant sa tête,
Il s'en retourne galomphant.

« " *Tu as donc tué le Jabberwock !*
Dans mes bras, mon fils rayonnois !
Ô jour frabieux ! Callouh ! Callock ! "
Le vieux glouffait de joie.

« *Il était grilheure : les slictueux toves*
Gyraient sur l'alloinde et vriblaient :
Tout flivoreux allaient les borogoves ;
Les verchons fourgus bourniflaient. »

« Ça a l'air très joli ! », dit Alice, quand elle eut
fini de lire, « mais c'est assez difficile à comprendre ! » (Voyez-vous elle ne voulait pas s'avouer
qu'elle n'y comprenait absolument rien.) « Ça me
remplit la tête de toutes sortes d'idées, mais... mais
je ne sais pas exactement quelles sont ces idées ! En
tout cas, ce qu'il y a de clair c'est que *quelqu'un* a tué
quelque chose... »

« Mais, oh ! » pensa-t-elle en se levant d'un bond,
« si je ne me dépêche pas, je vais être obligée de
repasser à travers le Miroir avant d'avoir vu à quoi
ressemble le reste de la maison. Commençons par le
jardin ! »

Elle sortit de la pièce en un moment et descendit
l'escalier au pas de course... En fait, on ne pouvait
pas dire qu'elle courait, mais plutôt qu'elle avait
inventé une nouvelle façon de descendre un escalier
« vite et bien » pour employer ses propres termes.
Elle se contenta de laisser le bout de ses doigts sur la
rampe, et fila vers le bas en flottant dans l'air, sans
toucher les marches de ses pieds. Puis, elle traversa le
vestibule, toujours en flottant dans l'air, et elle aurait
franchi la porte de la même façon si elle ne s'était pas

accrochée au montant. Car elle avait un peu le
vertige à force de flotter dans l'air, et elle fut tout
heureuse de marcher à nouveau d'une manière
naturelle.

CHAPITRE 2

LE JARDIN
DES FLEURS VIVANTES

« Je verrais le jardin beaucoup mieux, se dit Alice, si je pouvais arriver au sommet de cette colline... et voici un sentier qui y mène tout droit... Du moins, non pas tout droit... », ajouta-t-elle après avoir suivi le sentier pendant quelques mètres, et avoir pris plusieurs tournants brusques, « mais je suppose qu'il finira bien par y arriver. Quelle façon bizarre de tourner ! On dirait plutôt un tire-bouchon qu'un sentier ! Ah ! cette fois, ce tournant va à la colline, je suppose... Mais non, pas du tout ! il me ramène tout droit à la maison ! Bon, dans ce cas, je vais revenir sur mes pas. »

C'est ce qu'elle fit ; elle marcha de haut en bas et de bas en haut, en essayant un tournant après l'autre, mais, quoi qu'elle pût faire, elle revenait toujours à la maison. Et même, une fois qu'elle avait pris un tournant plus vite que d'habitude, elle se cogna contre la maison avant d'avoir pu s'arrêter.

« Il est inutile d'insister », dit Alice en regardant la maison comme si elle discutait avec elle. « Je refuse de rentrer. Je sais que je serais obligée de repasser à travers le Miroir... de revenir dans le salon... et ce serait la fin de mes aventures ! »

Elle tourna résolument le dos à la maison, puis reprit le sentier une fois de plus, bien décidée à aller jusqu'à la colline. Pendant quelques minutes tout marcha bien : mais, au moment précis où elle disait : « Cette fois-ci je suis sûre d'y arriver », le sentier fit un coude brusque et se secoua (du moins c'est ainsi qu'Alice décrivit la chose par la suite), et, un instant plus tard, elle se trouva bel et bien en train de pénétrer dans la maison.

« Oh ! c'est trop fort ! s'écria-t-elle. Jamais je n'ai vu une maison se mettre ainsi sur le chemin des gens ! Non, jamais. »

Cependant, la colline se dressait toujours devant elle ; il n'y avait qu'à recommencer. Cette fois, elle arriva devant un grand parterre de fleurs, entouré d'une bordure de pâquerettes, ombragé par un saule pleureur qui poussait au beau milieu.

« Ô, Lis Tigré », dit Alice, en s'adressant à un lis qui se balançait avec grâce au souffle du vent, « comme je voudrais que tu puisses parler.

— Nous pouvons parler, répondit le Lis Tigré ; du moins, quand il y a quelqu'un qui mérite qu'on lui adresse la parole. »

Alice fut tellement surprise qu'elle resta sans rien dire pendant une bonne minute, comme si cette réponse lui avait complètement coupé le souffle. Finalement, comme le Lis Tigré se contentait de continuer à se balancer, elle reprit la parole et demanda d'une voix timide et très basse :

« Est-ce que toutes les fleurs peuvent parler ?

— Aussi bien que toi, dit le Lis Tigré, et beaucoup plus fort que toi.

— Vois-tu, déclara une rose, ce serait très mal élevé de notre part de parler les premières ; je me demandais vraiment si tu allais te décider à dire quelque chose ! Je me disais comme ça : " Elle a l'air

d'avoir un peu de bon sens, quoique son visage ne soit pas très intelligent ! " Malgré tout, tu as la couleur qu'il faut, et ça, ça compte beaucoup.

— Je me soucie fort peu de sa couleur, dit le Lis Tigré. Si seulement ses pétales frisaient un peu plus, elle serait parfaite. »

Alice, qui n'aimait pas être critiquée, se mit à poser des questions :

« N'avez-vous pas peur quelquefois de rester plantées ici, sans personne pour s'occuper de vous ?

— Nous avons l'arbre qui est au milieu, répliqua la Rose. À quoi t'imagines-tu qu'il sert ?

— Mais que pourrait-il faire s'il y avait du danger ? demanda Alice.

— Il pourrait aboyer, répondit la Rose.

— Il fait : " Bouah-bouah ! ", s'écria une Pâquerette ; et c'est pour ça qu'on dit qu'il est en bois[1] !

— Comment ! tu ne savais pas ça ! » s'exclama une autre Pâquerette.

Et, là-dessus, elles se mirent à crier toutes ensemble, jusqu'à ce que l'air fût rempli de petites voix aiguës.

« Silence, tout le monde ! » ordonna le Lis Tigré, en se balançant furieusement dans tous les sens et en tremblant de colère. Elles savent que je ne peux pas les atteindre ! » ajouta-t-il en haletant et en penchant sa tête frémissante vers Alice ; « sans quoi elles n'oseraient pas agir ainsi !

— Ça ne fait rien ! » dit Alice d'un ton apaisant.

Puis, se penchant vers les Pâquerettes qui s'apprêtaient à recommencer, elle murmura :

« Si vous ne vous taisez pas tout de suite, je vais vous cueillir ! »

Il y eut un silence immédiat, et plusieurs Pâquerettes roses devinrent toutes blanches.

« Très bien ! s'exclama le Lis Tigré. Les Pâquerettes sont pires que les autres. Quand l'une d'elles commence à parler, elles s'y mettent toutes ensemble, et elles jacassent tellement qu'il y a de quoi vous faire faner !

— Comment se fait-il que vous sachiez toutes

parler si bien ? » demanda Alice, qui espérait lui rendre sa bonne humeur en lui adressant un compliment. « J'ai déjà été dans pas mal de jardins, mais aucune des fleurs qui s'y trouvaient ne savait parler.

— Mets ta main par terre, et tâte le sol, ordonna le Lis Tigré. Tu comprendras pourquoi. »

Alice fit ce qu'on lui disait.

« La terre est très dure, dit-elle, mais je ne vois pas ce que ça peut bien faire.

— Dans la plupart des jardins, déclara le Lis Tigré, on prépare des couches trop molles, de sorte que les fleurs dorment tout le temps. »

Alice trouva que c'était une excellente raison, et elle fut très contente de l'apprendre.

« Je n'avais jamais pensé à ça ! s'exclama-t-elle.

— À mon avis », fit observer la Rose d'un ton sévère, « tu ne penses jamais à rien.

— Je n'ai jamais vu personne qui ait l'air aussi stupide », dit une Violette, si brusquement qu'Alice fit un véritable bond, car la Violette n'avait pas parlé jusqu'alors.

« Veux-tu bien te taire, toi ! s'écria le Lis Tigré. Comme si tu voyais jamais les gens ! Tu gardes toujours la tête sous tes feuilles, et tu te mets à ronfler tant que tu peux, si bien que tu ignores ce qui se passe dans le monde, exactement comme si tu étais un simple bouton !

— Y a-t-il d'autres personnes que moi dans le jardin ? » demanda Alice, qui préféra ne pas relever la dernière remarque de la Rose.

« Il y a une fleur qui peut se déplacer comme toi, répondit la Rose. Je me demande comment vous vous y prenez... » (« Tu es toujours en train de te

demander des choses », fit observer le Lis Tigré) « …
Mais elle est plus touffue que toi.

— Est-ce qu'elle me ressemble ? » demanda Alice
vivement, car elle venait de penser : « Il y a une
autre petite fille quelque part dans le jardin ! »

« Ma foi, elle a la même forme disgracieuse que
toi, répondit la Rose ; mais elle est plus rouge… et
j'ai l'impression que ses pétales sont un peu plus
courts que les tiens.

— Ses pétales sont très serrés, presque autant que
ceux d'un dahlia, dit le Lis Tigré ; au lieu de retomber
n'importe comment, comme les tiens.

— Mais, bien sûr, ça n'est pas ta faute », continua
la Rose très gentiment. « Vois-tu, c'est parce que tu
commences à te faner… À ce moment-là, on ne peut
pas empêcher ses pétales d'être un peu en désordre. »

Cette idée ne plut pas du tout à Alice, et, pour
changer de conversation, elle demanda :

« Est-ce qu'elle vient quelquefois par ici ?

— Je pense que tu ne tarderas pas à la voir,
répondit la Rose. Elle appartient à une espèce
épineuse.

— Où porte-t-elle ses épines ? » demanda Alice,
non sans curiosité.

« Autour de la tête, bien sûr, répondit la Rose. Je
me demandais pourquoi tu n'en avais pas, toi. Je
croyais que c'était la règle.

— La voilà qui arrive ! cria le Pied d'Alouette.
J'entends son pas, boum, boum, dans l'allée sa-
blée ! »

Alice se retourna vivement, et s'aperçut que c'était
la Reine Rouge. « Ce qu'elle a grandi ! » s'exclama-

t-elle. Elle avait terriblement grandi en effet : lorsque Alice l'avait trouvée dans les cendres, elle ne
mesurait que sept centimètres... et voilà qu'à présent
elle dépassait la fillette d'une demi-tête !

« C'est l'air pur qui fait ça, déclara la Rose ; c'est
un air merveilleux qu'on a ici.

— J'ai envie d'aller à sa rencontre », dit Alice.

(Car, bien sûr, les fleurs étaient très intéressantes,
mais elle sentait qu'il serait bien plus merveilleux de
parler à une vraie Reine.)

« C'est impossible, dit la Rose. Moi, je te conseille
de marcher dans l'autre sens. »

Alice trouva ce conseil stupide. Elle ne répondit
rien, mais se dirigea immédiatement vers la Reine
Rouge. À sa grande surprise, elle la perdit de vue en
un moment, et se trouva de nouveau en train de
pénétrer dans la maison.

Légèrement agacée, elle fit demi-tour, et, après
avoir cherché de tous côtés la Reine (qu'elle finit par
apercevoir dans le lointain), elle décida d'essayer,
cette fois-ci, d'aller dans la direction opposée.

Cela réussit admirablement. À peine avait-elle
marché pendant une minute qu'elle se trouvait face à
face avec la Reine Rouge, tandis que la colline
qu'elle essayait d'atteindre depuis si longtemps se
dressait bien en vue devant elle.

« D'où viens-tu ? demanda la Reine Rouge. Et où
vas-tu ? Lève la tête, réponds poliment, et n'agite pas
tes mains sans arrêt. »

Alice exécuta tous ces ordres, puis, elle expliqua
de son mieux qu'elle avait perdu son chemin.

« Je ne comprends pas pourquoi tu prétends que tu
as perdu *ton* chemin, dit la Reine Rouge ; tous les

chemins qui sont ici m'appartiennent... Mais pourquoi es-tu venue ici ? » ajouta-t-elle d'un ton plus
doux. « Fais la révérence pendant que tu réfléchis à
ce que tu vas répondre. Ça permet de gagner du
temps. »

Ceci ne manqua pas de surprendre Alice, mais elle
avait une trop sainte terreur de la Reine pour ne pas
croire ce qu'elle venait de dire. « J'essaierai ça quand
je serai de retour à la maison, pensa-t-elle, la
prochaine fois où je serai un peu en retard pour le
dîner. »

« Il est temps que tu me répondes », fit observer la
Reine en regardant sa montre. « Ouvre la bouche un
tout petit peu plus en parlant, et n'oublie pas de
dire : " Votre Majesté ".

— Je voulais simplement voir comment était le
jardin, Votre Majesté...

— Très bien », dit la Reine, en lui tapotant la tête,
ce qui déplut beaucoup à Alice. « Mais, puisque tu

parles de " jardin ", moi j'ai vu des jardins auprès desquels celui-ci serait un véritable désert. »

Alice n'osa pas discuter sur ce point, et continua :

« ... et j'avais l'intention d'essayer de grimper jusqu'au sommet de cette colline...

— Puisque tu parles de " colline ", reprit la Reine, moi, je pourrais te montrer des collines auprès desquelles celle-ci ne serait qu'une vallée pour toi.

— Certainement pas », déclara Alice, qui finit par se laisser aller à la contredire. « Une colline ne peut pas être une vallée. Ce serait une absurdité... »

La Reine Rouge hocha la tête.

« Tu peux appeler ça " une absurdité " si ça te plaît, dit-elle. Mais, moi, j'ai entendu des absurdités auprès desquelles ceci paraîtrait aussi raisonnable qu'un dictionnaire ! »

Alice fit une autre révérence, car, d'après le ton de la Reine, elle craignait de l'avoir un tout petit peu offensée. Puis elles marchèrent en silence jusqu'au sommet de la colline.

Pendant quelques minutes, Alice resta sans mot dire à regarder le pays qui s'étendait devant elle... et c'était vraiment un drôle de pays. Plusieurs petits ruisseaux le parcouraient d'un bout à l'autre, et l'espace compris entre les ruisseaux était divisé en carrés par plusieurs haies perpendiculaires aux ruisseaux.

« Ma parole, on dirait exactement les cases d'un échiquier ! » s'écria enfin Alice. « Il devrait y avoir des pièces qui se déplacent quelque part... Et il y en a ! » ajouta-t-elle d'un ton ravi, tandis que son cœur se mettait à battre plus vite. « C'est une grande partie d'échecs qui est en train de se jouer… dans le monde entier… du moins, si ce que je vois est bien le monde. Oh ! comme c'est amusant ! Comme je voudrais être une des pièces ! Ça me serait égal d'être un Pion, pourvu que je puisse prendre part au jeu… mais, naturellement, je préférerais être une Reine. »

Elle jeta un coup d'œil timide à la vraie Reine en prononçant ces mots, mais sa compagne se contenta de sourire aimablement et lui dit :

« C'est très facile. Si tu veux, tu peux être le Pion de la Reine Blanche, étant donné que Lily est trop jeune pour jouer. Pour commencer, tu es dans la Seconde Case, et, quand tu arriveras dans la Huitième Case, tu seras une Reine… »

Juste à ce moment, je ne sais pourquoi, elles se mirent à courir.

En y réfléchissant plus tard, Alice ne put comprendre comment cela s'était fait : tout ce qu'elle se rappelle, c'est qu'elles étaient en train de courir, la main dans la main, et que la Reine courait si vite que la fillette avait beaucoup de mal à se maintenir à sa hauteur. La Reine n'arrêtait pas de crier : « Plus vite ! », et Alice sentait bien qu'il lui était absolument impossible d'aller plus vite, quoiqu'elle n'eût pas assez de souffle pour le dire.

Ce qu'il y avait de plus curieux, c'est que les arbres et tous les objets qui les entouraient ne changeaient jamais de place : elles avaient beau aller vite, jamais elles ne passaient devant rien. « Je me demande si les choses se déplacent en même temps que nous ? » pensait la pauvre Alice, tout intriguée. Et la Reine semblait deviner ses pensées, car elle criait : « Plus vite ! Ne parle pas ! »

Alice ne songeait pas le moins du monde à parler. Elle était tellement essoufflée qu'il lui semblait qu'elle ne serait plus jamais capable de dire un mot ; et la Reine criait toujours : « Plus vite ! Plus vite ! » en la tirant de toutes ses forces.

« Est-ce que nous y sommes bientôt ? » parvint à articuler Alice, tout haletante.

« Si nous y sommes bientôt ! répéta la Reine. Mais,

voyons, nous avons passé devant il y a dix minutes !
Plus vite ! »

Elles continuèrent à courir en silence pendant
quelque temps, et le vent sifflait si fort aux oreilles
d'Alice qu'elle avait l'impression qu'il lui arrachait
presque les cheveux.

« Allons ! Allons ! criait la Reine. Plus vite ! Plus
vite ! »

Elles allaient si vite qu'à la fin on aurait pu croire
qu'elles glissaient dans l'air, en effleurant à peine le
sol de leurs pieds ; puis, brusquement, au moment où
Alice se sentait complètement épuisée, elles s'arrêtèrent, et la fillette se retrouva assise sur le sol, hors
d'haleine et tout étourdie.

La Reine l'appuya contre un arbre, puis lui dit avec
bonté :

« Tu peux te reposer un peu à présent. »

Alice regarda autour d'elle d'un air stupéfait.

« Mais voyons, s'exclama-t-elle, je crois vraiment
que nous n'avons pas bougé de sous cet arbre ! Tout
est exactement comme c'était !

— Bien sûr, répliqua la Reine ; comment voudrais-tu que ce fût ?

— Ma foi, dans mon pays à moi », répondit Alice,
encore un peu essoufflée, « on arriverait généralement à un autre endroit si on courait très vite
pendant longtemps, comme nous venons de le faire.

— On va bien lentement dans ton pays ! Ici, vois-
tu, on est obligé de courir tant qu'on peut pour rester
au même endroit. Si on veut aller ailleurs, il faut
courir au moins deux fois plus vite que ça !

— Je vous en prie, j'aime mieux pas essayer ! Je

me trouve très bien ici..., sauf que j'ai très chaud et très soif !

— Je sais ce qui te ferait plaisir ! » déclara la Reine avec bienveillance, en tirant une petite boîte de sa poche. « Veux-tu un biscuit ? »

Alice jugea qu'il serait impoli de refuser, quoiqu'elle n'eût pas la moindre envie d'un biscuit. Elle le prit et le mangea de son mieux ; il était très sec, et elle pensa que jamais de sa vie elle n'avait été en si grand danger de s'étouffer.

« Pendant que tu es en train de te rafraîchir, reprit la Reine, je vais prendre les mesures. »

Elle tira de sa poche un ruban divisé en centimètres, et se mit à mesurer le terrain, en enfonçant de petites chevilles à certains points.

« Quand j'aurai parcouru deux mètres », dit-elle en enfonçant une cheville pour marquer l'endroit, « je te donnerai mes instructions... Veux-tu un autre biscuit ?

— Non, merci ; un seul me suffit largement !

— Ta soif est calmée, j'espère ? »

Alice ne sut que répondre à cela, mais, fort heureusement, la Reine n'attendit pas sa réponse, et continua :

« Quand je serai arrivée au troisième mètre, je te les répéterai... de peur que tu ne les oublies. Au bout du quatrième mètre, je te dirai au revoir. Au bout du cinquième mètre, je m'en irai ! »

Elle avait maintenant enfoncé toutes les chevilles, et Alice la regarda d'un air très intéressé revenir à l'arbre, puis marcher lentement le long de la ligne droite qu'elle venait de tracer.

Arrivée à la cheville qui marquait le deuxième mètre, elle se retourna et dit :

« Un pion franchit deux cases quand il se déplace pour la première fois. Donc, tu traverseras la Troisième Case très rapidement... probablement par le train... et tu te trouveras tout de suite dans la Quatrième Case. Cette case-là appartient à Bonnet Blanc et à Blanc Bonnet... La Cinquième ne renferme guère que de l'eau... La Sixième appartient au Gros Coco... Mais tu ne dis rien ?...

— Je... je ne savais pas que je devais dire quelque chose... pour l'instant du moins..., balbutia Alice.

— Tu aurais dû dire », continua la Reine d'un ton de grave reproche : « " C'est très aimable à vous de me donner toutes ces indications "... Enfin, mettons que tu l'aies dit... La Septième Case est complètement recouverte par une forêt... mais un des Cavaliers te montrera le chemin. Finalement, dans la Huitième Case, nous serons Reines toutes les deux : il y aura un grand festin et de grandes réjouissances ! »

Alice se leva, fit la révérence, et se rassit.

Arrivée à la cheville suivante, la Reine se retourna une fois de plus et dit :

« Parle français quand tu ne trouves pas le mot anglais pour désigner un objet..., écarte bien tes orteils en marchant... et rappelle-toi qui tu es. »

Cette fois, elle ne donna pas à Alice le temps de faire la révérence ; elle alla très vite jusqu'à la cheville suivante, se retourna pour dire au revoir, et gagna rapidement la dernière cheville.

Alice ne sut jamais comment cela se fit, mais, dès que la Reine parvint à la dernière cheville, elle

disparut. Il lui fut impossible de deviner si elle s'était
évanouie dans l'air ou si elle avait couru très vite dans
le bois (« et elle est capable de courir très vite ! »
pensa Alice). Ce qu'il y a de sûr c'est qu'elle
disparut : alors, la fillette se rappela qu'elle était un
pion et qu'il serait bientôt temps de se déplacer.

CHAPITRE 3

INSECTES DU MIROIR

Naturellement, elle commença par examiner en
détail le pays qu'elle allait parcourir : « Ça me
rappelle beaucoup mes leçons de géographie »,
pensa-t-elle en se dressant sur la pointe des pieds
dans l'espoir de voir un peu plus loin. « Fleuves
principaux… il n'y en a pas. Montagnes principales…
je suis sur la seule qui existe, mais je ne crois pas
qu'elle ait un nom. Villes principales… Tiens, quelles
sont ces créatures qui font du miel là-bas ? Ça ne peut
pas être des abeilles… personne n'a jamais pu
distinguer des abeilles à un kilomètre de distance… »
Et pendant quelques minutes elle resta sans rien dire
à regarder l'une d'elles qui s'affairait au milieu des
fleurs dans lesquelles elle plongeait sa trompe,
« exactement comme si c'était une abeille ordinaire », pensa Alice.

Mais c'était tout autre chose qu'une abeille ordinaire : en fait c'était un éléphant, comme Alice ne
tarda pas à s'en apercevoir, bien que cette idée lui
coupât le souffle tout d'abord. « Ce que les fleurs
doivent être énormes ! » se dit-elle tout de suite
après. « Elles doivent ressembler à des petites mai-

sons dont on aurait enlevé le toit et qu'on aurait placées sur une tige... Et quelles quantités de miel ils doivent faire ! Je crois que je vais descendre pour... Non, je ne vais pas y aller tout de suite », continua-t-elle, en se retenant au moment où elle s'apprêtait à descendre la colline au pas de course, et en essayant de trouver une excuse à cette crainte soudaine. « Ça ne serait pas très malin de descendre au milieu d'eux sans avoir une longue branche bien solide pour les chasser... Et ce que ça sera drôle quand on me demandera si mon voyage m'a plu ! Je répondrai : Oh, il m'a beaucoup plu... » (Ici, elle rejeta la tête en arrière d'un mouvement qui lui était familier) ; « seulement il faisait très chaud, il y avait beaucoup de poussière, et les éléphants étaient insupportables ! »

« Je crois que je vais descendre de l'autre côté », poursuivit-elle au bout d'un moment. « Peut-être que je pourrai aller voir les éléphants un peu plus tard. D'ailleurs, il me tarde tellement d'entrer dans la Troisième Case ! »

Sur cette dernière excuse, elle descendit la colline en courant, et franchit d'un bond le premier des six ruisseaux.

. . . .

« Billets, siouplaît ! » dit le Contrôleur en passant la tête par la portière.

En un instant tout le monde eut un billet à la main : les billets étaient presque de la même taille que les voyageurs, et on aurait dit qu'ils remplissaient tout le wagon.

« Allons ! montre ton billet, petite ! » continua le Contrôleur, en regardant Alice d'un air furieux.

Et plusieurs voix dirent en même temps, (« comme un refrain qu'on chante en chœur », pensa Alice) :

« Ne le fais pas attendre, petite ! Songe que son temps vaut mille livres sterling par minute !

— Je crains bien de ne pas avoir de billet », dit Alice d'un ton craintif ; « il n'y avait pas de guichet à l'endroit d'où je viens. »

Et, de nouveau, les voix reprirent en chœur :

« Il n'y avait pas la place de mettre un guichet à l'endroit d'où elle vient. Là-bas, le terrain vaut mille livres le centimètre carré !

— Inutile d'essayer de t'excuser, reprit le Contrôleur ; tu aurais dû en acheter un au mécanicien. »

Et, une fois de plus, les voix reprirent en chœur :

« C'est l'homme qui conduit la locomotive. Songe donc : rien que la fumée vaut mille livres la bouffée ! »

Alice pensa : « En ce cas, il est inutile de parler. »

Les voix ne reprirent pas ses paroles en chœur, étant donné qu'elle n'avait pas parlé, mais, à sa grande surprise, tous se mirent à *penser en chœur* (j'espère que vous savez ce que signifie *penser en chœur*... car, moi, j'avoue que je l'ignore) : « Mieux vaut ne rien dire du tout. La parole vaut mille livres le mot ! »

« Je vais rêver de mille livres cette nuit, c'est sûr et certain ! » se dit Alice.

Pendant tout ce temps-là, le Contrôleur n'avait pas cessé de la regarder, d'abord au moyen d'un télescope, ensuite au moyen d'un microscope, et enfin au moyen d'une lunette de théâtre. Finalement il déclara : « Tu voyages dans la mauvaise direction », releva la vitre de la portière, et s'éloigna.

« Une enfant si jeune », dit le monsieur qui était assis en face d'elle (il était vêtu de papier blanc), « devrait savoir dans quelle direction elle va, même si elle ne sait pas son propre nom ! »

Un Bouc, installé à côté du monsieur vêtu de blanc, ferma les yeux et dit à haute voix :

« Elle devrait savoir trouver un guichet, même si elle ne sait pas son alphabet ! »

Un Scarabée se trouvait assis à côté du Bouc (c'était un groupe de voyageurs des plus étranges, en vérité !) et, comme ils semblaient avoir pour règle de parler l'un à la suite de l'autre, ce fut lui qui continua en ces termes :

« Elle sera obligée de partir d'ici comme colis ! »

Alice ne pouvait distinguer qui était assis de l'autre côté du Scarabée, mais ce fut une voix rauque qui parla après lui. « Changer de locomotive... », commença-t-elle, puis elle s'étouffa et fut obligée de s'interrompre.

« Cette voix est rude comme un roc », pensa Alice.

Et une toute petite voix, tout contre son oreille,
dit : « Tu pourrais faire un jeu de mots à ce sujet... quelque chose
sur " roc " et sur " rauque ", vois-tu[1] ? »

Puis une voix très douce murmura dans le lointain : « Il faudra l'emballer soigneusement, et mettre
une étiquette : " Fragile "[2]. »

Après cela, plusieurs voix continuèrent à parler.
(« C'est fou ce qu'il y a de voyageurs dans ce
wagon ! » pensa Alice). Elles disaient : « Elle devrait
voyager par la poste, puisqu'elle a une tête comme
on en voit sur les timbres »... « Il faut l'envoyer par
message télégraphique »... « Il faut qu'elle tire le
train derrière elle pendant le reste du voyage »... etc.

Mais le monsieur vêtu de papier blanc se pencha
vers elle et lui murmura à l'oreille :

« Ne fais pas attention à ce qu'ils disent, mon
enfant, et prends un billet de retour chaque fois que
le train s'arrêtera.

— Je n'en ferai rien ! » déclara Alice d'un ton
plein d'impatience. « Je ne fais pas du tout partie de
ce voyage... Ce wagon me déplaît... Ces sièges sont
durs comme du bois !... Ah ! comme je voudrais
revenir dans le bois où j'étais tout à l'heure !

— Tu pourrais faire un jeu de mots à ce sujet », dit la petite
voix tout près de son oreille, « quelque chose comme :
" dans un bois " et : " sur du bois ", vois-tu[3] ?

— Finissez de me taquiner », dit Alice, en regardant vainement autour d'elle pour voir d'où la voix
pouvait bien venir. « Si vous tenez tellement aux jeux
de mots, pourquoi n'en faites-vous pas un vous-
même ? »

La petite voix soupira profondément ; il semblait
évident qu'elle était très malheureuse, et Alice aurait

prononcé quelques mots compatissants pour la consoler, « si seulement elle soupirait comme tout le monde ! » pensa-t-elle. Mais c'était un soupir si extraordinairement léger qu'elle ne l'aurait absolument pas entendu s'il ne s'était pas produit tout près de son oreille. En conséquence, il la chatouilla terriblement, et lui fit complètement oublier le malheur de la pauvre petite créature.

« Je sais que tu es une amie, continua la petite voix, une amie intime, une vieille amie, et tu ne me ferais pas de mal, bien que je sois un insecte.

— Quel genre d'insecte ? » demanda Alice non sans inquiétude. (Ce qu'elle voulait vraiment savoir, c'était s'il piquait ou non, mais elle jugea qu'il ne serait pas très poli de le demander.)

« Comment, mais alors tu n'aimes... » commença la petite voix ; mais elle fut étouffée par un sifflement strident de la locomotive, et tout le monde fit un bond de terreur, Alice comme les autres.

Un cheval, qui avait passé la tête par la portière, la retira tranquillement et dit : « Ce n'est rien ; c'est un ruisseau que nous allons sauter. » Tout le monde sembla satisfait, mais Alice se sentit un peu inquiète à l'idée que le train pouvait sauter. « De toute façon, il nous amènera dans la Quatrième Case, ce qui est assez réconfortant ! » pensa-t-elle.

Un instant plus tard, elle sentit le wagon se soulever tout droit dans l'air, et, dans sa terreur, elle se cramponna à la première chose qui lui tomba sous la main, qui se trouva être la barbe du Bouc.

. . . .

Mais la barbe sembla disparaître au moment précis où elle la touchait, et elle se trouva assise tranquillement sous un arbre... tandis que le Moucheron (car tel était l'insecte à qui elle avait parlé) se balançait sur une branche juste au-dessus de sa tête et l'éventait de ses ailes.

À vrai dire, c'était un très, très gros Moucheron : « à peu près de la taille d'un poulet », pensa Alice. Malgré tout, elle n'arrivait pas à avoir peur de lui, après la longue conversation qu'ils avaient eue.

« ... alors tu n'aimes pas tous les insectes ? » continua le Moucheron aussi tranquillement que si rien ne s'était passé.

« Je les aime quand ils savent parler », répondit Alice. « Dans le pays d'où je viens, aucun insecte ne parle.

— Et quels sont les insectes que tu as le bonheur de connaître dans le pays d'où tu viens ?

— Les insectes ne me procurent aucune espèce de bonheur parce qu'ils me font plutôt peur... du moins les gros... Mais je peux te dire le nom de quelques-uns d'entre eux.

— Je suppose qu'ils répondent quand on les appelle par leur nom ? » demanda le Moucheron d'un ton négligent.

« Je ne les ai jamais vus faire cela.

— À quoi ça leur sert d'avoir un nom, s'ils ne répondent pas quand on les appelle ?

— Ça ne leur sert de rien, à eux, mais je suppose que c'est utile aux gens qui leur donnent des noms. Sans ça, pourquoi est-ce que les choses auraient un nom ?

— Je ne sais pas. Dans le bois, là-bas, les choses et les êtres vivants n'ont pas de nom... Néanmoins, donne-moi ta liste d'insectes.

— Eh bien, il y a d'abord le Taon », commença Alice, en comptant sur ses doigts.

« Et qu'est-ce que le Taon ?

— Si tu préfères, c'est une Mouche-à-chevaux, parce qu'elle s'attaque aux chevaux.

— Je vois. Regarde cet animal sur ce buisson : c'est une Mouche-à-chevaux-de-bois [1]. Elle est faite entièrement de bois, et se déplace en se balançant de branche en branche.

— De quoi se nourrit-elle ? » demanda Alice avec beaucoup de curiosité.

« De sève et de sciure. Continue, je t'en prie. »

Alice examina la Mouche-à-chevaux-de-bois avec grand intérêt, et décida qu'on venait sans doute de la repeindre à neuf, tellement elle semblait luisante et gluante. Puis, elle reprit :

« Il y a aussi la Libellule-des-ruisseaux.

— Regarde sur la branche qui est au-dessus de ta tête, et tu y verras une Libellule-des-brûlots. Son corps est fait de plum-pudding ; ses ailes, de feuilles de houx ; et sa tête est un raisin sec en train de brûler dans de l'eau-de-vie.

— Et de quoi se nourrit-elle ?

— De bouillie de froment et des pâtés au hachis de fruits ; elle fait son nid dans une boîte à cadeaux de Noël.

— Ensuite, il y a le Papillon », continua Alice, après avoir bien examiné l'insecte à la tête enflammée (tout en pensant : « Je me demande si c'est pour ça que les insectes aiment tellement voler dans la flamme des bougies..., pour essayer de devenir des Libellules-des-brûlots ! »)

« En train de ramper à tes pieds », dit le Moucheron (Alice recula ses pieds vivement non sans inquiétude), « se trouve un Tartinillon. Ses ailes sont de minces tartines de pain beurré, et sa tête est un morceau de sucre.

— Et de quoi se nourrit-il ?

— De thé léger avec du lait dedans. »

Une nouvelle difficulté se présenta à l'esprit d'Alice :

« Et s'il ne pouvait pas trouver de thé et de lait ? suggéra-t-elle.

— En ce cas, il mourrait, naturellement.

— Mais ça doit arriver très souvent », fit observer Alice d'un ton pensif.

« Ça arrive toujours », dit le Moucheron.

Là-dessus Alice garda le silence pendant une ou deux minutes, et se plongea dans de profondes réflexions. Le Moucheron, pendant ce temps, s'amusa à tourner autour de sa tête en bourdonnant. Finalement, il se posa de nouveau sur la branche et demanda :

« Je suppose que tu ne voudrais pas perdre ton nom ?

— Non sûrement pas », répondit Alice d'une voix plutôt anxieuse.

« Pourtant ça vaudrait peut-être mieux », continua le Moucheron d'un ton négligent. « Songe combien ce serait commode si tu pouvais t'arranger pour rentrer chez toi sans ton nom ! Par exemple si ta gouvernante voulait t'appeler pour te faire réciter tes leçons, elle crierait : " Allons "…, puis elle serait obligée de s'arrêter, parce qu'il n'y aurait plus de nom qu'elle puisse appeler, et, naturellement, tu ne serais pas obligée d'y aller.

— Ça ne se passerait pas du tout comme ça, j'en suis sûre. Ma gouvernante ne me dispenserait pas de mes leçons pour si peu. Si elle ne pouvait pas se rappeler mon nom, elle crierait : " Allons, là-bas, Mademoiselle ! "

— Eh bien, si elle te disait : " Allons là-bas, Mademoiselle ! " sans rien ajouter d'autre, tu t'en irais là-bas, et ainsi tu ne réciterais pas tes leçons. C'est un jeu de mots. Je voudrais bien que ce soit toi qui l'aies fait [1] !

— Pourquoi voudrais-tu que ce soit moi qui l'aie fait ? C'est un très mauvais jeu de mots ! »

Mais le Moucheron se contenta de pousser un profond soupir, tandis que deux grosses larmes roulaient sur ses joues.

« Tu ne devrais pas faire de plaisanteries, dit Alice, puisque ça te rend si malheureux. »

Il y eut un autre soupir mélancolique, et, cette fois, Alice put croire que le Moucheron s'était fait disparaître en soupirant, car, lorsqu'elle leva les yeux, il n'y avait plus rien du tout sur la branche. Comme elle commençait à avoir très froid à force d'être restée assise sans bouger pendant si longtemps, elle se leva et se remit en route.

Bientôt, elle arriva devant un espace découvert, de l'autre côté duquel s'étendait un grand bois : il avait l'air beaucoup plus sombre que le bois qu'elle avait laissé derrière elle, et elle se sentit un tout petit peu intimidée à l'idée d'y pénétrer. Néanmoins, après un moment de réflexion, elle décida de continuer à avancer : « car je ne veux absolument pas revenir en arrière », pensa-t-elle, et c'était la seule route qui menât à la Huitième Case.

« Ce doit être le bois », se dit-elle pensivement, « où les choses et les êtres vivants n'ont pas de nom. Je me demande ce qui va arriver à mon nom, à moi, lorsque j'y serai entrée… Je n'aimerais pas du tout le perdre, parce qu'on serait obligé de m'en donner un autre et qu'il serait presque sûrement très vilain. Mais, d'un autre côté, ce que ça serait drôle d'essayer de trouver la créature qui porterait mon ancien nom ! Ce serait tout à fait comme ces annonces qu'on voit, quand les gens perdent leur chien : " *répond au nom de : Médor ; portait un collier de cuivre…* " Je me vois en train d'appeler : " Alice " toutes les créatures que je rencontrerais jusqu'à ce qu'une d'elles réponde ! Mais, naturellement, si elles avaient pour deux sous de bon sens, elles ne répondraient pas. »

Elle était en train de divaguer ainsi lorsqu'elle atteignit le bois qui semblait plein d'ombre fraîche. « Ma foi, en tout cas, c'est très agréable », poursuivit-elle en pénétrant sous les arbres, « après avoir eu si chaud, d'arriver dans le… dans le… au fait, dans quoi ? » continua-t-elle, un peu surprise de ne pas pouvoir trouver le mot. « Je veux dire : d'arriver sous les… sous les… sous ceci ! » dit-elle en mettant la main sur le tronc d'un arbre : « Comment diable est-ce que ça s'appelle ? Je crois vraiment que ça n'a pas de nom… Mais, voyons, bien sûr que ça n'en a pas ! »

Elle resta à réfléchir en silence pendant une bonne minute ; puis brusquement, elle s'exclama : « Ainsi, ça a bel et bien fini par arriver ! C'était donc vrai ! Et maintenant, qui suis-je ? Je veux absolument m'en souvenir, si c'est possible ! Je suis tout à fait décidée à m'en souvenir ! » Mais, elle avait beau être tout à fait décidée, cela ne lui servit pas à grand-chose ; tout ce qu'elle put trouver, après s'être cassé la tête pendant un bon moment, ce fut ceci : « L, je suis sûre que ça commence par L ! »

Juste à ce moment-là, un Faon arriva tout près d'elle. Il la regarda de ses grands yeux doux, sans avoir l'air effrayé le moins du monde. « Viens, mon petit ! » dit Alice, en étendant la main et en essayant de le caresser ; mais il se contenta de reculer un peu, puis s'arrêta pour la regarder de nouveau.

« Qui es-tu ? » demanda le Faon. (Quelle voix douce il avait !)

« Je voudrais bien le savoir ! » pensa la pauvre Alice. Puis, elle répondit, assez tristement :

« Je ne suis rien, pour l'instant.

— Réfléchis un peu, dit le Faon ; ça ne peut pas aller comme ça. »

Alice réfléchit, mais sans résultat.

« Pourrais-tu, je te prie, me dire qui tu es, toi ? » demanda-t-elle d'une voix timide. « Je crois que ça m'aiderait un peu.

— Je vais te le dire si tu viens avec moi plus loin, répondit le Faon. Ici, je ne peux pas m'en souvenir. »

Alice entoura tendrement de ses bras le cou du Faon au doux pelage, et tous deux traversèrent le bois. Quand ils arrivèrent en terrain découvert, le Faon fit un bond soudain et s'arracha des bras de la fillette.

« Je suis un Faon ! » s'écria-t-il d'une voix ravie. « Mais, mon Dieu, ajouta-t-il, toi, tu es un petit d'homme ! »

Une lueur d'inquiétude s'alluma brusquement dans ses beaux yeux marron, et, un instant plus tard, il s'enfuyait à toute allure.

Alice resta immobile à le regarder, prête à pleurer de contrariété d'avoir perdu si vite son petit compagnon de voyage bien-aimé. « Enfin, je sais mon nom à présent, se dit-elle ; c'est déjà une consolation. Alice... Alice... je ne l'oublierai pas. Et maintenant, auquel de ces deux poteaux indicateurs dois-je me fier ? Je me le demande. »

Il n'était pas difficile de répondre à cette question, car il n'y avait qu'une seule route, et les deux poteaux indicateurs montraient la même direction. « Je prendrai une décision, se dit Alice, lorsque la route se divisera en deux, et que les poteaux indicateurs montreront des directions différentes. »

Ceci semblait ne jamais devoir arriver. En effet, Alice marcha longtemps ; mais, chaque fois que la route bifurquait, les deux poteaux indicateurs étaient toujours là et montraient la même direction. Sur l'un on lisait : VERS LA MAISON DE BONNET BLANC, et sur l'autre : VERS DE BLANC BONNET LA MAISON.

« Je suis sûre, finit par dire Alice, qu'ils vivent

dans la même maison ! J'aurais dû y penser plus tôt...
Mais il ne faudra pas que je m'y attarde. Je me
contenterai de leur faire une petite visite, de leur
dire : " Comment allez-vous ? " et de leur demander
par où je peux sortir du bois. Si je pouvais arriver à la
Huitième Case avant la nuit ! »

Elle continua à marcher, tout en parlant sans arrêt,
chemin faisant, jusqu'à ce que, après avoir pris un
tournant brusque, elle tombât tout d'un coup sur
deux gros petits bonshommes. Elle fut si surprise
qu'elle ne put s'empêcher de reculer ; mais, un
instant plus tard, elle reprit son sang-froid, car elle
avait la certitude que les deux petits bonshommes
devaient être...

CHAPITRE 4

BONNET BLANC
ET BLANC BONNET[1]

Ils se tenaient sous un arbre ; chacun d'eux avait un bras passé autour du cou de l'autre, et Alice put les différencier d'un seul coup d'œil, car l'un avait le mot BONNET brodé sur le devant de son col, et l'autre le mot BLANC. « Je suppose que le premier doit avoir BLANC sur le derrière de son col, et que le second doit avoir BONNET », se dit-elle.

Ils gardaient une immobilité si parfaite qu'elle oublia qu'ils étaient vivants. Elle s'apprêtait à regarder le derrière de leur col pour savoir si elle avait deviné juste, quand elle sursauta en entendant une voix qui venait de celui qui était marqué : BONNET.

« Si tu nous prends pour des figures de cire, déclara-t-il, tu devrais payer pour nous regarder. Les figures de cire n'ont pas été faites pour qu'on les regarde gratis. En aucune façon !

— Tout au contraire », ajouta celui qui était marqué " BLANC ", « si tu crois que nous sommes vivants, tu devrais nous parler.

— Je vous fais toutes mes excuses », dit Alice.

Elle fut incapable d'ajouter autre chose, car les paroles de la vieille chanson résonnaient dans sa tête

sans arrêt, comme le tic-tac d'une horloge, et elle eut beaucoup de peine à s'empêcher de les réciter à haute voix :

> « *Bonnet Blanc dit que Blanc Bonnet*
> *Lui avait brisé sa crécelle ;*
> *Et Bonnet Blanc et Blanc Bonnet*
> *Dirent : " Vidons cette querelle. "*

> « *Mais un énorme et noir corbeau*
> *Juste à côté d'eux vint s'abattre ;*
> *Il fit si peur aux deux héros*
> *Qu'ils oublièrent de se battre.*

— Je sais à quoi tu es en train de penser, dit Bonnet Blanc ; mais ce n'est pas vrai, en aucune façon.

— Tout au contraire, continua Blanc Bonnet, si c'était vrai, cela ne pourrait pas être faux ; et en admettant que ce fût vrai, cela ne serait pas faux ;

mais comme ce n'est pas vrai, c'est faux. Voilà de la bonne logique.

— J'étais en train de me demander », dit Alice très poliment, « quel chemin il faut prendre pour sortir de ce bois, car il commence à se faire tard. Voudriez-vous me l'indiquer, s'il vous plaît ? »

Mais les gros petits bonshommes se contentèrent de se regarder en ricanant.

Ils ressemblaient tellement à deux grands écoliers qu'Alice ne put s'empêcher de montrer Bonnet Blanc du doigt en disant :

« Commencez, vous, le premier de la rangée !

— En aucune façon ! » s'écria vivement Bonnet Blanc.

Puis il referma la bouche aussitôt avec un bruit sec.

« Au suivant ! » fit Alice, passant à Blanc Bonnet, mais avec la certitude qu'il se contenterait de crier : « Tout au contraire ! » ce qui ne manqua pas d'arriver.

« Tu t'y prends très mal ! s'écria Bonnet Blanc. Quand on fait une visite, on commence par demander : " Comment ça va ? " et ensuite, on tend la main ! »

Là-dessus, les deux frères se serrèrent d'un seul bras l'un contre l'autre, et tendirent leur main libre à la fillette.

Alice ne pouvait se résoudre à prendre d'abord la main de l'un des deux, de peur de froisser l'autre. Pour se tirer d'embarras, elle saisit leurs deux mains en même temps, et, un instant plus tard, tous les trois étaient en train de danser en rond. Elle se rappela par la suite que cela lui parut tout naturel ; elle ne fut même pas surprise d'entendre de la musique : cette

musique semblait provenir de l'arbre sous lequel ils
dansaient, et elle était produite (autant qu'elle put
s'en rendre compte) par les branches qui se frottaient
l'une contre l'autre, comme un archet frotte les
cordes d'un violon.

« Mais ce qui m'a semblé vraiment bizarre »,
expliqua Alice à sa sœur, lorsqu'elle lui raconta ses
aventures, « ç'a été de me trouver en train de
chanter : " Nous n'irons plus au bois[1]. " Je ne sais
pas à quel moment je me suis mise à chanter, mais
j'ai eu l'impression de chanter pendant très, très
longtemps ! »

Les deux danseurs étaient gros, et ils furent bientôt
essoufflés.

« Quatre tours suffisent pour une danse », dit
Bonnet Blanc, tout haletant.

Et ils s'arrêtèrent aussi brusquement qu'ils avaient
commencé. La musique s'arrêta en même temps.

Alors, ils lâchèrent les mains d'Alice, et la regardèrent pendant une bonne minute. Il y eut un silence
assez gêné, car elle ne savait trop comment entamer
la conversation avec des gens avec qui elle venait de
danser. « Il n'est guère possible de dire : " Comment
ça va ? " *maintenant,* pensa-t-elle ; il me semble que
nous n'en sommes plus là ! »

« J'espère que vous n'êtes pas trop fatigués ? »
demanda-t-elle enfin.

« En aucune façon ; et je te remercie mille fois de
nous l'avoir demandé, répondit Bonnet Blanc.

— Nous te sommes très obligés ! ajouta Blanc
Bonnet. Aimes-tu la poésie ?

— Ou-oui, assez..., du moins un certain genre de
poésie », dit Alice sans conviction. « Voudriez-vous

m'indiquer quel chemin il faut prendre pour sortir du bois ?

— Que vais-je lui réciter ? » demanda Blanc Bonnet, en regardant Bonnet Blanc avec de grands yeux sérieux, sans faire attention à la question d'Alice.

« La plus longue poésie que tu connaisses : *Le Morse et le Charpentier* [1] », répondit Bonnet Blanc en serrant affectueusement son frère contre lui.

Blanc Bonnet commença sans plus attendre :

> « *Le soleil brillait...* »

À ce moment, Alice se risqua à l'interrompre.

« Si cette poésie est vraiment très longue », dit-elle aussi poliment qu'elle le put, « voudriez-vous m'indiquer d'abord quel chemin... »

Blanc Bonnet sourit doucement et recommença :

> « *Le soleil brillait sur la mer,*
> *Brillait de toute sa puissance,*
> *Pour apporter aux flots amers*
> *Un éclat beaucoup plus intense...*
> *Le plus curieux dans tout ceci*
> *C'est qu'on était en plein minuit.*
>
> « *La lune, de mauvaise humeur,*
> *S'indignait fort contre son frère*
> *Qui, vraiment, devrait être ailleurs*
> *Lorsque le jour a fui la terre...*
> *" Il est, disait-elle, grossier*
> *De venir ainsi tout gâcher. "*
>
> « *Les flots étaient mouillés, mouillés,*
> *Et sèche, sèche était la plage.*

Nul nuage ne se voyait
Car il n'y avait pas de nuages.
Nul oiseau ne volait en haut
Car il n'y avait pas d'oiseau.

« Or, le Morse et le Charpentier
S'en allaient tous deux côte à côte.
Ils pleuraient à faire pitié
De voir le sable de la côte,
En disant : " Si on l'enlevait,
Quel beau spectacle ce serait ! "

« " Sept bonnes ayant sept balais
Balayant pendant une année
Suffiraient-elles au déblai ? "
Dit le Morse, l'âme troublée.
Le Charpentier dit : " Certes non ",
Et poussa un soupir profond.

« " Ô Huîtres, venez avec nous ! "
Dit le Morse d'une voix claire.
" Marchons en parlant, — l'air est doux —,

Tout le long de la grève amère.
Nous n'en voulons que quatre, afin
De pouvoir leur donner la main. "

« *La plus vieille le regarda,*
Mais elle demeura muette;
La plus vieille de l'œil cligna
Et secoua sa lourde tête...
Comme pour dire : " Mon ami,
Je ne veux pas quitter mon lit. "

« *Quatre autres Huîtres, sur-le-champ,*
S'apprêtèrent pour cette fête :
Veston bien brossé, faux-col blanc,
Chaussures cirées et bien nettes...
Et ceci est fort singulier,
Car elles n'avaient pas de pieds.

« *Quatre autres Huîtres, aussitôt,*
Les suivirent, et puis quatre autres;
Puis d'autres vinrent par troupeaux,
À la voix de ce bon apôtre...
Toutes, courant et sautillant,
Sortirent des flots scintillants.

« *Donc, le Morse et le Charpentier*
Marchèrent devant le cortège
Puis s'assirent sur un rocher
Bien fait pour leur servir de siège.
Et les Huîtres, groupées en rond,
Fixèrent les deux compagnons.

« *Le Morse dit : " C'est le moment*
De parler de diverses choses;

Du froid... du chaud... du mal aux dents...
De choux-fleurs... de rois... et de roses...
Et si les flots peuvent brûler...
Et si les porcs savent voler... "

« *Les Huîtres dirent : " Attendez !*
Pour parler nous sommes trop lasses ;
Donnez-nous le temps de souffler,
Car nous sommes toutes très grasses !
Je veux bien ", dit le Charpentier.
Et Huîtres de remercier.

« *Le Morse dit : " Un peu de pain*
Nous sera, je crois, nécessaire ;
Poivre et bon vinaigre de vin
Feraient, eux aussi, notre affaire...
Ô Huîtres, quand vous y serez,
Nous commencerons à manger. "

« *" Vous n'allez pas nous manger, nous ! "*
Dirent-elles, horrifiées.
" Jamais nous n'aurions cru que vous

Pourriez avoir pareille idée ! "
Le Morse dit : " La belle nuit !
Voyez comme le soleil luit !

« Merci de nous avoir suivis,
Ô mes belles Huîtres si fines ! "
Le Charpentier, lui, dit ceci :
" Coupe-moi donc une tartine !
Tu dois être sourd, par ma foi...
Je te l'ai déjà dit deux fois ! "

« Le Morse dit : " Ah ! c'est honteux
De les avoir ainsi trompées,
Et de les manger à nous deux
Au terme de leur équipée ! "
Le Charpentier, lui, dit ceci :
" Passe le beurre par ici ! "

« Le Morse dit : " Je suis navré ;
Croyez à mes condoléances. "
Sanglotant, il mit de côté
Les plus grosses de l'assistance ;

> *Et devant ses yeux ruisselants*
> *Il tenait un grand mouchoir blanc.*

> « " *Ô Huîtres, dit le Charpentier,*
> *Le jour à l'horizon s'annonce ;*
> *Pouvons-nous vous raccompagner ? "*
> *Mais il n'y eut pas de réponse…*
> *Bien sot qui s'en étonnerait,*
> *Car plus une Huître ne restait.*

— J'aime mieux le Morse, dit Alice, parce que, voyez-vous, lui, au moins, a eu pitié des pauvres huîtres.

— Ça ne l'a pas empêché d'en manger davantage que le Charpentier, fit remarquer Blanc Bonnet. Vois-tu, il tenait son mouchoir devant lui pour que le Charpentier ne puisse pas compter combien il en prenait : tout au contraire.

— Comme c'est vilain ! » s'exclama Alice, indignée. « En ce cas, j'aime mieux le Charpentier… puisqu'il en a mangé moins que le Morse.

— Mais il a mangé toutes celles qu'il a pu attraper », fit remarquer Bonnet Blanc.

Ceci était fort embarrassant. Après un moment de silence, Alice commença :

« Ma foi ! L'un et l'autre étaient des personnages bien peu sympathiques… »

Ici, elle s'arrêta brusquement, pleine d'alarme, en entendant un bruit qui ressemblait au halètement d'une grosse locomotive dans le bois, tout près d'eux, et qui, elle le craignit, devait être produit par une bête sauvage.

« Y a-t-il des lions ou des tigres dans les environs ? » demanda-t-elle timidement.

« C'est tout simplement le Roi Rouge qui ronfle, répondit Blanc Bonnet.

— Viens le voir ! » crièrent les deux frères.

Et, prenant Alice chacun par une main, ils la menèrent à l'endroit où le Roi dormait.

« N'est-il pas adorable ? » demanda Bonnet Blanc.

Alice ne pouvait vraiment pas dire qu'elle le trouvait adorable. Il avait un grand bonnet de nuit rouge orné d'un gland, et il était tout affalé en une espèce de tas malpropre ronflant tant qu'il pouvait... « si fort qu'on aurait pu croire que sa tête allait éclater ! » comme le déclara Bonnet Blanc.

« J'ai peur qu'il n'attrape froid à rester couché sur l'herbe humide », dit Alice qui était une petite fille très prévenante.

« Il est en train de rêver, déclara Blanc Bonnet ; et de quoi crois-tu qu'il rêve ?

— Personne ne peut deviner cela, répondit Alice.

— Mais, voyons, il rêve de toi ! » s'exclama Blanc Bonnet, en battant des mains d'un air de triomphe. « Et s'il cessait de rêver de toi, où crois-tu que tu serais ?

— Où je suis à présent, bien sûr, dit Alice.

— Pas du tout ! » répliqua Blanc Bonnet d'un ton méprisant. « Tu n'es qu'un des éléments de son rêve !

— Si ce Roi qu'est là venait à se réveiller, ajouta Bonnet Blanc, tu disparaîtrais — pfutt ! — comme une bougie qui s'éteint !

— C'est faux ! » protesta Alice d'un ton indigné. « D'ailleurs, si, moi, je suis un des éléments de son rêve, je voudrais bien savoir ce que vous êtes, vous ?

— Idem, répondit Bonnet Blanc.

— Idem, idem ! » cria Blanc Bonnet.

Il cria si fort qu'Alice ne put s'empêcher de dire :

« Chut ! Vous allez le réveiller si vous faites tant de bruit.

— Voyons, pourquoi parles-tu de le réveiller, demanda Blanc Bonnet, puisque tu n'es qu'un des éléments de son rêve ? Tu sais très bien que tu n'es pas réelle.

— Mais si, je suis réelle ! » affirma Alice, en se mettant à pleurer.

« Tu ne te rendras pas plus réelle en pleurant, fit observer Blanc Bonnet. D'ailleurs, il n'y a pas de quoi pleurer.

— Si je n'étais pas réelle », dit Alice (en riant à travers ses larmes, tellement tout cela lui semblait ridicule), « je serais incapable de pleurer.

— J'espère que tu ne crois pas que ce sont de vraies larmes ? » demanda Blanc Bonnet avec le plus grand mépris.

« Je sais qu'ils disent des bêtises, pensa Alice, et je suis stupide de pleurer. »

Là-dessus, elle essuya ses larmes, et continua aussi gaiement que possible :

« En tout cas, je ferais mieux de sortir du bois, car, vraiment, il commence à faire très sombre. Croyez-vous qu'il va pleuvoir ? »

Bonnet Blanc prit un grand parapluie qu'il ouvrit au-dessus de lui et de son frère, puis il leva les yeux.

« Non, je ne crois pas, dit-il ; du moins... pas là-dessous. En aucune façon.

— Mais il pourrait pleuvoir à l'extérieur ?

— Il peut bien pleuvoir,... si ça veut pleuvoir, déclara Blanc Bonnet ; nous n'y voyons aucun inconvénient. Tout au contraire. »

« Sales égoïstes ! » pensa Alice ; et elle s'apprêtait à leur dire : « Bonsoir » et à les laisser là, lorsque Bonnet Blanc bondit de sous le parapluie et la saisit au poignet.

« As-tu vu ça ? » demanda-t-il d'une voix que la colère étouffait.

Et ses yeux jaunes se dilatèrent brusquement, tandis qu'il montrait d'un doigt tremblant une petite chose blanche sur l'herbe au pied de l'arbre.

« Ce n'est qu'une crécelle », répondit Alice, après avoir examiné soigneusement la petite chose blanche[1]. « Une vieille crécelle, toute vieille et toute brisée.

— J'en étais sûr ! » cria Bonnet Blanc, en se mettant à trépigner comme un fou et à s'arracher les cheveux. « Elle est brisée, naturellement ! »

Sur quoi, il regarda Blanc Bonnet qui, immédiatement, s'assit sur le sol, en essayant de se cacher derrière le parapluie.

Alice le prit par le bras et lui dit d'une voix apaisante :

« Vous n'avez pas besoin de vous mettre dans un état pareil pour une vieille crécelle.

— Mais elle n'est pas vieille ! » cria Bonnet Blanc, plus furieux que jamais. « Je te dis qu'elle est neuve... Je l'ai achetée hier... ma belle crécelle NEUVE ! » (Et sa voix monta jusqu'à devenir un cri perçant.)

Pendant ce temps-là, Blanc Bonnet faisait tous ses efforts pour refermer le parapluie en se mettant dedans : ce qui sembla si extraordinaire à Alice qu'elle ne fit plus du tout attention à Bonnet Blanc. Mais Blanc Bonnet ne put réussir complètement dans son entreprise, et il finit par rouler sur le sol, tout empaqueté dans le parapluie d'où, seule, sa tête émergeait ; après quoi il resta là, ouvrant et refermant sa bouche et ses grands yeux, « ressemblant plutôt à un poisson qu'à autre chose », pensa Alice.

« Naturellement, nous allons vider cette querelle ? » déclara Bonnet Blanc d'un ton plus calme.

« Je suppose que oui », répondit l'autre d'une voix maussade, en sortant du parapluie à quatre pattes. « Seulement, il faut qu'elle nous aide à nous habiller. »

Là-dessus, les deux frères entrèrent dans le bois, la main dans la main, et revinrent une minute après, les bras chargés de toutes sortes d'objets, tels que : traversins, couvertures, carpettes, nappes, couvercles de plats et seaux à charbon.

« J'espère que tu sais comment t'y prendre pour poser des épingles et nouer des ficelles ? dit Bonnet Blanc. Tout ce qui est là, il faut que tu le mettes sur nous, d'une façon ou d'une autre. »

Alice raconta par la suite qu'elle n'avait jamais vu personne faire tant d'embarras que les deux frères. Il est impossible d'imaginer à quel point ils s'agitèrent, et la quantité de choses qu'ils se mirent sur le dos, et le mal qu'ils lui donnèrent en lui faisant nouer des ficelles et boutonner des boutons... « Vraiment, lorsqu'ils seront prêts, ils ressembleront tout à fait à deux ballots de vieux habits ! » pensa-t-elle, en arrangeant un traversin autour du cou de Blanc Bonnet, « pour lui éviter d'avoir la tête coupée », prétendait-il.

« Vois-tu », ajouta-t-il très sérieusement, « c'est une des choses les plus graves qui puissent arriver au cours d'une bataille : avoir la tête coupée. »

Alice se mit à rire tout haut, mais elle réussit à transformer son rire en toux, de peur de froisser Blanc Bonnet.

« Est-ce que je suis très pâle ? » demanda Bonnet Blanc, en s'approchant d'elle pour qu'elle lui mît son casque. (Il appelait cela un casque, mais cela ressemblait beaucoup plus à une casserole.)

« Ma foi... oui, un tout petit peu », répondit Alice doucement.

« En général je suis très courageux », continua-t-il à voix basse ; « mais, aujourd'hui, il se trouve que j'ai mal à la tête.

— Et moi, j'ai mal aux dents ! » s'exclama Blanc Bonnet, qui avait entendu cette réflexion. « Je suis en bien plus mauvais état que toi !

— En ce cas, vous feriez mieux de ne pas vous battre aujourd'hui », fit observer Alice, qui pensait que c'était une bonne occasion de faire la paix.

« Il faut absolument que nous nous battions un peu, mais je ne tiens pas à ce que ça dure longtemps, déclara Bonnet Blanc. Quelle heure est-il ?

— Quatre heures et demie.

— Battons-nous jusqu'à six heures ; ensuite nous irons dîner, proposa Bonnet Blanc.

— Parfait », dit l'autre assez tristement. « Et elle pourra nous regarder faire... Mais il vaudra mieux ne pas trop t'approcher, ajouta-t-il. En général je frappe sur tout ce que je vois... lorsque je suis très échauffé !

— Et moi, je frappe sur tout ce qui est à ma portée, s'écria Bonnet Blanc, même sur ce que je ne vois pas. »

Alice se mit à rire.

« Je suppose que vous devez frapper sur les arbres assez souvent », dit-elle.

Bonnet Blanc regarda tout autour de lui en souriant de satisfaction.

« Je crois bien, déclara-t-il, que pas un seul arbre ne restera debout lorsque nous aurons fini.

— Et tout ça pour une crécelle ! » s'exclama Alice, qui espérait encore leur faire un peu honte de se battre pour une pareille bagatelle.

« Ça m'aurait été égal, dit Bonnet Blanc, si elle n'avait pas été neuve. »

« Je voudrais bien que l'énorme corbeau arrive ! » pensa Alice.

« Il n'y a qu'une épée », dit Bonnet Blanc à son frère ; « mais tu peux prendre le parapluie... il est aussi pointu. Dépêchons-nous de commencer. Il fait de plus en plus sombre.

— Et encore plus sombre que ça », ajouta Blanc Bonnet.

L'obscurité tombait si rapidement qu'Alice crut qu'un orage se préparait.

« Quel gros nuage noir ! s'exclama-t-elle. Et comme il va vite ! Ma parole, je crois vraiment qu'il a des ailes !

— C'est le corbeau ! » cria Bonnet Blanc d'une voix aiguë et terrifiée.

Là-dessus, les deux frères prirent leurs jambes à leur cou et disparurent en un moment.

Alice s'enfonça un peu dans le bois, puis elle

s'arrêta sous un grand arbre. « Jamais il ne pourra m'atteindre ici, pensa-t-elle ; il est beaucoup trop gros pour se glisser entre les arbres. Mais je voudrais bien qu'il ne batte pas des ailes si violemment... ça fait comme un véritable ouragan dans le bois... Tiens ! voici le châle de quelqu'un qui a été emporté par le vent ! »

CHAPITRE 5

LAINE ET EAU

Alice attrapa le châle et chercha du regard sa propriétaire. Un instant plus tard, la Reine Blanche arrivait dans le bois, courant comme une folle, les deux bras étendus comme si elle volait. Alice, très poliment, alla à sa rencontre pour lui rendre son bien.

« Je suis très heureuse de m'être trouvée là au bon moment », dit la fillette en l'aidant à remettre son châle.

La Reine Blanche se contenta de la regarder d'un air effrayé et désemparé, tout en se répétant à voix basse quelque chose qui ressemblait à : « Tartine de beurre, tartine de beurre. » Alice comprit alors qu'elle devait se charger d'entamer la conversation ; mais elle ne savait pas comment il fallait s'adresser à une Reine. Elle finit par dire, assez timidement :

« C'est bien à la Reine Blanche que j'ai l'honneur de parler ? Votre Majesté voudra-t-elle supporter mon babillage ?

— Mais je n'ai pas besoin de ton habillage ! répondit la Reine. Je ne vois pas pourquoi je le supporterais [1]. »

Jugeant qu'il serait maladroit de commencer l'entretien par une discussion, Alice se contenta de sourire, et poursuivit :

« Si Votre Majesté veut bien m'indiquer comment je dois m'y prendre, je le ferai de mon mieux.

— Mais, je ne veux pas du tout qu'on le fasse ! » gémit la pauvre Reine. « J'ai déjà consacré deux heures entières à mon habillage ! »

Alice pensa que la Reine aurait beaucoup gagné à se faire habiller par quelqu'un d'autre, tellement elle était mal fagotée. « Tout est complètement de travers, se dit-elle, et elle est bardée d'épingles ! »

« Puis-je vous remettre votre châle d'aplomb ? » ajouta-t-elle à voix haute.

« Je me demande ce qu'il peut bien avoir ! » s'exclama la Reine d'une voix mélancolique. « Je crois qu'il est de mauvaise humeur. Je l'ai épinglé ici, et je l'ai épinglé là ; mais il n'y a pas moyen de le satisfaire !

— Il est impossible qu'il soit d'aplomb, si vous l'épinglez d'un seul côté », fit observer Alice, en lui arrangeant doucement son châle. « Et, Seigneur ! dans quel état sont vos cheveux !

— La brosse à cheveux s'est emmêlée dedans ! » dit la Reine en poussant un profond soupir. « Et j'ai perdu mon peigne hier. »

Alice dégagea la brosse avec précaution, puis fit de son mieux pour arranger les cheveux.

« Allons ! vous avez meilleure allure à présent ! » dit-elle, après avoir changé de place presque toutes les épingles. « Mais, vraiment, vous devriez prendre une femme de chambre !

— Je te prendrais certainement avec le plus grand

plaisir ! déclara la Reine. Cinq sous par semaine, et de la confiture tous les deux jours. »

Alice ne put s'empêcher de rire et répondit :

« Je ne veux pas entrer à votre service... et je n'aime pas beaucoup la confiture.

— C'est de la très bonne confiture, insista la Reine.

— En tout cas, je n'en veux pas aujourd'hui.

— Tu n'en aurais pas, même si tu en voulais. La règle est la suivante : confiture demain et confiture hier... mais jamais de confiture aujourd'hui.

— Ça doit bien finir par arriver à : confiture aujourd'hui.

— Non, jamais. C'est : confiture tous les deux jours ; or aujourd'hui, c'est *un* jour, ça n'est pas *deux* jours.

— Je ne vous comprends pas. Tout cela m'embrouille les idées !

— C'est toujours ainsi lorsqu'on vit à reculons »,
fit observer la Reine d'un ton bienveillant. « Au
début cela vous fait tourner la tête...

— Lorsqu'on vit à reculons ! » répéta Alice, stupéfaite. « Je n'ai jamais entendu parler d'une chose
pareille !

— ... mais cela présente un grand avantage : la
mémoire opère dans les deux sens.

— Je suis certaine que ma mémoire à moi n'opère
que dans un seul sens, affirma Alice. Je suis incapable de me rappeler les choses avant qu'elles n'arrivent.

— Une mémoire qui n'opère que dans le passé n'a
rien de bien fameux, déclara la Reine.

— Et vous, quelles choses vous rappelez-vous le
mieux ? » osa demander Alice.

« Oh, des choses qui se sont passées dans quinze
jours », répondit la Reine d'un ton négligent. « Par

exemple, en ce moment-ci », continua-t-elle, en collant un grand morceau de taffetas anglais sur son doigt tout en parlant, « il y a l'affaire du Messager du Roi[1]. Il se trouve actuellement en prison, parce qu'il est puni ; or le procès ne commencera pas avant mercredi prochain ; et, naturellement, il commettra son crime après tout le reste.

— Et s'il ne commettait jamais son crime ? demanda Alice.

— Alors tout serait pour le mieux, n'est-ce pas ? » répondit la Reine, en fixant le taffetas anglais autour de son doigt avec un bout de ruban.

Alice sentit qu'il était impossible de nier cela.

« Bien sûr, ça n'en irait que mieux, dit-elle. Mais ce qui n'irait pas mieux, c'est qu'il soit puni.

— Là, tu te trompes complètement. As-tu jamais été punie ?

— Oui, mais uniquement pour des fautes que j'avais commises.

— Et je sais que tu ne t'en trouvais que mieux ! » affirma la Reine d'un ton de triomphe.

« Oui, mais j'avais vraiment fait les choses pour lesquelles j'étais punie. C'est complètement différent.

— Mais si tu ne les avais pas eu faites, ç'aurait été encore bien mieux ; bien mieux, bien mieux, bien mieux ! » (Sa voix monta à chaque « bien mieux », jusqu'à ne plus être qu'un cri perçant.)

Alice venait de commencer à dire : « Il y a une erreur quelque part... » lorsque la Reine se mit à hurler si fort qu'elle ne put achever sa phrase.

« Oh, oh, oh ! » cria-t-elle en secouant la main

comme si elle avait voulu la détacher de son bras. « Mon doigt saigne ! oh, oh, oh, oh ! »

Ses cris ressemblaient si exactement au sifflet d'une locomotive qu'Alice dut se boucher les deux oreilles.

« Mais qu'avez-vous donc ? » demanda-t-elle, dès qu'elle put trouver l'occasion de se faire entendre. « Vous êtes-vous piqué le doigt ?

— Je ne me le suis pas *encore* piqué, répondit la Reine, mais je vais me le piquer bientôt... oh, oh, oh !

— Quand cela va-t-il vous arriver ? » demanda Alice, qui avait grande envie de rire.

« Quand je fixerai de nouveau mon châle avec ma broche », gémit la pauvre Reine, « la broche s'ouvrira immédiatement. Oh, oh ! » Comme elle disait ces mots, la broche s'ouvrit brusquement, et la Reine la saisit d'un geste frénétique pour essayer de la refermer.

« Faites attention ! cria Alice. Vous la tenez tout de travers ! »

Elle saisit la broche à son tour ; mais il était trop tard : l'épingle avait glissé, et la Reine s'était piqué le doigt.

« Vois-tu, cela explique pourquoi je saignais tout à l'heure », dit-elle à Alice en souriant. « Maintenant tu comprendras comment les choses se passent ici.

— Mais pourquoi ne criez-vous pas ? » demanda Alice, tout en s'apprêtant à se boucher les oreilles de ses mains une deuxième fois.

« Voyons, j'ai déjà poussé tous les cris que j'avais à pousser, répondit la Reine. À quoi cela servirait-il de tout recommencer ? »

À présent, il faisait jour de nouveau.

« Je suppose que le corbeau a dû s'envoler, dit Alice. Je suis si contente qu'il soit parti. Quand il est arrivé, j'ai cru que c'était la nuit qui tombait.

— Comme je voudrais pouvoir être contente ! s'exclama la Reine. Seulement, voilà, je ne peux pas me rappeler la règle qu'il faut appliquer. Tu dois être très heureuse de vivre dans ce bois et d'être contente chaque fois que ça te plaît !

— Malheureusement je me sens si seule ici ! » déclara Alice d'un ton mélancolique. (Et, à l'idée de sa solitude, deux grosses larmes roulèrent sur ses joues.)

« Oh, je t'en supplie, arrête ! » s'écria la pauvre Reine en se tordant les mains de désespoir. « Pense que tu es une grande fille. Pense au chemin que tu as parcouru aujourd'hui. Pense à l'heure qu'il est. Pense à n'importe quoi, mais ne pleure pas ! »

En entendant cela, Alice ne put s'empêcher de rire à travers ses larmes.

« Êtes-vous capable de vous empêcher de pleurer en pensant à certaines choses ? demanda-t-elle.

— Mais, bien sûr, c'est ainsi qu'il faut s'y prendre », répondit la Reine d'un ton péremptoire. « Vois-tu, personne ne peut faire deux choses à la fois. D'abord, pensons à ton âge... quel âge as-tu ?

— J'ai sept ans. Réellement, j'ai sept ans et demi.

— Inutile de dire : " réellement [1] ". Je te crois. Et maintenant voici ce que tu dois croire, toi : j'ai exactement cent un ans, cinq mois, et un jour.

— Je ne peux pas croire cela ! s'exclama Alice.

— Vraiment ? » dit la Reine d'un ton de pitié.

« Essaie de nouveau : respire profondément et ferme les yeux. »

Alice se mit à rire.

« Inutile d'essayer, répondit-elle : on ne peut pas croire des choses impossibles.

— Je suppose que tu manques d'entraînement. Quand j'avais ton âge, je m'exerçais à cela une demi-heure par jour. Il m'est arrivé quelquefois de croire jusqu'à six choses impossibles avant le petit déjeuner. Voilà mon châle qui s'en va de nouveau ! »

La broche s'étant défaite pendant que la Reine parlait, un coup de vent soudain avait emporté son châle de l'autre côté d'un petit ruisseau. Elle étendit de nouveau les bras, et, cette fois, elle réussit à l'attraper toute seule.

« Je l'ai ! » s'écria-t-elle d'un ton triomphant. « Maintenant, je vais l'épingler moi-même, tu vas voir !

— En ce cas, je suppose que votre doigt va mieux ? » dit Alice très poliment, en traversant le petit ruisseau pour la rejoindre.

. . . .

« Oh ! beaucoup mieux, ma belle ! » cria la Reine dont la voix se fit de plus en plus aiguë à mesure qu'elle continuait :

« Beaucoup mieux, ma belle ! ma bê-êlle ! bê-ê-ê-lle ! bê-ê-êh[1] ! »

Le dernier mot fut un long bêlement qui ressemblait tellement à celui d'un mouton qu'Alice sursauta.

Elle regarda la Reine qui lui sembla s'être brusquement enveloppée de laine. Alice se frotta les yeux, puis regarda de nouveau, sans arriver à comprendre le moins du monde ce qui s'était passé. Était-elle dans une boutique ? Et était-ce vraiment... était-ce vraiment une Brebis qui se trouvait assise derrière le comptoir ? Elle eut beau se frotter les yeux, elle ne put rien voir d'autre : elle était bel et bien dans une petite boutique sombre, les coudes sur le comptoir, et, en face d'elle, il y avait bel et bien une vieille Brebis, en train de tricoter, assise dans un fauteuil, qui s'interrompait de temps à autre pour regarder Alice derrière une paire de grosses lunettes.

« Que désires-tu acheter ? » demanda enfin la Brebis, en levant les yeux de sur son tricot.

« Je ne suis pas tout à fait décidée », répondit Alice très doucement. « J'aimerais bien, si je le pouvais, regarder d'abord tout autour de moi.

— Tu peux regarder devant toi, et à ta droite et à ta gauche, si tu veux ; mais tu ne peux pas regarder tout autour de toi... à moins que tu n'aies des yeux derrière la tête. »

Or, il se trouvait qu'Alice n'avait pas d'yeux derrière la tête. Aussi se contenta-t-elle de faire demi-tour et d'examiner les rayons à mesure qu'elle en approchait.

La boutique semblait pleine de toutes sortes de choses curieuses..., mais ce qu'il y avait de plus bizarre, c'est que chaque fois qu'elle regardait fixement un rayon pour bien voir ce qui se trouvait dessus, ce même rayon était complètement vide, alors que tous les autres étaient pleins à craquer.

« Les choses courent vraiment bien vite ici ! » dit-elle enfin d'un ton plaintif, après avoir passé plus d'une minute à poursuivre en vain un gros objet brillant qui ressemblait tantôt à une poupée, tantôt à une boîte à ouvrage, et qui se trouvait toujours sur le rayon juste au-dessus de celui qu'elle était en train de regarder. « Et celle-ci est la plus exaspérante de toutes... Mais voici ce que je vais faire... », ajouta-t-elle, tandis qu'une idée lui venait brusquement à l'esprit, « ... je vais la suivre jusqu'au dernier rayon. Je suppose qu'elle sera très embarrassée pour passer à travers le plafond ! »

Ce projet échoua, lui aussi : la « chose » traversa le plafond le plus aisément du monde, comme si elle avait une grande habitude de cet exercice.

« Es-tu une enfant ou un toton ? » demanda la Brebis en prenant une autre paire d'aiguilles. « Tu vas finir par me donner le vertige si tu continues à tourner ainsi. »

(Elle travaillait à présent avec quatorze paires d'aiguilles à la fois, et Alice ne put s'empêcher de la regarder d'un air stupéfait.)

« Comment diable peut-elle tricoter avec tant

d'aiguilles ? » pensa la fillette tout intriguée. « Plus elle va, plus elle ressemble à un porc-épic ! »

« Sais-tu ramer ? » demanda la Brebis, en lui tendant une paire d'aiguilles.

« Oui, un peu… mais pas sur le sol… et pas avec des aiguilles… », commença Alice.

Mais voilà que, brusquement, les aiguilles se transformèrent en rames dans ses mains, et elle s'aperçut que la Brebis et elle se trouvaient dans une petite barque en train de glisser entre deux rives ; de sorte que tout ce qu'elle put faire, ce fut de ramer de son mieux.

« Plume[1] ! » cria la Brebis, en prenant une autre paire d'aiguilles.

Cette exclamation ne semblant pas appeler une réponse, Alice garda le silence et continua à souquer ferme. Elle avait l'impression qu'il y avait quelque chose de très bizarre dans l'eau, car, de temps à autre, les rames s'y coinçaient solidement, et c'est tout juste si elle pouvait parvenir à les dégager.

« Plume ! Plume ! » cria de nouveau la Brebis, en prenant d'autres aiguilles. « Tu ne vas pas tarder à attraper un crabe. »

« Un amour de petit crabe ! pensa Alice. Comme j'aimerais ça ! »

« Ne m'as-tu pas entendu dire : " Plume " ? » cria la Brebis d'une voix furieuse, en prenant tout un paquet d'aiguilles.

« Si fait, répliqua Alice ; vous l'avez dit très souvent… et très fort. S'il vous plaît, où donc sont les crabes ?

— Dans l'eau, naturellement ! » répondit la Brebis en s'enfonçant quelques aiguilles dans les che-

veux, car elle avait les mains trop pleines. « Plume,
encore une fois !

— Mais pourquoi dites-vous : " Plume " si souvent ? » demanda Alice, un peu contrariée. « Je ne
suis pas un oiseau !

— Si fait, rétorqua la Brebis ; tu es une petite
oie. »

Cela ne manqua pas de blesser Alice, et, pendant
une ou deux minutes, la conversation s'arrêta, tandis
que la barque continuait à glisser doucement, parfois
au milieu d'herbes aquatiques (et alors les rames se
coinçaient dans l'eau plus que jamais), parfois encore
sous des arbres, mais toujours entre deux hautes
rives sourcilleuses qui se dressaient au-dessus des
passagères.

« Oh, je vous en prie ! Il y a des joncs fleuris ! »
s'écria Alice dans un brusque transport de joie.
« C'est bien vrai... ils sont absolument magnifiques !

— Inutile de me dire : " je vous en prie ", à moi, à
propos de ces joncs », dit la Brebis, sans lever les
yeux de sur son tricot. « Ce n'est pas moi qui les ai
mis là, et ce n'est pas moi qui vais les enlever.

— Non, bien sûr, mais je voulais dire... Je vous en
prie, est-ce qu'on peut attendre un moment pour que
j'en cueille quelques-uns ? Est-ce que ça vous serait
égal d'arrêter la barque pendant une minute ?

— Comment veux-tu que je l'arrête, moi ? Tu n'as
qu'à cesser de ramer, elle s'arrêtera toute seule. »

Alice laissa la barque dériver au fil de l'eau jusqu'à
ce qu'elle vînt glisser tout doucement au milieu des
joncs qui se balançaient au souffle de la brise. Alors,
les petites manches furent soigneusement roulées et
remontées, les petits bras plongèrent dans l'eau

jusqu'aux coudes pour saisir les joncs aussi bas que possible avant d'en briser la tige… et, pendant un bon moment, Alice oublia complètement la Brebis et son tricot, tandis qu'elle se penchait par-dessus le bord de la barque, le bout de ses cheveux emmêlés trempant dans l'eau, les yeux brillants de convoitise, et qu'elle cueillait à poignées les adorables joncs fleuris.

« J'espère simplement que la barque ne va pas chavirer ! se dit-elle. Oh ! celui-là ! comme il est beau ! Malheureusement je n'ai pas pu l'attraper. » Et c'était une chose vraiment contrariante (« on croirait que c'est fait exprès », pensa-t-elle) de voir

que, si elle arrivait à cueillir des quantités de joncs
magnifiques, il y en avait toujours un, plus beau que
tous les autres, qu'elle ne pouvait atteindre.

« Les plus jolis sont toujours trop loin de moi ! »
finit-elle par dire avec un soupir de regret, en voyant
que les joncs s'entêtaient à pousser si loin. Puis, les
joues toutes rouges, les cheveux et les mains dégout-
tants d'eau, elle se rassit à sa place et se mit à
arranger les trésors qu'elle venait de trouver.

Les joncs avaient commencé à se faner, à perdre
leur parfum et leur beauté, au moment même où elle
les avait cueillis : mais elle ne s'en soucia pas le moins
du monde. Voyez-vous, même des vrais joncs ne
durent que très peu de temps, et ceux-ci, étant des
joncs de rêve, se fanaient aussi vite que la neige fond
au soleil, entassés aux pieds d'Alice : mais c'est tout
juste si elle s'en aperçut, car elle avait à réfléchir à
beaucoup d'autres choses fort curieuses.

La barque n'était pas allée très loin lorsque la pale
d'une des rames se coinça dans l'eau et refusa d'en
sortir (c'est ainsi qu'Alice expliqua l'incident par la
suite). Puis la poignée de la rame la frappa sous le
menton et, malgré une série de petits cris que la
pauvre enfant se mit à pousser, elle fut balayée de sur
son siège et tomba de tout son long sur le tas de joncs.

Elle ne se fit pas le moindre mal, et se releva
presque aussitôt. Pendant tout ce temps-là, la Brebis
avait continué à tricoter, exactement comme si rien
ne s'était passé.

« Tu avais attrapé un bien joli crabe tout à
l'heure ! » dit-elle, tandis qu'Alice se rasseyait à sa
place, fort soulagée de se trouver encore dans la
barque.

« Vraiment ? je ne l'ai pas vu », répondit la fillette en regardant prudemment l'eau sombre de la rivière. « Je regrette qu'il soit parti... J'aimerais tellement rapporter un petit crabe à la maison ! »

Mais la Brebis se contenta de rire avec mépris, tout en continuant de tricoter.

« Y a-t-il beaucoup de crabes par ici ? demanda Alice.

— Il y a des crabes et toutes sortes de choses, répondit la Brebis. Tu n'as que l'embarras du choix, mais il faudrait te décider. Voyons, que veux-tu acheter ?

— Acheter ! » répéta Alice, d'un ton à la fois surpris et effrayé, car les rames, la barque, et la rivière, avaient disparu en un instant, et elle se trouvait de nouveau dans la petite boutique sombre.

« S'il vous plaît, je voudrais bien acheter un œuf, reprit-elle timidement. Combien les vendez-vous ?

— Dix sous pièce, et quatre sous les deux, répondit la Brebis.

— En ce cas, deux œufs coûtent moins cher qu'un seul ? » demanda Alice d'un ton étonné, en prenant son porte-monnaie.

« Oui, mais si tu en achètes deux, tu es obligée de les manger tous les deux, répondit la Brebis.

— Alors, je n'en prendrai qu'un, s'il vous plaît », dit Alice en posant l'argent sur le comptoir. « Après tout, peut-être qu'ils ne sont pas tous très frais. »

La Brebis ramassa l'argent et le rangea dans une boîte ; puis, elle déclara :

« Je ne mets jamais les choses dans les mains des gens... ça ne serait pas à faire... Il faut que tu prennes l'œuf toi-même. »

Sur ces mots, elle alla au fond de la boutique, et mit l'œuf tout droit sur l'un des rayons.

« Je me demande pourquoi ça ne serait pas à faire », pensa Alice, en se frayant un chemin à tâtons parmi les tables et les chaises, car le fond de la boutique était très sombre. « À mesure que j'avance vers l'œuf, on dirait qu'il s'éloigne. Voyons, est-ce bien une chaise ? Mais, ma parole, elle a des branches ! Comme c'est bizarre de trouver des arbres ici ! Et il y a bel et bien un petit ruisseau ! Vraiment, c'est la boutique la plus extraordinaire que j'aie jamais vue de ma vie ! »

. . . .

Elle continua d'avancer, de plus en plus surprise à chaque pas car tous les objets devenaient des arbres lorsqu'elle arrivait à leur hauteur, et elle était sûre que l'œuf allait en faire autant.

CHAPITRE 6

LE GROS COCO[1]

Mais l'œuf se contenta de grossir et de prendre de plus en plus figure humaine. Lorsque Alice fut arrivée à quelques mètres de lui, elle vit qu'il avait des yeux, un nez, et une bouche ; et, lorsqu'elle fut tout près de lui, elle comprit que c'était LE GROS COCO en personne. « Il est impossible que ce soit quelqu'un d'autre ! pensa-t-elle. J'en suis aussi sûre que si son nom était écrit sur son visage ! »

On aurait pu facilement l'écrire cent fois sur cette énorme figure. Le Gros Coco était assis, les jambes croisées, à la turque, sur le faîte d'un mur très haut (si étroit qu'Alice se demanda comment il pouvait garder son équilibre). Comme il avait les yeux obstinément fixés dans la direction opposée et comme il ne faisait pas la moindre attention à la fillette, elle pensa qu'il devait être empaillé.

« Comme il ressemble exactement à un œuf ! » dit-elle à haute voix, tout en tendant les mains pour l'attraper, car elle s'attendait à le voir tomber d'un moment à l'autre.

« C'est vraiment contrariant », déclara le Gros Coco après un long silence, toujours sans regarder

Alice, « d'être traité d'œuf…, extrêmement contrariant !

— J'ai dit que vous ressembliez à un œuf, monsieur », expliqua Alice très gentiment. « Et il y a des
œufs qui sont fort jolis », ajouta-t-elle, dans l'espoir
de transformer sa remarque en une espèce de compliment.

« Il y a des gens », poursuivit le Gros Coco, en
continuant à ne pas la regarder, « qui n'ont pas plus
de bon sens qu'un nourrisson ! »

Alice ne sut que répondre. Elle trouvait que ceci
ne ressemblait pas du tout à une conversation, étant
donné qu'il ne lui disait jamais rien directement (en
fait sa dernière remarque s'adressait de toute évidence à un arbre). Elle resta donc sans bouger et se
récita à voix basse les vers suivants :

« Le Gros Coco était assis dessus un mur ;
Le Gros Coco tomba de haut sur le sol dur ;
Tous les chevaux du Roi, tous les soldats du Roi,
N'ont pu relever le Gros Coco et le remettre droit.

— Le dernier vers est trop long par rapport aux
autres », ajouta-t-elle presque à haute voix, en
oubliant que le Gros Coco allait l'entendre.

« Ne reste pas là à jacasser toute seule », dit le
Gros Coco en la regardant pour la première fois,
« mais apprends-moi ton nom et ce que tu viens faire
ici.

— Mon nom est Alice, mais…

— En voilà un nom stupide ! » déclara le Gros
Coco d'un ton impatienté « Que veut-il dire ?

— Est-ce qu'il faut vraiment qu'un nom veuille

dire quelque chose ? » demanda Alice d'un ton de doute.

« Naturellement », répondit
le Gros Coco avec un rire bref.
« Mon nom, à moi, veut dire
quelque chose ; il indique la
forme que j'ai, et c'est une très
belle forme, d'ailleurs. Mais
toi, avec un nom comme
le tien, tu pourrais avoir presque n'importe quelle
forme.

— Pourquoi restez-vous assis tout seul sur ce
mur ? » demanda Alice qui ne voulait pas entamer
une discussion.

« Mais, voyons, parce qu'il n'y a personne avec
moi ! s'écria le Gros Coco. Croyais-tu que j'ignorais
la réponse à cette question ? Demande-moi autre
chose !

— Ne croyez-vous pas que vous seriez plus en
sécurité sur le sol ? » continua Alice, non pas dans
l'intention de poser une devinette, mais simplement
parce qu'elle avait bon cœur et qu'elle s'inquiétait

au sujet de la bizarre créature. « Ce mur est étroit !

— Tu poses des devinettes d'une facilité extraordinaire ! grogna le Gros Coco. Bien sûr que je ne le crois pas ! Voyons, si jamais je venais à tomber du haut de ce mur... ce qui est tout à fait improbable... mais, enfin, en admettant que j'en tombe... » (À ce moment, il se pinça les lèvres, et prit un air si grave et si majestueux qu'Alice eut beaucoup de mal à s'empêcher de rire.) « En admettant que j'en tombe, continua-t-il, *le Roi m'a promis...* Ah ! tu peux pâlir, si tu veux. Tu ne te doutais pas que j'allais dire cela, n'est-ce pas ? *Le Roi m'a promis... de sa propre bouche... de... de...*

— D'envoyer tous ses chevaux et tous ses soldats, interrompit Alice assez imprudemment.

— Ah, par exemple ! c'est trop fort ! » s'écria le Gros Coco en se mettant brusquement en colère. « Tu as dû écouter aux portes... et derrière les arbres... et par les cheminées... sans quoi tu n'aurais pas pu savoir ça !

— Je vous jure que non ! » dit Alice d'une voix douce. « Je l'ai lu dans un livre.

— Ah, bon ! En effet, on peut écrire des choses de ce genre dans un livre », admit le Gros Coco d'un ton plus calme. « C'est ce qu'on appelle une Histoire de l'Angleterre. Regarde-moi bien, petite ! Je suis celui à qui un Roi a parlé, moi ; peut-être ne verras-tu jamais quelqu'un comme moi ; et pour bien te montrer que je ne suis pas fier, je te permets de me serrer la main ! »

Là-dessus, il sourit presque d'une oreille à l'autre (en se penchant tellement en avant qu'il s'en fallait de rien qu'il ne tombât de sur le mur), et tendit la main à Alice. Elle la prit, tout en le regardant d'un air anxieux. « S'il souriait un tout petit peu plus, les coins de sa bouche se rencontreraient par-derrière, pensa-t-elle ; et, en ce cas, je me demande ce qui arriverait à sa tête ! Je crois bien qu'elle tomberait ! »

« Oui, tous ses chevaux et tous ses soldats, conti-nua le Gros Coco. Sûr et certain qu'ils me relève-raient en un moment ! Mais cette conversation va un peu trop vite ; revenons à notre avant-dernière re-marque.

— Je crains de ne pas m'en souvenir très bien », dit Alice poliment.

« En ce cas, nous pouvons recommencer, et c'est à mon tour de choisir un sujet... » (« Il parle toujours comme s'il s'agissait d'un jeu ! » pensa Alice.) « Voici une question à laquelle tu dois répondre : Quel âge as-tu dit que tu avais ? »

Alice calcula pendant un instant, et répondit :

« Sept ans et six mois.

— C'est faux ! » s'exclama le Gros Coco d'un ton triomphant. « Tu ne m'as jamais dit un mot au sujet de ton âge.

— Je croyais que vous vouliez dire : " Quel âge as-tu ? "

— Si j'avais voulu le dire, je l'aurais dit. »

Alice garda le silence, car elle ne voulait pas entamer une autre discussion.

« Sept ans et six mois », répéta le Gros Coco d'un ton pensif. « C'est un âge bien incommode. Vois-tu, si tu m'avais demandé conseil, à moi, je t'aurais dit : " Arrête-toi à sept ans... " Mais, à présent, il est trop tard.

— Je ne demande jamais de conseil au sujet de ma croissance », déclara Alice d'un air indigné.

« Tu es trop fière ? » demanda l'autre.

Alice fut encore plus indignée en entendant ces mots.

« Je veux dire, expliqua-t-elle, qu'un enfant ne peut pas s'empêcher de grandir.

— *Un* enfant, peut-être ; mais deux enfants, oui. Si on t'avait aidée comme il faut, tu aurais pu t'arrêter à sept ans.

— Quelle belle ceinture vous avez ! » dit Alice tout d'un coup. (Elle jugeait qu'ils avaient suffisamment parlé de son âge ; et, s'ils devaient vraiment choisir un sujet chacun à leur tour, c'était son tour à elle, à présent.) « Du moins », continua-t-elle en se reprenant après un moment de réflexion, « c'est une belle cravate j'aurais dû dire... non, plutôt une ceinture... Oh ! je vous demande bien pardon ! » s'exclama-t-elle, toute consternée, car le Gros Coco avait l'air extrêmement vexé ; et elle commença à regretter d'avoir choisi un pareil sujet. (« Si je savais seulement, pensa-t-elle, ce qui est la taille et ce qui est le cou ! »)

Le Gros Coco était manifestement furieux. Toutefois, il garda le silence pendant deux bonnes minutes. Lorsqu'il parla de nouveau, ce fut d'une voix basse et grondante.

« C'est une chose vrai-ment ex-as-pé-ran-te, dit-il, de voir que certaines personnes sont incapables de distinguer une cravate d'une ceinture.

— Je sais que je me suis montrée très ignorante », répondit Alice d'un ton si humble que le Gros Coco s'adoucit.

« C'est une cravate, mon enfant, et une très belle cravate, comme tu l'as fait remarquer toi-même. C'est un cadeau du Roi Blanc et de la Reine Blanche. Que penses-tu de ça ?

— Vraiment ? dit Alice, tout heureuse de voir qu'elle avait choisi un bon sujet de conversation.

— Ils me l'ont donnée », continua le Gros Coco d'un ton pensif, en croisant les jambes et en prenant un de ses genoux à deux mains, « comme cadeau de non-anniversaire.

— Je vous demande pardon ? » dit Alice, très intriguée.

« Tu ne m'as pas offensé, répondit le Gros Coco.

— Je veux dire : qu'est-ce que c'est qu'un cadeau de non-anniversaire ?

— C'est un cadeau qu'on vous donne quand ce n'est pas votre anniversaire. »

Alice réfléchit un moment.

« Je préfère les cadeaux d'anniversaire », déclara-t-elle enfin.

« Tu ne sais pas ce que tu dis ! s'écria le Gros Coco. Combien de jours y a-t-il dans l'année ?

— Trois cent soixante-cinq.

— Et combien d'anniversaires as-tu ?

— Un seul.

— Et si tu ôtes un de trois cent soixante-cinq, que reste-t-il ?

— Trois cent soixante-quatre, naturellement. »

Le Gros Coco prit un air de doute.

« J'aimerais mieux voir ça écrit sur du papier », déclara-t-il.

Alice ne put s'empêcher de sourire, tout en prenant son carnet et en faisant la soustraction.

$$\frac{365}{-1} \over 364$$

Le Gros Coco prit le carnet, et regarda très attentivement.

« Ça me paraît très bien…, commença-t-il.

— Vous tenez le carnet à l'envers ! s'exclama Alice.

— Ma parole, mais c'est vrai ! » dit gaiement le Gros Coco, tandis qu'elle tournait le carnet dans le bon sens. « Ça m'avait l'air un peu bizarre… Comme je le disais, ça me *paraît très bien*… quoique je n'aie pas le temps de vérifier… et ça te montre qu'il y a trois cent soixante-quatre jours où tu pourrais recevoir des cadeaux de non-anniversaire…

— Bien sûr.

— Et un seul jour pour les cadeaux d'anniversaire. Voilà de la gloire pour toi !

— Je ne sais pas ce que vous voulez dire par là. »

Le Gros Coco sourit d'un air méprisant :

« Naturellement. Tu ne le sauras que lorsque je te l'aurais expliqué. Je voulais dire : " Voilà un bel argument sans réplique ! " »

— Mais : " gloire " ne signifie pas : " un bel argument sans réplique ! " »

— Quand moi, j'emploie un mot », déclara le Gros Coco d'un ton assez dédaigneux, « il veut dire exactement ce qu'il me plaît qu'il veuille dire… ni plus ni moins.

— La question est de savoir si vous pouvez obliger les mots à vouloir dire des choses différentes.

— La question est de savoir qui sera le maître, un point c'est tout. »

Alice fut beaucoup trop déconcertée pour ajouter quoi que ce fût. Aussi, au bout d'un moment, le Gros Coco reprit :

« Il y en a certains qui ont un caractère impossible... surtout les verbes, ce sont les plus orgueilleux... Les adjectifs, on en fait tout ce qu'on veut, mais pas les verbes... Néanmoins je m'arrange pour les dresser tous tant qu'ils sont, moi ! Impénétrabilité ! Voilà ce que je dis, moi !

— Voudriez-vous m'apprendre, je vous prie, ce que cela signifie ? demanda Alice.

— Voilà qui est parler en enfant raisonnable », dit le Gros Coco d'un air très satisfait. « Par " impénétrabilité ", je veux dire que nous avons assez parlé sur ce sujet, et qu'il vaudrait mieux que tu m'apprennes ce que tu as l'intention de faire maintenant, car je suppose que tu ne tiens pas à rester ici jusqu'à la fin de tes jours.

— C'est vraiment beaucoup de choses que vous faites dire à un seul mot », fit observer Alice d'un ton pensif.

« Quand je fais beaucoup travailler un mot, comme cette fois-ci, déclara le Gros Coco, je le paie toujours beaucoup plus.

— Oh ! » s'exclama Alice, qui était beaucoup trop stupéfaite pour ajouter autre chose.

« Ah ! faudrait que tu les voies venir autour de moi le samedi soir », continua le Gros Coco en balançant gravement la tête de gauche à droite et de droite à gauche ; « pour qu'y touchent leur paye, vois-tu. »

(Alice n'osa pas lui demander avec quoi il les

payait; c'est pourquoi je suis incapable de vous l'apprendre.)

« Vous avez l'air d'être très habile pour expliquer les mots, monsieur, dit-elle. Voudriez-vous être assez aimable pour m'expliquer ce que signifie le poème " Jabberwocky " ?

— Récite-le-moi. Je peux expliquer tous les poèmes qui ont été inventés jusqu'aujourd'hui..., et un tas d'autres qui n'ont pas encore été inventés. »

Ceci paraissait très réconfortant; aussi Alice récita la première strophe :

> « *Il était grilheure; les slictueux toves*
> *Gyraient sur l'alloinde et vriblaient;*
> *Tout flivoreux allaient les borogoves;*
> *Les verchons fourgus bourniflaient.*

— Ça suffit pour commencer, déclara le Gros Coco. Il y a tout plein de mots difficiles là-dedans. " Grilheure ", c'est six heures du soir, l'heure où on commence à faire *griller* de la viande pour le dîner.

— Ça me semble parfait. Et " slictueux " ?

— Eh bien, " slictueux " signifie : " souple, actif, onctueux ". Vois-tu, c'est comme une valise : il y a trois sens empaquetés en un seul mot.

— Je comprends très bien maintenant », répondit Alice d'un ton pensif. « Et qu'est-ce que les " toves " ?

— Eh bien, les " toves " ressemblent en partie à des blaireaux, en partie à des lézards et en partie à des tire-bouchons.

— Ce doit être des créatures bien bizarres !

— Pour ça, oui ! Je dois ajouter qu'ils font leur nid

sous les cadrans solaires, et qu'ils se nourrissent de fromage.

— Et que signifient " gyrer " et " vribler " ?

— " Gyrer ", c'est tourner en rond comme un gyroscope. " Vribler ", c'est faire des trous comme une vrille.

— Et " l'alloinde ", je suppose que c'est l'allée qui part du cadran solaire ? » dit Alice, toute surprise de sa propre ingéniosité.

« Naturellement. Vois-tu, on l'appelle " l'al- loinde ", parce que c'est une allée qui s'étend loin devant et loin derrière le cadran solaire... Quant à " flivoreux ", cela signifie : " frivole et malheureux " (encore une valise). Le " borogove " est un oiseau tout maigre, d'aspect minable, avec des plumes hérissées dans tous les sens : quelque chose comme un balai en tresses de coton qui serait vivant.

— Et les " verchons fourgus ? " Pourriez-vous m'expliquer cela ? du moins, si ce n'est pas trop demander…

— Ma foi, un " verchon " est une espèce de cochon vert ; mais, pour ce qui est de " fourgus ", je ne suis pas très sûr. Je crois que ça doit vouloir dire : " fourvoyés, égarés, perdus. "

— Et que signifie " bournifler " ?

— Eh bien, " bournifler ", c'est quelque chose entre " beugler " et " siffler ", avec, au milieu, une espèce d'éternuement. Mais tu entendras peut-être bournifler, là-bas, dans le bois ; et quand tu auras entendu un seul bourniflement, je crois que tu seras très satisfaite. Qui t'a récité des vers si difficiles ?

— Je les ai lus dans un livre. Mais quelqu'un m'a récité des vers beaucoup plus faciles que ceux-là… je crois que c'était… Bonnet Blanc.

— Pour ce qui est de réciter des vers », déclara le Gros Coco, en tendant une de ses grandes mains, « moi, je peux réciter des vers aussi bien que n'importe qui, si c'est nécessaire…

— Oh, mais ce n'est pas du tout nécessaire ! » se hâta de dire Alice, dans l'espoir de l'empêcher de commencer.

« La poésie que je vais te réciter », continua-t-il sans faire attention à cette dernière réplique, « a été écrite uniquement pour te distraire. »

Alice sentit que, dans ce cas, elle devait vraiment écouter. Elle s'assit donc en murmurant : « Je vous remercie », d'un ton assez mélancolique.

Le Gros Coco débuta en ces termes :

   « En hiver, quand les prés sont blancs,
    Alors, je te chante ce chant...

— Seulement, je ne le chante pas, expliqua-t-il.

— Je vois bien que vous ne le chantez pas, répondit Alice.

— Si tu es capable de *voir* si je chante ou si je ne chante pas, tu as des yeux beaucoup plus perçants que ceux de la plupart des gens », dit le Gros Coco d'un ton sévère.

Alice garda le silence.

    « Au printemps, quand les bois s'animent,
    Je te dirai à quoi il rime.

— Je vous remercie beaucoup de votre amabilité, déclara Alice.

     « En été, quand les jours sont longs,
     Tu comprends bien ma chanson.

     « En automne, où souffle le vent,
     Tu la copieras noir sur blanc.

— Je n'y manquerai pas, si je peux m'en souvenir jusque-là, dit Alice.

— Inutile de continuer à faire des remarques de ce genre », fit observer le Gros Coco ; « elles n'ont aucun sens, et elles me dérangent. »

Puis, il poursuivit :

« J'ai envoyé un message aux poissons,
En leur disant d'obéir sans façons.

« Les petits poissons du grand océan,
Ils m'ont répondu d'un ton insolent.

« Voici ce qu'ils m'ont dit d'un ton très sec :
" Non, monsieur ; et si nous refusons, c'est que... "

— Je crains de ne pas très bien comprendre, dit
Alice.

— La suite est beaucoup plus facile, affirma le
Gros Coco :

« J'ai dit : " Prenez le temps de réfléchir ;
Vous feriez beaucoup mieux de m'obéir. "

« Mais ils m'ont répondu d'un air moqueur :
" Monsieur, ne vous mettez pas en fureur ! "

« Deux fois je les ai fait admonester,
Mais ils ont refusé de m'écouter...

« J'ai pris une bouilloire de fer-blanc
Qui me semblait convenir à mon plan.

« Le cœur battant à coups désordonnés,
J'ai rempli la bouilloire au robinet.

« Alors quelqu'un est venu et m'a dit :
" Tous les petits poissons sont dans leur lit. "

« Je lui ai répondu très nettement :
" Il faut les réveiller, et prestement."

« *Cela, bien fort je le lui ai crié ;*
À son oreille je l'ai claironné. »

La voix du Gros Coco
monta jusqu'à devenir un cri
aigu pendant qu'il récitait ces
deux vers, et Alice pensa en
frissonnant : « Je n'aurais pas
voulu être le messager pour
rien au monde ! »

« *Il prit un air saisi et mécontent,*
Et dit : " Ne hurlez pas, je vous entends ! "

« *Il prit un air mécontent et saisi*
Et dit : " J'irais bien les réveiller si... "

« *Alors j'ai pris un grand tire-bouchon,*
Pour m'en aller réveiller les poissons.

« *Hélas ! la porte était fermée à clé ;*
J'eus beau cogner, je ne pus m'en aller.

« *Comment pouvais-je sortir désormais ?*
J'essayai de tourner la poignée, mais... »

Il y eut un long silence.
« Est-ce tout ? » demanda Alice timidement.
« C'est tout, répondit le Gros Coco. Adieu. »
Alice trouva que c'était une façon un peu brutale
de se séparer ; mais, après une allusion si nette au fait
qu'elle devait partir, elle sentit qu'il ne serait guère
poli de rester. Elle lui tendit la main.

« Adieu, jusqu'à notre prochaine rencontre ! » dit-elle aussi gaiement qu'elle le put.

« En admettant que nous nous rencontrions de nouveau, je ne te reconnaîtrais sûrement pas », déclara le Gros Coco d'un ton mécontent, en lui tendant un doigt à serrer. « Tu ressembles tellement à tout le monde !

— Généralement, on reconnaît les gens à leur visage », murmura Alice d'un ton pensif.

« C'est justement de cela que je me plains, répliqua le Gros Coco. Ton visage est exactement le même que celui des autres… Les deux yeux ici… » (Il indiqua leur place dans l'air avec son pouce)… « le nez au milieu, la bouche sous le nez. C'est toujours pareil. Si tu avais les deux yeux du même côté du nez, par exemple… ou la bouche à la place du front… ça m'aiderait un peu.

— Ça ne serait pas joli », objecta Alice.

Mais le Gros Coco se contenta de fermer les yeux, en disant :

« Attends d'avoir essayé. »

Alice resta encore une minute pour voir s'il allait continuer à parler ; mais, comme il gardait les yeux fermés et ne faisait plus du tout attention à elle, elle répéta : « Adieu ! » ; puis, ne recevant pas de réponse, elle s'en alla tranquillement. Mais elle ne put s'empêcher de murmurer, tout en marchant : « De tous les gens décevants que j'ai jamais rencontrés… » Elle n'arriva pas à terminer sa phrase, car, à ce moment, un fracas formidable ébranla la forêt d'un bout à l'autre.

CHAPITRE 7

LE LION ET LA LICORNE

Un instant plus tard des soldats pénétraient sous les arbres au pas de course, d'abord par deux et par trois, puis par dix et par vingt, et, finalement, en si grand nombre qu'ils semblaient remplir toute la forêt. Alice se posta derrière un arbre, de peur d'être renversée, et les regarda passer.

Elle se dit qu'elle n'avait jamais vu des soldats si peu solides sur leurs jambes : ils trébuchaient toujours sur un obstacle quelconque, et, chaque fois que l'un d'eux tombait, plusieurs autres tombaient sur lui, si bien que le sol fut bientôt couvert de petits tas d'hommes étendus.

Puis vinrent les chevaux. Grâce à leurs quatre pattes, ils s'en tiraient un peu mieux que les fantassins ; mais, malgré tout, eux aussi trébuchaient de temps en temps ; et, chaque fois qu'un cheval trébuchait, le cavalier ne manquait jamais de dégringoler. Comme le désordre ne cessait de croître, Alice fut tout heureuse d'arriver enfin à une clairière où elle trouva le Roi Blanc assis sur le sol, en train d'écrire avec ardeur sur son carnet.

« Je les ai tous envoyés en avant ! » s'écria le Roi

d'un ton ravi, dès qu'il aperçut Alice. « Ma chère enfant, as-tu par hasard rencontré des soldats en traversant le bois ?

— Oui, répondit Alice ; je crois qu'il doit y en avoir plusieurs milliers.

— Il y en a exactement quatre mille deux cent sept », déclara le Roi en se reportant à son carnet. « Je n'ai pas pu envoyer tous les chevaux, parce qu'il m'en faut deux pour la partie d'échecs. Et je n'ai pas non plus envoyé les deux Messagers qui sont partis à la ville. Regarde donc sur la route si l'un ou l'autre ne revient pas. Eh bien, que vois-tu ?

— Personne, répondit Alice.

— Je voudrais bien avoir des yeux comme les tiens », dit le Roi d'une voix chagrine. « Être capable de voir Personne ! Et à une si grande distance, par-dessus le marché ! Tout ce que je peux faire, moi, c'est de voir les gens qui existent réellement ! »

Tout ceci était perdu pour Alice qui, une main en abat-jour au-dessus de ses yeux, continuait à regarder attentivement sur la route.

« Je vois quelqu'un à présent ! » s'exclama-t-elle enfin. « Mais il avance très lentement, et il prend des attitudes vraiment bizarres ! »

(En effet, le Messager n'arrêtait pas de sauter en l'air et de se tortiller comme une anguille, chemin faisant, en tenant ses grandes mains écartées de chaque côté comme des éventails.)

« Pas du tout, dit le Roi. C'est un Messager anglo-saxon, et ses attitudes sont des attitudes anglo-saxonnes. Il ne se tient ainsi que lorsqu'il est heureux. Il s'appelle Haigha [1]. »

Alice ne put s'empêcher de commencer :

« J'aime mon ami par H parce qu'il est Heureux. Je déteste mon ami par H, parce qu'il est Hideux. Je le nourris de... de... de Hachis et d'Herbe [2]. Il s'appelle Haigha, et il vit...

— Il vit sur la Hauteur », continua le Roi très simplement (sans se douter le moins du monde qu'il prenait part au jeu, tandis qu'Alice cherchait encore le nom d'une ville commençant par H). « L'autre Messager s'appelle Hatta. Il m'en faut deux, vois-tu... pour aller et venir. Un pour aller, et un pour venir.

— Je vous demande pardon ?

— C'est très mal élevé de demander quelque chose sans ajouter : " s'il vous plaît ! [3] "

— Je voulais dire que je n'avais pas compris. Pourquoi un pour aller et un pour venir ?

— Mais je suis en train de te l'expliquer ! » s'écria le Roi d'un ton impatienté. « Il m'en faut deux pour aller chercher les choses. Un pour aller, un pour chercher. »

À ce moment, le Messager arriva. Beaucoup trop essoufflé pour pouvoir parler, il se contenta d'agiter les mains dans tous les sens et de faire au Roi les plus effroyables grimaces.

« Cette jeune personne t'aime par H », dit le Roi, dans l'espoir de détourner de lui l'attention du Messager.

Mais ce fut en vain : les attitudes anglo-saxonnes se firent de plus en plus extraordinaires, tandis que Haigha roulait ses gros yeux égarés de côté et d'autre.

« Tu m'inquiètes ! s'exclama le Roi. Je me sens défaillir… Donne-moi un sandwich au hachis ! »

Sur ce, le Messager, au grand amusement d'Alice, ouvrit un sac pendu autour de son cou et tendit un sandwich au Roi qui le dévora avidement.

« Un autre sandwich ! demanda le Roi.

— Il ne reste que de l'herbe, à présent », répondit le Messager en regardant dans le sac.

« Eh bien, donne-moi de l'herbe », murmura le Roi d'une voix éteinte.

Alice fut tout heureuse de voir que l'herbe lui rendait beaucoup de forces.

« Il n'y a rien de tel que l'herbe quand on se sent défaillir », dit-il à Alice tout en mâchonnant à belles dents.

« Je croyais qu'il valait mieux qu'on vous jette de l'eau froide au visage, suggéra Alice…, ou bien qu'on vous fasse respirer des sels.

— Je n'ai pas dit qu'il n'y avait rien de *mieux*, répliqua le Roi. J'ai dit qu'il n'y avait rien de *tel*. »

Ce qu'Alice ne se risqua pas à nier.

« Qui as-tu rencontré sur la route ? » poursuivit le Roi, en tendant la main au Messager pour se faire donner encore un peu d'herbe.

« Personne.

— Tout à fait exact. Cette jeune fille l'a vu également. Ce qui prouve une chose : qui marche plus lentement que toi ? Personne !

— C'est faux », répliqua le Messager d'un ton maussade. « C'est tout le contraire : qui marche plus vite que moi ? Personne !

— C'est impossible ! dit le Roi. Si Personne marchait plus vite que toi, il serait arrivé ici le premier… Quoi qu'il en soit, maintenant que tu as retrouvé ton souffle, raconte-nous un peu ce qui s'est passé en ville.

— Je vais le murmurer », dit le Messager en

mettant ses mains en porte-voix et en se penchant pour être tout près de l'oreille du Roi.

Alice fut très déçue en voyant cela, car elle aussi voulait entendre la nouvelle. Mais, au lieu de murmurer, le Messager hurla de toutes ses forces :

« Ils sont encore en train de se bagarrer !

— C'est ça que tu appelles murmurer ! » s'écria le pauvre Roi en sursautant et en se secouant. « Si jamais tu recommences, je te ferai rouer de coups. Ça m'a traversé la tête comme un tremblement de terre ! »

« Il faudrait que ce soit un tremblement de terre minuscule ! » pensa Alice.

« Qui est-ce qui est en train de se bagarrer ? se risqua-t-elle à demander.

— Mais voyons, le Lion et la Licorne, bien sûr, répondit le Roi.

— Ils luttent pour la couronne ?

— Naturellement ; et ce qu'il y a de plus drôle dans cette affaire, c'est que c'est toujours de ma couronne à moi qu'il s'agit ! Courons vite, on va aller les voir ! »

Ils partirent, et, tout en courant, Alice se répétait les paroles de la vieille chanson[1] :

« Pour la couronne d'or et pour la royauté,
Le fier Lion livrait combat à la Licorne.
Elle fuit devant lui à travers la cité,
Sans jamais, toutefois, en dépasser les bornes.
Ils eurent du gâteau, du pain noir, du pain blanc ;
Puis, de la ville on les chassa tambour battant.

« — Et… est-ce que… celui… qui gagne… obtient la couronne ? » demanda-t-elle de son mieux, car elle était hors d'haleine à force de courir.

« Seigneur, non ! répondit le Roi. En voilà une idée !

— Voudriez-vous être assez bon… » dit Alice d'une voix haletante, après avoir couru encore un peu, « pour arrêter… une minute… juste pour… reprendre haleine ?

— Je suis assez bon, répliqua le Roi, mais je ne suis pas assez fort. Vois-tu, une minute passe beaucoup trop vite pour qu'on puisse l'arrêter. Autant vaudrait essayer d'arrêter un Bandersnatch[1] ! »

Alice n'ayant pas assez de souffle pour parler, tous deux continuèrent, et ils arrivèrent enfin en vue d'une grande foule au milieu de laquelle le Lion et la Licorne se livraient bataille. Ils étaient entourés d'un tel nuage de poussière qu'Alice ne put tout d'abord distinguer les combattants ; mais bientôt, elle reconnut la Licorne à sa corne.

Alice et le Roi se placèrent tout près de l'endroit où Hatta, l'autre Messager, était debout en train de regarder le combat ; il tenait une tasse de thé d'une main et une tartine beurrée de l'autre.

« Il vient à peine de sortir de prison[2], et, le jour où on l'y a mis, il n'avait pas encore fini son thé », murmura Haigha à l'oreille d'Alice. « Là-bas, on ne leur donne que des coquilles d'huîtres… C'est pour ça, vois-tu, qu'il a très faim et très soif… Comment vas-tu, mon cher enfant ? » continua-t-il en passant son bras affectueusement autour du cou de Hatta.

Hatta se retourna, fit un signe de tête, et continua à manger sa tartine beurrée.

« As-tu été heureux en prison, mon cher enfant ? »
demanda Haigha.

Hatta se retourna une seconde fois ; une ou deux
larmes roulèrent sur ses joues, mais il refusa de dire
un mot.

« Parle donc ! Tu sais parler ! » s'écria Haigha d'un
ton impatienté.

Mais Hatta se contenta de mastiquer de plus belle
et de boire une gorgée de thé.

« Parle donc ! Tu dois parler ! s'écria le Roi. Où en
sont les combattants ? »

Hatta fit un effort désespéré et avala un gros
morceau de sa tartine.

« Ils s'en tirent très bien », marmotta-t-il d'une
voix étouffée ; « chacun d'eux a touché terre à peu
près quatre-vingt-sept fois.

— En ce cas, je suppose qu'on ne va pas tarder à
apporter le pain blanc et le pain noir ? » se hasarda à
demander Alice.

« Le pain les attend, dit Hatta ; je suis en train d'en manger un morceau. »

Juste à ce moment, le combat prit fin, et le Lion et la Licorne s'assirent, haletants, pendant que le Roi criait :

« Dix minutes de trêve ! Qu'on serve les rafraîchissements ! »

Haigha et Hatta se mirent immédiatement au travail et firent circuler des plateaux de pain blanc et de pain noir. Alice en prit un morceau pour y goûter, mais elle le trouva terriblement sec.

« Je crois qu'ils ne se battront plus aujourd'hui », dit le Roi à Hatta. « Va donner l'ordre aux tambours de commencer. »

Et Hatta s'en alla en sautant comme une sauterelle.

Pendant une ou deux minutes, Alice le regarda s'éloigner sans rien dire. Brusquement, son visage s'éclaira.

« Regardez ! Regardez ! » s'écria-t-elle, en tendant vivement le doigt. « Voilà la Reine Blanche qui court tant qu'elle peut à travers la campagne ! Elle vient de sortir à toute allure du bois qui est là-bas... Ce que ces Reines peuvent courir vite !

— Elle doit sûrement avoir un ennemi à ses trousses », dit le Roi, sans même se retourner. « Ce bois en est plein.

— Mais est-ce que vous n'allez pas vous précipiter à son secours ? » demanda Alice, très surprise de voir qu'il prenait la chose si tranquillement.

« Inutile, inutile ! répondit le Roi. Elle court beaucoup trop vite. Autant vaudrait essayer d'arrêter un Bandersnatch ! Mais, si tu veux, je vais prendre une note à son sujet… C'est vraiment une excellente créature, marmonna-t-il, en ouvrant son carnet. Est-ce que tu écris " créature " avec un " k " ? »

À ce moment, la Licorne s'approcha d'eux, les mains dans les poches, d'un pas de promenade.

« Cette fois-ci, c'est moi qui ai eu l'avantage ! » dit-elle au Roi en lui jetant un coup d'œil négligent.

« Oui, un tout petit peu », répondit le Roi d'un ton nerveux. « Mais, voyez-vous, vous n'auriez pas dû le transpercer de votre corne.

— Oh, ça ne lui a pas fait mal », déclara la Licorne d'un air dégagé.

Elle s'apprêtait à poursuivre son chemin lorsque son regard se posa par hasard sur Alice : alors elle fit brusquement demi-tour, et resta un bon moment à la regarder d'un air de profond dégoût.

« Qu'est-ce-que-c'est-que-ça ? » demanda-t-elle enfin.

« C'est une petite fille ! » répondit Haigha vivement, en se plaçant devant Alice pour la présenter, et en tendant ses deux mains vers elle dans une attitude très anglo-saxonne. « Nous l'avons trouvée aujourd'hui même. Elle est de grandeur naturelle !

— J'avais toujours cru que c'étaient des monstres fabuleux ! s'exclama la Licorne. Est-ce qu'elle est vraiment bien vivante ?

— Elle sait parler », dit Haigha d'un ton solennel.

La Licorne regarda Alice d'un air rêveur, et ordonna :

« Parle, petite fille. »

Alice ne put s'empêcher de sourire tout en disant :

« Moi aussi, voyez-vous, j'avais toujours cru que

les Licornes étaient des monstres fabuleux ! Je
n'avais jamais vu de Licorne vivante !

— Eh bien, maintenant que nous nous sommes
vues, si tu crois en moi, je croirai en toi. Est-ce une
affaire entendue ?

— Oui, si vous voulez.

— Allons, mon vieux, apporte-nous le gâteau ! »
continua la Licorne en s'adressant au Roi. « Je ne
veux pas entendre parler de pain noir !

— Certainement... certainement ! » marmotta le
Roi, en faisant un signe à Haigha. « Ouvre le sac !
murmura-t-il. Vite ! Non, pas celui-là... il ne contient
que de l'herbe ! »

Haigha tira du sac un gros gâteau ; puis il le donna
à tenir à Alice, pendant qu'il tirait du sac un plat et
un couteau à découper. Alice ne put deviner comment tous ces objets étaient sortis du sac. Il lui
sembla que c'était un tour de prestidigitation.

Pendant ce temps, le Lion les avait rejoints. Il avait
l'air très fatigué, très somnolent, et il tenait ses yeux
mi-clos.

« Qu'est-ce que c'est que ça ? » dit-il, en regardant paresseusement Alice de ses yeux clignotants et en parlant d'une voix basse et profonde semblable au tintement d'une grosse cloche.

« Ah ! justement, qu'est-ce que ça peut bien être ? » s'écria vivement la Licorne. « Tu ne le devineras jamais ! Moi, je n'ai pas pu le deviner. »

Le Lion regarda Alice d'un air las.

« Es-tu un animal... un végétal... ou un minéral ? » demanda-t-il en bâillant après chaque mot.

« C'est un monstre fabuleux ! » s'écria la Licorne, sans donner à Alice le temps de répondre.

« Eh bien, passe-nous le gâteau, Monstre », dit le Lion en se couchant et en appuyant son menton sur ses pattes de devant. « Vous deux, asseyez-vous », ordonna-t-il au Roi et à la Licorne. « Et qu'on fasse des parts égales ! »

Le Roi était manifestement très gêné d'être obligé de s'asseoir entre ces deux énormes créatures ; mais il n'y avait pas d'autre place pour lui.

« Quel combat nous pourrions nous livrer pour la couronne en ce moment-ci ! » dit la Licorne en regardant sournoisement la couronne qui était à deux doigts de tomber de la tête du Roi, tellement il tremblait.

« Je gagnerais facilement, affirma le Lion.

— Je n'en suis pas si sûre que ça, répondit la Licorne.

— Allons donc ! tu as fui devant moi à travers toute la cité, espèce de mauviette ! » répliqua le Lion d'une voix furieuse, en se soulevant à demi.

Ici, le Roi, très agité, intervint pour empêcher la querelle de s'envenimer.

« À travers toute la cité ? » dit-il d'une voix tremblante. « Ça fait pas mal de chemin. Êtes-vous passés par le vieux pont ou par la place du marché ? Par le vieux pont, la vue est beaucoup plus belle.

— Je n'en sais absolument rien », grommela le Lion, tout en se recouchant. « Il y avait tant de poussière qu'on ne pouvait rien voir... Comme le Monstre met du temps à couper ce gâteau ! »

Alice s'était assise au bord d'un petit ruisseau, le grand plat sur les genoux, et sciait le gâteau tant qu'elle pouvait avec le couteau à découper.

« C'est exaspérant ! » répondit-elle au Lion. (Elle commençait à s'habituer à être appelée « le Monstre ».) « J'ai déjà coupé plusieurs tranches, mais elles se recollent immédiatement !

— Tu ne sais pas comment il faut s'y prendre avec les gâteaux du Pays du Miroir, dit la Licorne. Fais-le circuler d'abord, et coupe-le ensuite. »

Ceci semblait parfaitement absurde ; mais Alice obéit, se leva, fit circuler le plat, et le gâteau se coupa tout seul en trois morceaux.

« Maintenant, coupe-le », ordonna le Lion, tandis qu'elle revenait à sa place en portant le plat vide.

« Dites donc, ça n'est pas juste ! » s'écria la Licorne, tandis qu'Alice, assise, le couteau à la main, se demandait avec embarras comment elle allait faire. « Le Monstre a donné au Lion une part deux fois plus grosse que la mienne !

— De toute façon, elle n'a rien gardé pour elle », fit observer le Lion. « Aimes-tu le gâteau, Monstre ? »

Mais, avant qu'Alice eût pu répondre, les tambours commencèrent à battre.

Elle fut incapable de distinguer d'où venait le bruit : on aurait dit que l'air était plein du roulement des tambours qui résonnait sans arrêt dans sa tête, tant et si bien qu'elle se sentait complètement assourdie.

Elle se leva d'un bond, et, dans sa terreur, elle franchit...

. . . .

... le ruisseau. Elle eut juste le temps de voir le Lion et la Licorne se dresser, l'air furieux d'être obligés d'interrompre leur repas. Elle tomba à genoux et se boucha les oreilles de ses mains, pour essayer vainement de ne plus entendre l'épouvantable vacarme.

« Si ça ne suffit pas à les chasser de la ville, pensa-t-elle, rien ne pourra les faire partir ! »

CHAPITRE 8

« C'EST DE MON INVENTION »

Au bout d'un moment, le bruit sembla décroître peu à peu. Bientôt, un silence de mort régna, et Alice releva la tête, non sans inquiétude. Ne voyant personne autour d'elle, elle crut d'abord que le Lion, la Licorne et les bizarres Messagers anglo-saxons n'étaient qu'un rêve. Mais à ses pieds se trouvait le grand plat sur lequel elle avait essayé de couper le gâteau. « Donc, ce n'est pas un rêve, pensa-t-elle, à moins que... à moins que nous ne fassions tous partie d'un même rêve. Seulement, dans ce cas, j'espère que c'est mon rêve à moi, et non pas celui du Roi Rouge ! Je n'aimerais pas du tout appartenir au rêve d'une autre personne », continua-t-elle d'un ton plaintif ; « j'ai très envie d'aller le réveiller pour voir ce qui se passera ! »

À ce moment, elle fut interrompue dans ses réflexions par un grand cri de : « Holà ! Holà ! Échec ! », et un Cavalier recouvert d'une armure cramoisie arriva droit sur elle au galop, en brandissant un gros gourdin. Juste au moment où il allait l'atteindre, le cheval s'arrêta brusquement.

« Tu es ma prisonnière ! » cria le Cavalier, en dégringolant à bas de sa monture.

Malgré son effroi et sa surprise, Alice eut plus peur pour lui que pour elle sur le moment, et elle le regarda avec une certaine anxiété tandis qu'il se remettait en selle. Dès qu'il fut confortablement assis, il commença à dire une deuxième fois : « Tu es ma pri… », mais il fut interrompu par une autre voix qui criait : « Holà ! Holà ! Échec ! » et Alice, assez surprise, se retourna pour voir qui était ce nouvel ennemi.

Cette fois-ci, c'était un Cavalier Blanc. Il s'arrêta tout près d'Alice, et dégringola de son cheval exactement comme le Cavalier Rouge ; puis, il se remit en selle, et les deux Cavaliers restèrent à se dévisager sans mot dire, tandis qu'Alice les regardait tour à tour d'un air effaré.

« C'est ma prisonnière à moi, ne l'oublie pas ! »
déclara enfin le Cavalier Rouge.

« D'accord ; mais moi, je suis venu à son secours,
et je l'ai délivrée ! répliqua le Cavalier Blanc.

— En ce cas nous allons nous battre pour savoir à
qui elle sera », dit le Cavalier Rouge en prenant son
casque (qui était pendu à sa selle et ressemblait assez
à une tête de cheval) et en s'en coiffant.

« Naturellement, tu observeras les Règles du Combat ? » demanda le Cavalier Blanc, en mettant son
casque à son tour.

« Je n'y manque jamais », répondit le Cavalier
Rouge.

Sur quoi, ils commencèrent à se cogner avec tant
de fureur qu'Alice alla se réfugier derrière un arbre
pour se mettre à l'abri des coups.

« Je me demande ce que les Règles du Combat
peuvent bien être », pensait-elle, tout en avançant
timidement la tête pour mieux voir la bataille.

« On dirait qu'il y a une Règle qui veut que si un
Cavalier touche l'autre il le fait tomber de son cheval,
et, s'il le manque, c'est lui-même qui dégringole ; on
dirait aussi qu'il y a une autre Règle qui veut qu'ils
tiennent leur gourdin avec leur avant-bras, comme
Guignol. Quel bruit ils font quand ils dégringolent
sur un garde-feu ! Et ce que les chevaux sont calmes !
Ils les laissent monter et descendre exactement
comme s'ils étaient des tables ! »

Une autre Règle du Combat, qu'Alice n'avait pas
remarquée, semblait prescrire qu'ils devaient toujours tomber sur la tête, et c'est ainsi que la bataille
prit fin : tous deux tombèrent sur la tête, côte à côte.
Une fois relevés, ils se serrèrent la main ; puis le

Cavalier Rouge enfourcha son cheval et partit au galop.

« J'ai remporté une glorieuse victoire, n'est-ce pas ? » déclara le Cavalier Blanc, tout haletant, en s'approchant d'Alice.

« Je ne sais pas », répondit-elle d'un ton de doute. « En tout cas, je ne veux être la prisonnière de personne. Je veux être la Reine.

— Tu le seras quand tu auras franchi le ruisseau suivant, promit le Cavalier Blanc. Je t'accompagnerai jusqu'à ce que tu sois sortie du bois ; après ça, vois-tu, il faudra que je m'en revienne. Mon coup ne va pas plus loin.

— Je vous remercie beaucoup, dit Alice. Puis-je vous aider à ôter votre casque ? »

De toute évidence, il aurait été bien incapable de l'ôter tout seul ; et Alice eut beaucoup de mal à le retirer en le secouant de toutes ses forces.

« À présent, je respire un peu mieux », déclara le Cavalier, qui, après avoir rejeté à deux mains ses longs cheveux en arrière, tourna vers Alice son visage plein de bonté et ses grands yeux très doux.

La fillette pensa qu'elle n'avait jamais vu un soldat d'aspect aussi étrange. Il était revêtu d'une armure de fer-blanc qui lui allait très mal, et il portait, attachée sens dessus dessous sur ses épaules, une bizarre boîte de bois blanc dont le couvercle pendait. Alice la regarda avec beaucoup de curiosité.

« Je vois que tu admires ma petite boîte », dit le Cavalier d'un ton bienveillant. « C'est une boîte de mon invention, dans laquelle je mets des vêtements et des sandwichs. Vois-tu, je la porte sens dessus dessous pour que la pluie ne puisse pas y entrer.

— Oui, mais les choses qu'elle contient peuvent
en sortir », fit observer Alice d'une voix douce.
« Savez-vous que le couvercle est ouvert ?

— Non, je ne le savais pas », répondit le Cavalier
en prenant un air contrarié. « En ce cas tout ce qui
était dedans a dû tomber ! La boîte ne me sert plus à
rien si elle est vide. »

Il la détacha tout en parlant, et il s'apprêtait à la
jeter dans les buissons lorsqu'une idée sembla lui
venir brusquement à l'esprit, car il suspendit soigneusement la boîte à un arbre.

« Devines-tu pourquoi je fais cela ? » demanda-t-il
à Alice.

Elle fit « non » de la tête.

« Dans l'espoir que les abeilles viendront y
nicher... Comme ça j'aurais du miel.

— Mais vous avez une ruche — ou quelque chose
qui ressemble à une ruche — attachée à votre selle »,
fit observer Alice.

« Oui, et c'est même une très bonne ruche », dit le Cavalier d'un ton mécontent. « Mais aucune abeille ne s'en est approchée jusqu'à présent. À côté il y a une souricière. Je suppose que les souris empêchent les abeilles de venir... ou bien ce sont les abeilles qui empêchent les souris de venir... je ne sais pas au juste.

— Je me demandais à quoi la souricière pouvait bien servir. Il n'est guère probable qu'il y ait des souris sur le dos du cheval.

— Peut-être n'est-ce guère probable ; mais si, par hasard, il en venait, je ne veux pas qu'elles se mettent à courir partout... Vois-tu », continua-t-il, après un moment de silence, « il vaut mieux *tout* prévoir. C'est pour ça que mon cheval porte des anneaux de fer aux chevilles.

— Et à quoi servent ces anneaux ? » demanda Alice avec beaucoup de curiosité.

« C'est pour le protéger des morsures de requins. Ça aussi, c'est de mon invention... Et maintenant, aide-moi à me remettre en selle. Je vais t'accompagner jusqu'à la lisière du bois... À quoi donc sert ce plat ?

— Il est fait pour contenir un gâteau.

— Nous ferons bien de l'emmener avec nous. Il sera bien commode si nous trouvons un gâteau. Aide-moi à le fourrer dans ce sac. »

L'opération dura très longtemps. Alice avait beau tenir le sac très soigneusement ouvert, le Cavalier s'y prenait avec beaucoup de maladresse : les deux ou trois premières fois qu'il essaya de faire entrer le plat, il tomba lui-même la tête dans le sac.

« Vois-tu, c'est terriblement serré », dit-il lorsqu'ils eurent enfin réussi à caser le plat, « parce qu'il y a beaucoup de chandeliers dans le sac. »

Et il l'accrocha à sa selle déjà chargée de bottes de carottes, de pelles, de pincettes, de tisonniers, et d'un tas d'autres objets.

« J'espère que tes cheveux tiennent bien ? » continua-t-il, tandis qu'ils se mettaient en route.

« Ils tiennent comme d'habitude », répondit Alice en souriant.

« Ça n'est guère suffisant », dit-il d'une voix anxieuse. « Vois-tu, le vent est terriblement fort ici. Il est aussi fort que du café.

— Avez-vous inventé un système pour empêcher les cheveux d'être emportés par le vent ?

— Pas encore ; mais j'ai un système pour les empêcher de tomber.

— Je voudrais bien le connaître.

— D'abord tu prends un bâton bien droit. Ensuite tu y fais grimper tes cheveux, comme un arbre fruitier. La raison qui fait que les cheveux tombent, c'est qu'ils pendent par en bas... Les cheveux ne tombent jamais par en haut, vois-tu. C'est de mon invention. Tu peux essayer si tu veux. »

Mais Alice trouva que ce système n'avait pas l'air très agréable. Pendant quelques minutes, elle continua à marcher en silence, réfléchissant à cette idée et s'arrêtant de temps à autre pour aider le pauvre Cavalier à remonter sur son cheval.

En vérité, c'était un bien piètre cavalier. Toutes les fois que le cheval s'arrêtait (ce qui arrivait très fréquemment), le Cavalier tombait en avant ; et toutes les fois que le cheval se remettait en marche (ce qu'il faisait avec beaucoup de brusquerie), le

Cavalier tombait en arrière. Ceci mis à part, il faisait route sans trop de mal, sauf que, de temps en temps, il tombait de côté ; et comme il tombait presque toujours du côté où se trouvait Alice, celle-ci comprit très vite qu'il valait mieux ne pas marcher trop près du cheval.

« Je crains que vous ne vous soyez pas beaucoup exercé à monter à cheval », se risqua-t-elle à dire, tout en le relevant après sa cinquième chute.

À ces mots, le Cavalier prit un air très surpris et un peu blessé.

« Qu'est-ce qui te fait croire cela ? » demanda-t-il, tandis qu'il regrimpait en selle en s'agrippant d'une main aux cheveux d'Alice pour s'empêcher de tomber de l'autre côté.

« C'est que les gens tombent un peu moins souvent que vous quand ils se sont exercés pendant long-temps.

— Je me suis exercé très longtemps », affirma le Cavalier d'un ton extrêmement sérieux, « oui, très longtemps ! »

Alice ne trouva rien de mieux à répondre que : « Vraiment ? » mais elle le dit aussi sincèrement qu'elle le put. Sur ce, ils continuèrent à marcher en silence : le Cavalier, les yeux fermés, marmottait quelque chose entre ses dents, et Alice attendait anxieusement la prochaine chute.

« Le grand art en matière d'équitation », commença brusquement le Cavalier d'une voix forte, en faisant de grands gestes avec son bras droit, « c'est de garder... »

La phrase s'arrêta là aussi brusquement qu'elle avait commencé, et le Cavalier tomba lourdement la tête la première sur le sentier qu'Alice était en train de suivre.

Cette fois, elle eut très peur, et demanda d'une voix anxieuse, tout en l'aidant à se relever :

« J'espère que vous ne vous êtes pas cassé quelque chose ?

— Rien qui vaille la peine d'en parler », répondit le Cavalier, comme s'il lui était tout à fait indifférent de se casser deux ou trois os. « Comme je le disais, le grand art en matière d'équitation, c'est de... garder son équilibre. Comme ceci, vois-tu... »

Il lâcha la bride, étendit les deux bras pour montrer à Alice ce qu'il voulait dire, et, cette fois, s'aplatit sur le dos juste sous les sabots du cheval.

« Je me suis exercé très longtemps ! » répéta-t-il sans arrêt, pendant qu'Alice le remettait sur pied. « Très, très longtemps !

— C'est vraiment trop ridicule ! » s'écria la fillette perdant patience. « Vous devriez avoir un cheval de bois monté sur roues !

— Est-ce que cette espèce de cheval marche sans secousses ? » demanda le Cavalier d'un air très intéressé, tout en serrant à pleins bras le cou de sa monture, juste à temps pour s'empêcher de dégringoler une fois de plus.

« Ces chevaux-là marchent avec beaucoup moins de secousses qu'un cheval vivant », dit Alice, en laissant fuser un petit éclat de rire, malgré tout ce qu'elle put faire pour se retenir.

« Je m'en procurerai un », murmura le Cavalier d'un ton pensif. « Un ou deux... et même plusieurs. »

Il y eut un court silence ; après quoi, il poursuivit :

« Je suis très fort pour inventer des choses. Par exemple, je suis sûr que, la dernière fois où tu m'as aidé à me relever, tu as remarqué que j'avais l'air préoccupé.

— Vous aviez l'air très sérieux.

— Eh bien, juste à ce moment-là, j'étais en train d'inventer un nouveau moyen de franchir une barrière... Veux-tu que je te l'enseigne ?

— J'en serai très heureuse », répondit Alice poliment.

« Je vais t'expliquer comment ça m'est venu. Vois-tu, je me suis dit ceci : " La seule difficulté consiste à faire passer les pieds, car, pour ce qui est de la tête, elle est déjà assez haute. " Donc, je commence par mettre la tête sur le haut de la barrière... à ce moment-là, ma tête est assez haute... Ensuite je me mets debout sur la tête... à ce moment-là, vois-tu, mes pieds sont assez hauts... Et ensuite, vois-tu, je me trouve de l'autre côté.

— En effet, je suppose que vous vous trouveriez de l'autre côté après avoir fait cela », dit Alice d'un ton pensif ; « mais ne croyez-vous pas que ce serait assez difficile ?

— Je n'ai pas encore essayé », répondit-il très gravement ; « c'est pourquoi je n'en suis pas sûr... Mais je crains, en effet, que ce ne soit assez difficile. »

Il avait l'air si contrarié qu'Alice se hâta de changer de sujet de conversation.

« Quel curieux casque vous avez ! » s'exclama-t-elle d'une voix gaie. « Est-ce qu'il est de votre invention, lui aussi ? »

Le Cavalier regarda d'un air fier le casque qui pendait à sa selle.

« Oui, dit-il ; mais j'en ai inventé un autre qui était bien mieux que celui-ci : en forme de pain de sucre. Quand je le portais, si, par hasard, je tombais de mon cheval, il touchait le sol presque immédiatement ; ce qui fait que je ne tombais pas de très haut, vois-tu... Seulement, bien sûr, il y avait un danger : c'était de tomber dedans. Ça m'est arrivé une fois... ; et, le pire, c'est que, avant que j'aie pu en sortir, l'autre Cavalier Blanc est arrivé et se l'est mis sur la tête, croyant que c'était son casque à lui. »

Il racontait cela d'un ton si solennel qu'Alice n'osa pas rire.

« Vous avez dû lui faire du mal, j'en ai bien peur », fit-elle observer d'une voix tremblotante, puisque vous étiez sur sa tête.

« Naturellement, j'ai été obligé de lui donner des coups de pied », répliqua le Cavalier le plus sérieusement du monde. « Alors, il a enlevé le casque... mais il a fallu des heures et des heures pour m'en faire sortir... J'étais tout écorché ; j'avais le visage à vif... comme l'éclair.

— On dit : " vif comme l'éclair " et non pas " à vif ", objecta Alice, ce n'est pas la même chose[1]. »

Le Cavalier hocha la tête.

« Pour moi, je t'assure que c'était tout pareil ! » répondit-il.

Là-dessus, il leva les mains d'un air agité, et, immédiatement, il dégringola de sa selle pour tomber la tête la première dans un fossé profond.

Alice courut au bord du fossé pour voir ce qu'il était devenu. Cette dernière chute lui avait causé une brusque frayeur : étant donné que le Cavalier était resté ferme en selle pendant un bon bout de temps, elle craignait qu'il ne se fût vraiment fait mal. Mais, quoiqu'elle ne pût voir que la plante de ses pieds, elle fut très soulagée de l'entendre continuer à parler de son ton de voix habituel.

« Pour moi, c'était tout pareil, répéta-t-il ; mais, lui, il a fait preuve d'une grande négligence en mettant le casque d'un autre homme... surtout alors que cet homme était dedans !

— Comment pouvez-vous faire pour parler tranquillement, la tête en bas ? » demanda Alice, qui le tira par les pieds et le déposa en un tas informe au bord du fossé.

Le Cavalier eut l'air surpris de sa question.

« La position dans laquelle se trouve mon corps n'a aucune espèce d'importance, répondit-il. Mon esprit fonctionne tout aussi bien. En fait, plus j'ai la tête en bas, plus j'invente de choses nouvelles... Ce que j'ai fait de plus habile », continua-t-il après un moment de silence, « ç'a été d'inventer un nouveau pudding, pendant qu'on en était au plat de viande.

— À temps pour qu'on puisse le faire cuire pour le service suivant ? Ma foi, ç'a été du travail vite fait.

— Eh bien, non, pas pour le service suivant », déclara le Cavalier d'une voix lente et pensive ; « non, certainement pas pour le service suivant.

— Alors ce devait être pour le jour suivant ; car je suppose que vous n'auriez pas voulu deux puddings dans un même repas ?

— Eh bien, non, pas pour le jour suivant ; non, certainement pas pour le jour suivant... En fait », continua-t-il en baissant la tête, tandis que sa voix devenait de plus en plus faible, « je crois que ce pudding n'a jamais été préparé. Et pourtant j'avais montré une grande habileté en inventant ce pudding.

— Avec quoi aviez-vous l'intention de le faire ? » demanda Alice, dans l'espoir de lui remonter le moral, « car il avait l'air très abattu.

— Ça commençait par du papier buvard », répondit le Cavalier en poussant un gémissement.

« Ça ne serait pas très bon à manger ; je crains que...

— Ça ne serait pas très bon, tout seul », déclara-t-il vivement. « Mais tu n'imagines pas quelle différence ça ferait si on le mélangeait avec d'autres choses... par exemple, de la poudre de chasse et de la cire à cacheter... Ici, il faut que je te quitte. » Ils venaient d'arriver à la lisière du bois.

Alice ne souffla mot ; elle avait l'air toute déconcertée, car elle pensait au pudding.

« Tu es bien triste », dit le Cavalier d'une voix anxieuse ; « laisse-moi te chanter une chanson pour te réconforter.

— Est-elle très longue ? » demanda Alice, car elle avait entendu pas mal de poésies ce jour-là.

« Elle est longue, dit le Cavalier, mais elle est très, très belle. Tous ceux qui me l'entendent chanter..., ou bien les larmes leur montent aux yeux, ou bien...

— Ou bien quoi ? » dit Alice, car le Cavalier s'était interrompu brusquement.

« Ou bien elles ne leur montent pas aux yeux... Le nom de la chanson s'appelle : *Yeux de brochet*[1].

— Ah, vraiment, c'est le nom de la chanson ? » dit Alice en essayant de prendre un air intéressé.

« Pas du tout, tu ne comprends pas », répliqua le Cavalier, un peu vexé. « C'est ainsi qu'on *appelle* le nom. Le nom, c'est : *Le Vieillard chargé d'ans*.

— En ce cas j'aurais dû dire : " C'est ainsi que s'appelle la chanson ? " » demanda Alice pour se corriger.

« Pas du tout, c'est encore autre chose. La chanson s'appelle : *Comment s'y prendre*. C'est ainsi qu'on appelle la chanson ; mais, vois-tu, ce n'est pas la chanson elle-même.

— Mais qu'est-ce donc que la chanson elle-même ? » demanda Alice, complètement éberluée.

« J'y arrivais, dit le Cavalier. La chanson elle-même, c'est : *Assis sur la barrière*[2] ; et l'air est de mon invention. »

Sur ces mots, il arrêta son cheval et laissa retomber la bride sur son cou ; puis, battant lentement la mesure d'une main, son visage doux et stupide éclairé par un léger sourire, il commença.

De tous les spectacles étranges qu'elle vit pendant son voyage à travers le Pays du Miroir, ce fut celui-là qu'Alice se rappela toujours le plus nettement.

Plusieurs années plus tard, elle pouvait évoquer toute la scène comme si elle s'était passée la veille : les doux yeux bleus et le bon sourire du Cavalier... le soleil couchant qui donnait sur ses cheveux et brillait sur son armure dans un flamboiement de lumière éblouissante... le cheval qui avançait paisiblement, les rênes flottant sur son cou, en broutant l'herbe à ses pieds... les ombres profondes de la forêt à l'arrière-plan : tout cela se grava dans sa mémoire comme si c'eût été un tableau, tandis que, une main en abat-jour au-dessus de ses yeux, appuyée contre un arbre, elle regardait l'étrange couple formé par l'homme et la bête, en écoutant, comme en rêve, la musique mélancolique de la chanson.

« Mais l'air n'est pas de son invention, se dit-elle ; c'est l'air de : *Je te donne tout, je ne puis faire plus*[1]. »

Elle écouta très attentivement, mais les larmes ne lui montèrent pas aux yeux.

« ASSIS SUR LA BARRIÈRE[2]

> « *Je vais te conter maintenant*
>   *L'histoire singulière*
> *De ce bon vieillard chargé d'ans,*
>   *Assis sur la barrière.*
> *" Qui es-tu ? Quel est ton gagne-pain ? "*
>   *Dis-je à cette relique.*
> *Comme un tamis retient du vin,*
>   *Je retins sa réplique.*
>
> « *" Je pourchasse les papillons*
>   *Qui volent dans les nues ;*

J'en fais des pâtés de mouton,
    Que je vends dans les rues.
Je les vends à de fiers marins
    Qui aux flots s'abandonnent ;
Et c'est là mon seul gagne-pain…
    Faites-moi donc l'aumône. "

« Mais, moi, qui concevais ce plan :
    Teindre en vert mes moustaches
Et me servir d'un grand écran
    Pour que nul ne le sache,
Je dis (n'ayant rien entendu),
    À cette vieille bête :
" Allons, voyons ! Comment vis-tu ? "
    Et lui cognai la tête.

« Il me répondit aussitôt :
    " Je cours à rendre l'âme,
Et lorsque je trouve un ruisseau
    Vivement, je l'enflamme ;
On fait de l'huile pour cheveux
    De cette eau souveraine ;
Moi, je reçois un sou ou deux ;
    C'est bien peu pour ma peine. "

« Mais je pensais à un moyen
    De me nourrir de beurre,
Et ne manger rien d'autre, afin
    D'engraisser d'heure en heure.
Je le secouai sans façon,
    Et dis, plein d'impatience :
" Allons, comment vis-tu ? quels sont
    Tes moyens d'existence ? "

« " Je cherche des yeux de brochets
        Sur l'herbe radieuse,
J'en fais des boutons de gilets
        Dans la nuit silencieuse.
Je ne demande ni diamants
Ni une bourse pleine ;
Mais, pour un sou, à tout venant
        J'en donne une douzaine.

« Aux crabes, je tends des gluaux,
        J'en fais un grand massacre ;
Ou je vais par monts et par vaux
        Chercher des roues de fiacre.
Voilà comment, en vérité,
        J'amasse des richesses...
Je boirais bien à la santé
        De Votre Noble Altesse. "

« Je l'entendis, ayant trouvé
        Un moyen très facile

D'empêcher les ponts de rouiller
En les plongeant dans l'huile.
Je le félicitai d'avoir
Amassé des richesses
Et, plus encore, de vouloir
Boire à Ma Noble Altesse.

« Et maintenant, lorsque, parfois,
Je déchire mes poches,
Ou quand j'insère mon pied droit
Dans ma chaussure gauche,
Ou quand j'écrase un de mes doigts
Sous une lourde roche,
Je sanglote, en me rappelant
Ce vieillard au verbe si lent,
Aux cheveux si longs et si blancs,
Au visage sombre et troublant,
Aux yeux remplis d'un feu ardent,
Que déchiraient tant de tourments,
Qui se balançait doucement,
En marmottant et marmonnant
Comme s'il eût mâché des glands,
Et renâclait comme un élan...
... Ce soir d'été, il y a longtemps,
Assis sur la barrière. »

Tout en chantant les dernières paroles de la ballade, le Cavalier reprit les rênes en main et tourna la tête de son cheval dans la direction d'où ils étaient venus.

« Tu n'as que quelques mètres à faire, dit-il, pour descendre la colline et franchir ce petit ruisseau ; ensuite, tu seras Reine... Mais tout d'abord, tu vas assister à mon départ, n'est-ce pas ? » ajouta-t-il, en voyant qu'Alice détournait les yeux de lui d'un air impatient. « J'aurai vite fait. Tu attendras jusqu'à ce que je sois arrivé à ce tournant de la route que tu vois là-bas, et, à ce moment-là, tu agiteras ton mouchoir... veux-tu ? Je crois que ça me donnera du courage.

— J'attendrai, bien sûr. Merci beaucoup de m'avoir accompagnée si loin... et merci également de la chanson... elle m'a beaucoup plu.

— Je l'espère », dit le Cavalier d'un ton de doute ; « mais tu n'as pas pleuré autant que je m'y attendais. »

Là-dessus, ils se serrèrent la main ; puis, le Cavalier s'enfonça lentement dans la forêt.

« Je suppose que je n'aurai pas longtemps à attendre pour assister à son départ... de sur son cheval ! » pensa Alice, en le regardant s'éloigner. « Là, ça y est ! En plein sur la tête, comme d'habitude ! Malgré tout, il se remet en selle assez facilement... sans doute parce qu'il y a tant de choses accrochées autour du cheval... »

Elle continua à se parler de la sorte, tout en regardant le cheval avancer paisiblement sur la route, et le Cavalier dégringoler tantôt d'un côté, tantôt de l'autre. Après la quatrième ou la cinquième chute il arriva au tournant, et Alice agita son mouchoir vers lui, en attendant qu'il eût disparu.

« J'espère que ça lui aura donné du courage », se dit-elle, en faisant demi-tour jusqu'au bas de la colline. « Maintenant, à moi le dernier ruisseau et la couronne de Reine ! Ça va être magnifique ! »

Quelques pas l'amenèrent au bord du ruisseau.

« Enfin ! voici la Huitième Case ! » s'écria-t-elle, en le franchissant d'un bond...[1]

. . . .

... et en se jetant, pour se reposer, sur une pelouse aussi moelleuse qu'un tapis de mousse, toute parsemée de petits parterres de fleurs.

« Oh ! que je suis contente d'être ici ! Mais, qu'est-ce que j'ai donc sur la tête ? » s'exclama-t-elle d'une voix consternée, en portant la main à un objet très lourd qui lui serrait le front.

« Voyons, comment se fait-il que ce soit venu là sans que je le sache ? » se dit-elle en soulevant l'objet et en le posant sur ses genoux pour voir ce que cela pouvait bien être.

C'était une couronne d'or.

CHAPITRE 9

LA REINE ALICE

« Ça, alors, c'est magnifique ! dit Alice. Jamais je ne me serais attendue à être Reine si tôt... Et, pour vous dire la vérité, Votre Majesté », ajouta-t-elle d'un ton sévère (elle aimait beaucoup se réprimander de temps en temps), « il est impossible de continuer à vous prélasser sur l'herbe comme vous le faites ! Il faut que les Reines aient un peu de dignité, voyons ! »

En conséquence, elle se leva et se mit à marcher, assez raidement pour commencer, car elle avait peur que sa couronne ne tombât, mais elle se consola en pensant qu'il n'y avait personne pour la regarder. « Et d'ailleurs », dit-elle en se rasseyant, « si je suis vraiment Reine, je m'en tirerai très bien au bout d'un certain temps. »

Il lui était arrivé des choses si étranges qu'elle ne fut pas étonnée le moins du monde de s'apercevoir que la Reine Rouge et la Reine Blanche étaient assises tout près d'elle, une de chaque côté. Elle aurait bien voulu leur demander comment elles étaient venues là, mais elle craignait que ce ne fût pas très poli. Néanmoins, elle pensa qu'il n'y aurait aucun mal à demander si la partie était finie.

« S'il vous plaît », commença-t-elle en regardant timidement la Reine Rouge, « voudriez-vous m'apprendre…

— Tu ne dois parler que lorsqu'on t'adresse la parole ! » dit la Reine Rouge en l'interrompant brutalement.

« Mais si tout le monde suivait cette règle », répliqua Alice (toujours prête à entamer une petite discussion), « si on ne parlait que lorsqu'une autre personne vous adressait la parole, et si l'autre personne attendait toujours que ce soit vous qui commenciez, alors, voyez-vous, personne ne dirait jamais rien, de sorte que…

— C'est ridicule ! s'exclama la Reine. Voyons, mon enfant, ne vois-tu pas que… »

Ici, elle s'interrompit en fronçant les sourcils ; puis, après avoir réfléchi une minute, elle changea brusquement de sujet de conversation :

« Pourquoi disais-tu tout à l'heure : " Si je suis vraiment Reine ? " Quel droit as-tu à te donner ce titre ? Tu ne peux être Reine avant d'avoir subi l'examen qui convient. Et plus tôt nous commencerons, mieux ça vaudra.

— Mais je n'ai fait que dire : " Si " », répondit la pauvre Alice d'un ton piteux.

Les deux Reines s'entre-regardèrent, et la Reine Rouge murmura en frissonnant :

« Elle prétend qu'elle n'a fait que dire " si "…

— Mais elle a dit beaucoup plus que cela ! » gémit la Reine Blanche en se tordant les mains. « Oh ! elle a dit beaucoup, beaucoup plus que cela !

— C'est tout à fait exact, ma petite », fit observer la Reine Rouge à Alice. « Dis toujours la vérité... réfléchis avant de parler... et écris ensuite ce que tu as dit.

— Mais je suis sûre que je ne voulais rien dire... », commença Alice.

La Reine Rouge l'interrompit brusquement :

« C'est justement cela que je te reproche ! Tu aurais dû vouloir dire quelque chose ! À quoi peut bien servir un enfant qui ne veut rien dire ? Même une plaisanterie doit vouloir dire quelque chose... et il me semble qu'un enfant est plus important qu'une plaisanterie. Tu ne pourrais pas nier cela, même si tu essayais avec tes deux mains.

— Je ne nie pas les choses avec mes mains, objecta Alice.

— Je n'ai jamais prétendu cela, répliqua la Reine Rouge. J'ai dit que tu ne pourrais pas le faire, même si tu essayais.

— Elle est dans un tel état d'esprit, reprit la Reine Blanche, qu'elle veut à tout prix nier quelque chose... Seulement elle ne sait pas quoi nier.

— Quelle détestable caractère ! » s'exclama la Reine Rouge.

Après quoi il y eut une ou deux minutes de silence gênant.

La Reine Rouge le rompit en disant à la Reine Blanche :

« Je vous invite au dîner que donne Alice ce soir. »

La Reine Blanche eut un pâle sourire, et répondit :

« Et moi, je vous invite à mon tour.

— Je ne savais pas que je devais donner un dîner,

déclara Alice ; mais, s'il en est ainsi, il me semble que c'est moi qui dois faire les invitations.

— Nous t'en avons donné l'occasion, déclara la Reine Rouge, mais sans doute n'as-tu pas pris beaucoup de leçons de politesse ?

— Ce n'est pas avec des leçons qu'on apprend la politesse, dit Alice. Les leçons, c'est pour apprendre à faire des opérations, et des choses de ce genre.

— Sais-tu faire une Addition ? demanda la Reine Blanche. Combien font un plus un plus un plus un plus un plus un plus un plus un plus un plus un ?

— Je ne sais pas, j'ai perdu le compte.

— Elle ne sait pas faire une Addition, dit la Reine Rouge. Sais-tu faire une Soustraction ? Ôte neuf de huit.

— Je ne peux pas ôter neuf de huit », répondit vivement Alice ; « mais...

— Elle ne sait pas faire une Soustraction, déclara la Reine Blanche. Sais-tu faire une Division ? Divise un pain par un couteau... qu'est-ce que tu obtiens ?

— Je suppose... », commença Alice. Mais la Reine répondit pour elle :

« Des tartines beurrées, naturellement. Essaie une autre Soustraction. Ôte un os d'un chien : que reste-t-il ? »

Alice réfléchit :

« L'os ne resterait pas, bien sûr, si je le prenais... et le chien ne resterait pas, il viendrait me mordre... et je suis sûre que, moi, je ne resterais pas !

— Donc, tu penses qu'il ne resterait rien ? demanda la Reine Rouge.

— Oui, je crois que c'est la Réponse.

— Tu te trompes, comme d'habitude ; il resterait la patience du chien.

— Mais je ne vois pas comment...

— Voyons, écoute-moi ! s'écria la Reine Rouge. Le chien perdrait patience, n'est-ce pas ?

— Oui, peut-être », dit Alice prudemment.

« Eh bien, si le chien s'en allait, sa patience resterait ! » s'exclama la Reine.

Alice fit alors observer d'un ton aussi sérieux que possible :

« Ils pourraient aussi bien s'en aller chacun de leur côté. »

Mais elle ne put s'empêcher de penser : « Quelles bêtises nous disons ! »

« Elle est absolument incapable de faire des opérations ! » s'exclamèrent les deux Reines en même temps d'une voix forte.

« Et vous, savez-vous faire des opérations ? » demanda Alice en se tournant brusquement vers la Reine Blanche, car elle n'aimait pas être prise en défaut.

La Reine ouvrit la bouche comme si elle suffoquait, et ferma les yeux.

« Je suis capable de faire une Addition si on me donne assez de temps, déclara-t-elle, mais je suis absolument incapable de faire une Soustraction !

— Naturellement, tu sais ton Alphabet ? dit la Reine Rouge.

— Bien sûr que je le sais !

— Moi aussi, murmura la Reine Blanche. Nous le réciterons souvent ensemble, ma chère petite. Et je vais te dire un secret... je sais lire les mots d'une lettre ! N'est-ce pas magnifique ? Mais, ne te décourage pas : tu y arriveras, toi aussi, au bout de quelque temps. »

Ici, la Reine Rouge intervint de nouveau.

« Es-tu forte en leçons de choses ? demanda-t-elle. Comment fait-on le pain ?

— Ça, je le sais ! » s'écria vivement Alice. « On prend de la fleur de farine...

— Où est-ce qu'on cueille cette fleur ? demanda la Reine Blanche. Dans un jardin, ou sous les haies ?

— Mais, on ne la cueille pas du tout, expliqua Alice ; on la moud...

— Moût de raisin ou mou de veau[1] ? dit la Reine Blanche. Tu oublies toujours des détails importants.

— Éventons-lui la tête ! » intervint la Reine Rouge d'une voix anxieuse. « Elle va avoir la fièvre à force de réfléchir tellement. »

Sur quoi, les deux Reines se mirent à la besogne et l'éventèrent avec des poignées de feuilles, jusqu'à ce qu'elle fût obligée de les prier de s'arrêter, parce que cela lui faisait voler les cheveux dans tous les sens.

« Elle est remise, à présent, déclara la Reine

Rouge. Connais-tu les Langues Étrangères ? Comment dit-on " Turlututu " en allemand ?

— " Turlututu " n'est pas un mot anglais [1] », répondit Alice très sérieusement.

« Qui a dit que c'en était un ? » demanda la Reine Rouge.

Alice crut avoir trouvé un moyen de se tirer d'embarras :

« Si vous me dites à quelle langue appartient le mot " turlututu ", je vous dirai comment il se dit en allemand ! » s'exclama-t-elle d'un ton de triomphe.

Mais la Reine Rouge se redressa raidement de toute sa hauteur en déclarant :

« Les Reines ne font jamais de marché. »

« Je voudrais bien que les Reines ne posent jamais de questions », pensa Alice.

« Ne nous disputons pas », dit la Reine Blanche d'une voix anxieuse. « Quelle est la cause de l'éclair ?

— La cause de l'éclair », commença Alice d'un ton décidé, car elle se sentait très sûre d'elle, « c'est le tonnerre... Non, non ! » ajouta-t-elle vivement pour se corriger, « je voulais dire le contraire.

— Trop tard, déclara la Reine Rouge ; une fois que tu as dit quelque chose, c'est définitif, et il faut que tu en subisses les conséquences.

— Cela me rappelle... », commença la Reine Blanche en baissant les yeux et en croisant et décroisant les mains nerveusement, « que nous avons eu un orage épouvantable mardi dernier... je veux dire pendant un de nos derniers groupes de mardis.

— Dans mon pays à moi », fit observer Alice, « il n'y a qu'un jour à la fois ».

La Reine Rouge répondit :

« Voilà une façon bien mesquine de faire les choses. Ici, vois-tu, les jours et les nuits vont par deux ou par trois à la fois ; et même, en hiver, il nous arrive d'avoir cinq nuits de suite... pour avoir plus chaud, vois-tu.

— Est-ce que cinq nuits sont plus chaudes ? » se risqua à demander Alice.

« Bien sûr, cinq fois plus chaudes.

— Mais, en ce cas, elles devraient être aussi cinq fois plus froides...

— Tout à fait exact ! s'écria la Reine Rouge. Cinq fois plus chaudes, *et aussi* cinq fois plus froides ; de même que je suis cinq fois plus riche que toi, *et aussi* cinq fois plus intelligente ! »

Alice soupira, et renonça à continuer la discussion. « Ça ressemble tout à fait à une devinette qui n'aurait pas de réponse ! » pensa-t-elle.

« Le Gros Coco l'a entendu, lui aussi », continua la Reine Blanche à voix basse, comme si elle se parlait à elle-même. « Il est venu à la porte un tire-bouchon à la main...

— Pour quoi faire ? demanda la Reine Rouge.

— Il a dit qu'il voulait entrer à toute force parce qu'il cherchait un hippopotame. Or, il se trouvait qu'il n'y avait rien de pareil dans la maison ce matin-là.

— Y a-t-il des hippopotames chez vous d'habitude ? » demanda Alice d'un ton surpris.

« Ma foi, le jeudi seulement, répondit la Reine.

— Je sais pourquoi le Gros Coco est venu vous voir, dit Alice. Il voulait punir les poissons, parce que... »

À ce moment, la Reine Blanche reprit :

« Tu ne peux pas t'imaginer quel orage effroyable ç'a été ! Le vent a arraché une partie du toit, et il est entré un gros morceau de tonnerre... qui s'est mis à rouler dans toute la pièce... et à renverser les tables et les objets !... J'ai eu si peur que j'étais incapable de me rappeler mon nom ! »

« Jamais je n'essaierais de me rappeler mon nom au milieu d'un accident ! À quoi cela pourrait-il bien servir ? » pensa Alice ; mais elle se garda bien de dire cela à haute voix, de peur de froisser la pauvre Reine.

« Que Votre Majesté veuille bien l'excuser », dit la Reine Rouge à Alice, en prenant une des mains de la Reine Blanche dans les siennes et en la tapotant doucement. « Elle est pleine de bonne volonté, mais, en général, elle ne peut s'empêcher de raconter des bêtises. »

La Reine Blanche regarda timidement Alice ; celle-ci sentit qu'elle devait absolument dire quelque chose de gentil, mais elle ne put rien trouver.

« Elle n'a jamais été très bien élevée, continua la Reine Rouge. Pourtant elle a un caractère d'une douceur angélique ! Tapote-lui la tête, et tu verras comme elle sera contente ! »

Mais Alice n'eut pas ce courage.

« Il suffit de lui témoigner un peu de bonté et de lui mettre les cheveux en papillotes, pour faire d'elle tout ce qu'on veut... »

La Reine Blanche poussa un profond soupir et posa sa tête sur l'épaule d'Alice.

« J'ai terriblement sommeil ! gémit-elle.

— La pauvre, elle est fatiguée ! s'exclama la Reine

Rouge. Lisse-lui les cheveux… prête-lui ton bonnet de nuit… et chante-lui une berceuse.

— Je n'ai pas de bonnet de nuit sur moi », dit Alice en essayant d'obéir à la première partie de ces instructions, « et je ne connais pas de berceuse.

— En ce cas, je vais en chanter une moi-même », déclara la Reine Rouge.

Et elle commença en ces termes[1] :

> *« Reine, faites dodo sur les genoux d'Alice.*
> *Avant de vous asseoir à table avec délice ;*
> *Le repas terminé, nous partirons au bal,*
> *Et danserons avec un plaisir sans égal !*

« Maintenant que tu connais les paroles », ajouta-t-elle en posant sa tête sur l'autre épaule d'Alice, « chante-la-moi, à mon tour, car, moi aussi, j'ai très sommeil. »

Un instant plus tard les deux Reines dormaient profondément et ronflaient tant qu'elles pouvaient.

« Que dois-je faire ? » s'exclama Alice, en regardant autour d'elle d'un air perplexe, tandis que l'une des deux têtes rondes, puis l'autre, roulaient de ses épaules pour tomber comme deux lourdes masses sur ses genoux. « Je crois qu'il n'est jamais arrivé à personne d'avoir à prendre soin de deux Reines endormies en même temps ! Non, jamais, dans toute l'histoire d'Angleterre… D'ailleurs, ça n'aurait pas pu arriver, puisqu'il n'y a jamais eu plus d'une Reine à la fois… Réveillez-vous donc, vous autres !… Ce qu'elles sont lourdes ! » continua-t-elle d'un ton impatienté. Mais elle n'obtint pas d'autre réponse qu'un léger ronflement.

Peu à peu, le ronflement devint de plus en plus net et ressembla de plus en plus à un air de musique. Finalement, elle parvint même à distinguer des mots, et elle se mit à écouter si attentivement que, lorsque les deux grosses têtes s'évanouirent brusquement de sur ses genoux, c'est tout juste si elle s'en aperçut.

Elle se trouvait à présent debout devant un porche voûté. Au-dessus de la porte se trouvaient les mots : REINE ALICE en grosses lettres, et, de chaque côté, il y avait une poignée de sonnette ; l'une était marquée : « Sonnette des Visiteurs », l'autre : « Sonnette des Domestiques ».

« Je vais attendre la fin de la chanson, pensa Alice, et puis je tirerai la... la... Mais, au fait, quelle sonnette faut-il que je tire ? » continua-t-elle, fort intriguée. « Je ne suis pas une visiteuse et je ne suis pas une domestique. Il devrait y avoir une poignée de sonnette marquée " Reine "... »

Juste à ce moment, la porte s'entrebâilla légèrement. Une créature pourvue d'un long bec passa la tête par l'ouverture, dit : « Défense d'entrer avant deux semaines ! » puis referma la porte avec fracas.

Alice frappa et sonna en vain pendant longtemps.

À la fin, une très vieille grenouille assise sous un arbre se leva et vint vers elle en clopinant ; elle portait un habit d'un jaune éclatant et d'énormes bottes.

« Quoi que vous voulez ? » murmura la Grenouille d'une voix grave et enrouée.

Alice se retourna, prête à réprimander la première personne qui se présenterait.

« Où est le domestique chargé de répondre à cette porte ? commença-t-elle.

— Quelle porte ? » demanda la Grenouille.

Elle parlait si lentement, d'une voix si traînante, qu'Alice, tout irritée, faillit frapper du pied sur le sol.

« Cette porte-là, bien sûr ! »

La Grenouille regarda la porte de ses grands yeux ternes pendant une bonne minute ; puis elle s'en approcha et la frotta de son pouce comme pour voir si la peinture s'en détacherait ; puis, elle regarda Alice.

« Répondre à la porte ? dit-elle. Quoi c'est-y qu'elle a demandé ? » (Elle était si enrouée que c'est tout juste si la fillette pouvait l'entendre.)

« Je ne comprends pas ce que vous voulez dire, déclara Alice.

— Ben, quoi, j'vous cause pas en chinois, pas ? continua la Grenouille. Ou c'est-y, des fois, qu'vous seriez sourde ? Quoi qu'elle vous a demandé, c'te porte ?

— Rien ! » s'écria Alice, impatientée. « Voilà un moment que je tape dessus !

— Faut pas faire ça... faut pas, murmura la Grenouille. Parce que ça la contrarie, pour sûr. »

Là-dessus, elle se leva et alla donner à la porte un grand coup de pied.

« Faut lui ficher la paix », dit-elle, toute haletante, en regagnant son arbre clopin-clopant ; « et alors, elle vous fichera la paix à vous. »

À ce moment la porte s'ouvrit toute grande, et on entendit une voix aiguë qui chantait[1] :

« Au peuple du Miroir Alice a déclaré :
" Je tiens le sceptre en main, j'ai le chef couronné,
Asseyez-vous à table, ô sujets du Miroir ;
Les deux Reines et moi vous invitons ce soir ! " »

Puis des centaines de voix entonnèrent en chœur le refrain :

« Qu'on emplisse les verres, au bruit des chansons !
Qu'on saupoudre la table et de terre et de son !
Mettez des chats dans l'huile et des rats dans le thé.
Vingt fois deux fois bienvenue Votre Majesté ! »

On entendit ensuite des acclamations confuses, et Alice pensa : « Vingt fois deux font quarante. Je me demande si quelqu'un tient le compte des acclamations. »

Au bout d'une minute, le silence se rétablit, et la même voix aiguë chanta un second couplet :

« Ô sujets du Miroir, dit Alice, approchez !
C'est un très grand honneur que de me contempler.
Ainsi que de manger et de boire à la fois,
Avec les Reines Rouge et Blanche et avec moi !

« Qu'on emplisse les verres avec du goudron,
Ou avec tout ce qui pourra paraître bon ;
Mêlez du sable au vin, de la laine au poiré…
Cent fois dix fois bienvenue Votre Majesté ! »

« Cent fois dix ! » répéta Alice, désespérée. « Oh, mais ça n'en finira jamais ! Il vaut mieux que j'entre tout de suite. »

Là-dessus, elle entra, et, dès qu'elle fut entrée, un silence de mort régna.

Alice jeta un coup d'œil craintif sur la table tout en traversant la grand-salle, et elle remarqua qu'il y avait environ cinquante invités de toute espèce : certains étaient des animaux, d'autres, des oiseaux ; il y avait même quelques fleurs. « Je suis bien contente qu'ils soient venus sans attendre que je le leur demande, pensa-t-elle, car je n'aurais jamais su qui il fallait inviter ! »

Trois chaises se trouvaient au haut bout de la table ; la Reine Rouge et la Reine Blanche en occupaient chacune une, mais celle du milieu était vide. Alice s'assit, un peu gênée par le silence, puis elle attendit impatiemment que quelqu'un prît la parole.

Finalement, la Reine Rouge commença :

« Tu as manqué la soupe et le poisson, dit-elle. Qu'on serve le gigot ! »

Et les domestiques placèrent un gigot de mouton devant Alice, qui le regarda d'un air anxieux car elle n'en avait jamais découpé auparavant.

« Tu as l'air un peu intimidée, permets-moi de te présenter à ce gigot de mouton, dit la Reine Rouge. Alice... Mouton ; Mouton... Alice. »

Le gigot de mouton se leva dans le plat et s'inclina devant Alice, qui lui rendit son salut en se demandant si elle devait rire ou avoir peur.

« Puis-je vous en donner une tranche ? » demanda-t-elle en saisissant le couteau et la fourchette, et en regardant d'abord une Reine, puis l'autre.

« Certainement pas », répondit la Reine Rouge d'un ton péremptoire. « Il est contraire à l'étiquette

de découper quelqu'un à qui l'on a été présenté[1].
Qu'on enlève le gigot ! »

Les domestiques le retirèrent et apportèrent à la
place un énorme plum-pudding.

« S'il vous plaît, je ne veux pas être présentée au
pudding », dit Alice vivement ; « sans quoi nous
n'aurons pas de dîner du tout. Puis-je vous en donner
un morceau ? »

Mais la Reine Rouge prit un air maussade et
grommela :

« Pudding… Alice ; Alice… Pudding. Qu'on
enlève le pudding ! »

Et les domestiques l'enlevèrent avant qu'Alice eût
le temps de lui rendre son salut.

Néanmoins, comme elle ne voyait pas pourquoi la
Reine Rouge serait la seule à donner des ordres, elle
décida de tenter une expérience et s'écria :

« Qu'on rapporte le pudding ! »

Aussitôt le pudding se trouva de nouveau devant
elle, comme par un tour de prestidigitation. Il était si
gros qu'elle ne put s'empêcher de se tenir un peu
intimidée devant lui comme elle l'avait été devant le
gigot de mouton. Néanmoins, elle fit un grand effort
pour surmonter sa timidité et tendit un morceau de
pudding à la Reine Rouge.

« Quelle impertinence ! s'exclama le pudding. Je
me demande ce que tu dirais si je coupais une tranche
de toi, espèce de créature ! »

Alice resta à le regarder, la bouche ouverte.

« Dis quelque chose », fit observer la Reine
Rouge. « C'est ridicule de laisser le pudding faire
tous les frais de la conversation !

— Je vais vous dire quelque chose », commença

Alice, un peu effrayée de constater que, dès qu'elle eut ouvert la bouche, il se fit un silence de mort tandis que tous les yeux se fixaient sur elle. « On m'a récité des quantités de poésies aujourd'hui, et ce qu'il y a de curieux, c'est que, dans chaque poésie, il était plus ou moins question de poissons. Savez-vous pourquoi on aime tant les poissons dans ce pays ? »

Elle s'adressait à la Reine Rouge, qui répondit un peu à côté de la question.

« À propos de poissons », déclara-t-elle très lente-ment et solennellement en mettant sa bouche tout près de l'oreille d'Alice. « Sa Majesté Blanche con-naît une devinette délicieuse... toute en vers... et où il n'est question que de poissons. Veux-tu qu'elle te la dise ?

— Sa Majesté Rouge est trop bonne de parler de cela », murmura la Reine Blanche à l'autre oreille d'Alice, d'une voix aussi douce que le roucoulement d'un pigeon. « Ce serait un si grand plaisir pour moi. Puis-je dire ma devinette ?

— Je vous en prie », dit Alice très poliment.

La Reine Blanche eut un rire ravi et tapota la joue de la fillette. Puis elle commença :

« " *D'abord, faut prendre le poisson.* "
C'est facile : un enfant, je crois, pourrait le prendre.
    " *Puis, faut l'acheter, mon garçon.* "
C'est facile : à deux sous on voudra me le vendre.

« " *Cuisez le poisson à présent !* "
C'est facile : il cuira en moins d'une minute.
    " *Mettez-le dans un plat d'argent !* "
C'est facile, ma foi ; j'y arrive sans lutte.

« " *Que le plat me soit apporté !* "
C'est facile de mettre le plat sur la table.
   " *Que le couvercle soit ôté !* "
Ah ! c'est trop dur, et j'en suis incapable !

« *Car le poisson le tient collé,*
Le tient collé au plat, la chose paraît nette ;
   Lequel des deux est plus aisé :
Découvrir le poisson ou bien la devinette ?

— Réfléchis une minute et puis devine, dit la
Reine Rouge. En attendant, nous allons boire à ta
santé... À la santé de la Reine Alice ! » hurla-t-elle
de toutes ses forces.

Tous les invités se mirent immédiatement à boire à
sa santé. Ils s'y prirent d'une façon très bizarre :
certains posèrent leur verre renversé sur leur tête,
comme un éteignoir, et avalèrent tout ce qui dégoulinait sur leur visage... d'autres renversèrent les
carafes et burent le vin qui coulait des bords de la
table... et trois d'entre eux (qui ressemblaient à des
kangourous) grimpèrent dans le plat du gigot et se
mirent à laper la sauce, « exactement comme des
cochons dans une auge », pensa Alice.

« Tu devrais remercier par un discours bien
tourné », déclara la Reine Rouge en regardant Alice,
les sourcils froncés.

« Il faut que nous te soutenions », murmura la
Reine Blanche au moment où Alice se levait très
docilement, mais avec une certaine appréhension,
pour prendre la parole.

« Je vous remercie beaucoup », répondit Alice à

voix basse ; « mais je n'ai pas du tout besoin d'être soutenue.

— Impossible ; cela ne se fait pas », dit la Reine Rouge d'un ton péremptoire.

Et Alice essaya de se soumettre de bonne grâce à cette cérémonie.

(« Elles me serraient si fort, dit-elle plus tard, en racontant à sa sœur l'histoire du festin, qu'on aurait cru qu'elles voulaient m'aplatir comme une galette ! »)

En fait, il lui fut très difficile de rester à sa place pendant qu'elle s'apprêtait à faire son discours : les deux Reines la poussaient tellement, chacune de son côté, qu'elles faillirent la projeter dans les airs.

« Je me lève pour remercier... », commença-t-elle.

Et elle se leva en effet plus qu'elle ne s'y attendait, car elle monta de quelques centimètres au-dessus du plancher ; mais elle s'accrocha au bord de la table et parvint à redescendre.

« Prends garde à toi ! » cria la Reine Blanche, en lui saisissant les cheveux à deux mains. « Il va se passer quelque chose ! »

À ce moment (du moins c'est ce qu'Alice raconta par la suite), toutes sortes de choses se passèrent à la fois. Les bougies montèrent jusqu'au plafond, où elles prirent l'aspect de joncs surmontés d'un feu d'artifice. Quant aux bouteilles, chacune d'elles s'empara d'une paire d'assiettes qu'elles s'ajustèrent en manière d'ailes ; puis, après s'être munies de fourchettes en guise de pattes, elles se mirent à voleter dans tous les sens.

« Et elles ressemblent étonnamment à des

oiseaux », pensa Alice, au milieu de l'effroyable désordre qui commençait.

Brusquement, elle entendit un rire enroué à côté d'elle. Elle se retourna pour voir ce qu'avait la Reine Blanche à rire de la sorte ; mais, au lieu de la Reine, c'était le gigot qui se trouvait sur la chaise...

« Me voici ! » cria une voix qui venait de la soupière, et Alice se retourna de nouveau juste à temps pour voir le large et affable visage de la Reine lui sourire, l'espace d'une seconde, au-dessus du bord de la soupière, avant de disparaître dans la soupe.

Il n'y avait pas une minute à perdre. Déjà plusieurs des invités gisaient dans les plats, et la louche marchait sur la table dans la direction d'Alice, en lui faisant signe de s'écarter de son chemin.

« Je ne peux plus supporter ça ! » s'écria-t-elle en saisissant la nappe à deux mains.

Elle tira un bon coup, et assiettes, plats, invités, bougies, s'écroulèrent avec fracas sur le plancher.

« Quant à vous », continua-t-elle, en se tournant d'un air furieux vers la Reine Rouge qu'elle jugeait être la cause de tout le mal...

Mais la Reine n'était plus à côté d'Alice... Elle avait brusquement rapetissé jusqu'à la taille d'une petite poupée, et elle se trouvait à présent sur la table, en train de courir joyeusement en cercles à la poursuite de son châle qui flottait derrière elle.

À tout autre moment, Alice en aurait été surprise ; mais elle était beaucoup trop surexcitée pour s'étonner de quoi que ce fût.

« Quant à vous », répéta-t-elle, en saisissant la petite créature au moment précis où elle sautait par-

dessus une bouteille qui venait de se poser sur la table, « je vais vous secouer jusqu'à ce que vous vous transformiez en chatte, vous n'y couperez pas ! »

CHAPITRE 10

SECOUEMENT

Elle la souleva de sur la table tout en parlant, et la secoua d'avant en arrière de toutes ses forces.

La Reine Rouge n'opposa pas la moindre résistance ; son visage se rapetissa, ses yeux s'agrandirent et devinrent verts, puis, tandis qu'Alice continuait à la secouer, elle n'arrêta pas de se faire plus courte… et plus grasse… et plus douce… et plus ronde… et…

CHAPITRE 11

RÉVEIL

... et, finalement, c'était bel et bien une petite chatte noire.

CHAPITRE 12

QUI A RÊVÉ ?

« Votre Majesté Rouge ne devrait pas ronronner si fort », dit Alice, en se frottant les yeux et en s'adressant à la chatte d'une voix respectueuse mais empreinte d'une certaine sévérité. « Tu viens de me réveiller de... oh ! d'un si joli rêve ! Et tu es restée avec moi tout le temps, Kitty... d'un bout à l'autre du Pays du Miroir. Le savais-tu, ma chérie ? »

Les chattes (Alice en avait déjà fait la remarque) ont une très mauvaise habitude : quoi qu'on leur dise, elles ronronnent toujours pour vous répondre. « Si seulement elles ronronnaient pour dire " oui " et miaulaient pour dire " non ", ou si elles suivaient une règle de ce genre, de façon qu'on puisse faire la conversation avec elles ! » avait-elle dit. « Mais comment peut-on parler avec quelqu'un qui répond toujours pareil ? »

En cette circonstance, la chatte noire se contenta de ronronner ; et il fut impossible de deviner si elle voulait dire « oui » ou « non ».

Aussi Alice se mit-elle à chercher parmi les pièces d'échecs sur la table jusqu'à ce qu'elle eût retrouvé la Reine Rouge ; alors, elle s'agenouilla sur la carpette, devant le feu, et plaça la chatte noire et la Reine face à face. « Allons, Kitty ! » s'écria-t-elle, en tapant des mains d'un air triomphant, « tu es bien obligée d'avouer que tu t'es changée en Reine ! »

(« Mais elle a refusé de regarder la Reine, expliqua-t-elle plus tard à sa sœur ; elle a détourné la tête en faisant semblant de ne pas la voir. Pourtant, elle a eu l'air un peu honteux, de sorte que je crois que c'est bien Kitty qui était la Reine Rouge. »)

« Tiens-toi un peu plus droite, ma chérie ! » s'écria Alice en riant gaiement. « Et fais la révérence pendant que tu réfléchis à ce que tu vas… à ce que tu vas ronronner. Rappelle-toi que ça fait gagner du temps ! »

Là-dessus, elle prit Kitty dans ses bras et lui donna un petit baiser, « pour te féliciter d'avoir été une Reine Rouge, vois-tu ! »

« Perce-Neige, ma chérie », continua-t-elle, en regardant par-dessus son épaule la Reine Blanche qui subissait toujours aussi patiemment la toilette que lui faisait la vieille chatte, « je me demande quand est-ce que Dinah en aura fini avec Votre Majesté Blanche ? C'est sans doute pour ça que tu étais si sale dans mon rêve… Dinah ! sais-tu que tu débarbouilles une Reine Blanche ? Vraiment, tu fais preuve d'un grand manque de respect, et ça me surprend de ta part !

« Et en quoi Dinah a-t-elle bien pu se changer ? » continua-t-elle, en s'étendant confortablement, appuyée sur un coude, pour mieux regarder les chattes. « Dis-moi, Dinah, est-ce que tu es devenue le Gros Coco ? Ma foi, je le crois ; mais tu feras bien de ne pas en parler à tes amis, car je n'en suis pas très sûre.

« À propos, Kitty, si tu avais été vraiment avec moi dans mon rêve, il y a une chose qui t'aurait plu énormément : on m'a récité des tas de poésies, et toutes parlaient de poisson ! Demain, ce sera une vraie fête pour toi : pendant que tu prendras ton petit déjeuner, je te réciterai : *Le Morse et le Charpentier,* et tu pourras faire semblant que tu manges des huîtres !

« Voyons, Kitty, réfléchissons un peu à une chose : qui a rêvé tout cela ? C'est une question très importante, ma chérie ; et tu ne devrais pas continuer à te lécher la patte comme tu le fais... comme si Dinah ne t'avait pas lavée ce matin ! Vois-tu, Kitty, il faut que ce soit moi ou le Roi Rouge. Bien sûr, il faisait partie de mon rêve... mais, d'un autre côté, moi, je faisais partie de son rêve à lui ! Est-ce le Roi Rouge qui a rêvé, Kitty ? Tu dois le savoir, puisque tu étais sa femme... Oh, Kitty, je t'en prie, aide-moi à régler cette question ! Je suis sûre que ta patte peut attendre ! »

Mais l'exaspérante petite chatte se contenta de se mettre à lécher son autre patte, et fit semblant de ne pas avoir entendu la question.

Et vous, mes enfants, qui croyez-vous que c'était ?

Un bateau, sous un ciel d'été,
Sur l'eau calme s'est attardé,
Par un après-midi doré...

Trois enfants, près de moi blottis,
Les yeux brillants, le cœur ravi,
Écoutent un simple récit...

Ce jour a fui depuis longtemps.
Morts sont les souvenirs d'antan.
Dispersés au souffle du vent,

Sauf le fantôme radieux
D'Alice, qui va sous les cieux
Que le rêve ouvrit à ses yeux.

Je vois d'autres enfants blottis,
Les yeux brillants, le cœur ravi,
Prêter l'oreille à ce récit.

Ils sont au Pays Enchanté,
De rêves leurs jours sont peuplés,
Tandis que meurent les étés.

Sur l'eau calme voguant sans trêve...
Dans l'éclat du jour qui s'achève...
Qu'est notre vie, sinon un rêve[1] *?*

DOSSIER

CHRONOLOGIE
1832-1898

1832. *27 janvier* : naissance de Charles Lutwidge Dodgson, troisième enfant de Charles Dodgson et de sa cousine germaine Frances Jane Lutwidge, domiciliés à Daresbury, commune proche de Manchester, dans le comté du Cheshire. M. Dodgson est desservant (anglican) de la paroisse. Sept autres enfants naîtront dans la famille Dodgson. Charles sera instruit par son père, d'abord à Daresbury, puis, à partir de 1843, à Croft, dans le comté du Yorkshire, lorsque M. Dodgson est placé à la tête de cette paroisse.

1844. Charles est inscrit à l'école de Richmond, située à 15 km de Croft, pour s'y préparer à l'entrée dans une *public-school*. Il y passe un an et demi. C'est un excellent élève, et les mathématiques sont un de ses points forts.

1845. Un texte de lui paraît dans le magazine de l'école de Richmond ; il n'a pas été conservé. Il fonde la même année, mais au presbytère de Croft où toute la famille se retrouve à l'occasion des vacances scolaires, un « magazine familial » qu'il intitule *Useful and Instructive Poetry*.

1846. *Février* : Charles entre à Rugby, l'une des plus célèbres *public-schools* anglaises. Il y passera trois ans, s'y révélera excellent en langues et littératures classiques, mathématiques et religion. En revanche, il ne s'adapte pas à l'esprit de la *public-school,* n'ayant aucun goût pour les activités physiques, et détestant l'atmosphère de l'internat. (Il écrira plus tard : « Aucune considération au monde ne pourrait me persuader de vivre à nouveau ces trois années. »)

1849-1850. Charles passe plus d'un an à Croft, pour préparer l'entrée à Oxford. Le *23 mai 1850,* il s'inscrit au collège de Christ Church.

1851. *24 janvier* : Charles s'installe à Christ Church. Quelques jours plus tard, sa mère meurt.

1852. Après avoir obtenu une bourse, il réussit brillamment ses premiers examens, en mathématiques et en études classiques. Sur quoi il est nommé *student* et intégré dans les cadres permanents du Collège.

1854. *Décembre* : Charles devient *bachelor of arts* (c'est-à-dire licencié), après l'équivalent d'une mention Très Bien en mathématiques. Durant ces années d'études, il a continué à écrire, à Croft, toute une série de textes, réunis par lui en plusieurs recueils (à usage familial), et a donné deux articles à un périodique local, *The Whitby Gazette*.

1855. Il commence son enseignement de mathématiques (il s'agit de travaux dirigés), et devient bibliothécaire-adjoint du Collège. En *avril,* après avoir été promu *lecturer* (maître de conférences), il commence ses cours. En *juin,* le doyen de Christ Church meurt. Un grand helléniste, Henry George Liddell, est élu pour lui succéder. Liddell a quatre enfants, un garçon (Harry) et trois filles : Alice (qui a trois ans), Lorina et Edith. En *juillet,* Charles devient collaborateur d'un hebdomadaire londonien, *The Comic Times*, auquel il donnera cinq textes. C'est à la même période qu'un de ses oncles lui fait découvrir la photographie.

1856. *The Comic Times* cesse de paraître, et son directeur le remplace par un mensuel, *The Train.* En *février*, Carroll est invité à y collaborer et, pour ce faire, à choisir un pseudonyme : des quatre propositions faites par Charles, le directeur retient « Lewis Carroll ». Charles fait la connaissance de la petite Alice Liddell, et commence à photographier les enfants Liddell.

1858. Il écrit un premier ouvrage mathématique, signé « Dodgson », dans lequel il s'efforce de « traiter » Euclide par l'algèbre.

1858-1862. Ces années sont mal connues : le Journal que Charles avait commencé en *1851*, et qui a été conservé à partir de *1855*, manque pour les années *1858* à *1862*. Charles parcourt les Îles britanniques, rend visite au poète Tennyson, écrit des poèmes et des textes mathématiques ainsi que les règles d'un jeu de société, et fréquente assidûment les petites Liddell.

1861. *22 décembre* : il est ordonné diacre, et décide de ne pas devenir prêtre.

1862. *4 juillet* : Charles part en excursion sur l'Isis (un affluent de la Tamise qui traverse Oxford) avec un de ses collègues et les trois petites Liddell. Il leur raconte pour la première fois l'histoire qui deviendra *Les Aventures d'Alice au pays des merveilles*. À la demande d'Alice Liddell, Charles en rédige une version manuscrite, qui ne sera achevée, texte et illustrations, et offerte à Alice Liddell, qu'en *novembre 1864* ; elle est intitulée *Les Aventures d'Alice sous terre*.

1865. *Novembre* : *Les Aventures d'Alice au pays des merveilles* — version très enrichie du texte précédent — sont publiées par les éditions Macmillan. L'auteur signe « Lewis Carroll ».

1866. Charles publie des textes mathématiques, et commence une série de pamphlets s'attaquant à la politique menée par la direction de Christ Church — donc par le père d'Alice Liddell — et de l'Université.

1867. *Durant l'été,* Charles effectue un voyage en Russie avec un de ses amis. À partir de *novembre,* il publie dans un périodique pour enfants « La Vengeance de Bruno », noyau de ce qui deviendra *Sylvie et Bruno*.

1868. *Juin* : mort de M. Dodgson. Charles installe ses sœurs — dont deux seulement se sont mariées — non loin de Londres, à Guildford (Surrey). La même année il change d'appartement à l'intérieur de son Collège, et s'installe dans une vaste « suite » qu'il ne quittera qu'à sa mort.

1869. Publication de son premier recueil de poèmes, *Phantasmagoria*.

1871. *Janvier* : il achève *De l'autre côté du miroir*, qui paraît *à la veille de Noël*.

1874. Il réunit en volume et publie anonymement ses pamphlets anti-Liddell, sous le titre de *Notes d'un enfant d'Oxford*. Plusieurs textes mathématiques, toujours signés « Charles L. Dodgson », sont publiés.

1876. Parution de *La Chasse au Snark.* C'est l'année où Charles commence à se passionner pour la logique.

1877. Il s'installe durant l'été dans la station balnéaire d'Eastbourne ; il y retournera chaque été jusqu'à sa mort.

1880-1881. Il interrompt brutalement la photographie et renonce à l'enseignement à l'intérieur de Christ Church, mais commence à enseigner la logique dans un collège de jeunes filles.

1882. *Décembre* : il est élu par ses collègues de Christ Church gérant du club du Collège — « *Curator of the Common Room* » —, responsabilité qu'il conservera durant neuf ans. Il fait paraître son dernier grand ouvrage de mathématiques, *Euclide, livres I et II.* Comme tous les ouvrages du même genre, il est signé « C. L. Dodgson ».

1883. Publication d'un volume de poèmes, *Rhyme ? and Reason ?,* signé « Lewis Carroll », dont la plupart sont des œuvres de jeunesse.

1884. Il publie à titre privé une analyse humoristique de son expérience à la tête de la *Common Room.* Il s'intéresse activement au débat politique sur la représentation proportionnelle.

1885. *Décembre* : publication d'*Un conte embrouillé,* qui avait paru en feuilleton entre 1880 et 1884.

1886. Publication du fac-similé des *Aventures d'Alice sous terre,* et présentation à la scène d'une adaptation chantée d'*Alice au pays des merveilles.*

1887. Publication, sous la signature de « Lewis Carroll », du *Jeu de la logique.*

1888. Publication d'un dernier texte sur Euclide, signé « Dodgson ».

1889. Publication d'une version des aventures d'Alice intitulée *Alice racontée aux tout petits*, ainsi que du premier volume de *Sylvie et Bruno,* dédié à la dernière en date de ses petites amies, Isa Bowman.

1890. Publication de *Huit ou neuf mots de bon sens sur l'art d'écrire des lettres.*

1891. Le doyen Liddell quitte Christ Church. Charles reçoit la visite d'Alice Liddell, devenue Mrs Hargreaves.

1892. Charles démissionne de ses fonctions de « Curator », et publie un texte de cinquante pages qui leur est consacré.

1893. Publication de *Sylvie et Bruno (suite et fin),* dédié à Enid Stevens, fillette dont il a fait connaissance en 1891.

1894. L'année entière est consacrée à la logique, et Carroll rédige le paradoxe « Ce que se dirent Achille et la Tortue ».

1896. Publication de la première partie de *La Logique symbolique.*

1897. Charles signe, *à la fin de l'année,* le bon à tirer d'un recueil de poèmes, *Three Sunsets,* qui avaient tous été déjà publiés. Ils ne paraîtront qu'après sa mort. Cette année-là, il multiplie les sermons — en réalité des récits édifiants de son cru — à l'adresse d'enfants, et ne cesse d'inventer de nouveaux problèmes mathématiques.

1898. *5 janvier* : un mauvais rhume, vite transformé en bronchite, le cloue au lit. La bronchite s'aggrave et il meurt paisiblement à Guildford le *14 janvier.*

BIBLIOGRAPHIE SELECTIVE

Il existe deux bibliographies *en langue anglaise* qui se complètent, sans être pour autant exhaustives en ce qui concerne les
études non écrites en anglais.

Roger Lancelyn Green, *The Lewis Carroll Handbook,* Oxford
University Press, 1962, nouvelle édition du livre de S. H.
William & F. Madan, *A Handbook of the Literature of the Rev.
C. L. Dodgson (Lewis Carroll),* Oxford University Press, 1931.
L'ouvrage de R. L. Green a été lui-même mis à jour sous le
même titre en 1970 par Denis Crutch aux éditions Dawson à
Folkestone.

Edward Guiliano, *Lewis Carroll : an Annotated International
Bibliography,* University Press of Virginia, 1980.

En langue française, la bibliographie la plus complète disponible
en librairie est celle que j'ai établie en 1990 pour l'édition des
Œuvres de Carroll dans la Bibliothèque de la Pléiade. Il ne serait
pas raisonnable de la reproduire ici.

LES « ŒUVRES COMPLÈTES »

Il n'existe pas à proprement parler d'œuvres complètes, ni en
anglais ni en français. Les titres ci-dessous rassemblent l'essentiel
des textes signés « Lewis Carroll » et, pour l'édition française, la
totalité du *Journal* que Carroll a tenu sans le destiner à la
publication.

En anglais :

The Works of Lewis Carroll, edited by Roger Lancelyn Green,
Paul Hamlyn, Londres, 1965.

En français :

Œuvres, publiées sous la direction de Jean Gattégno, Bibliothèque
de la Pléiade, Gallimard, 1990.

LES VOYAGES D'ALICE :
PRINCIPALES VERSIONS FRANÇAISES

1. *Les Aventures d'Alice au pays des merveilles*

1869 : traduction d'Henri Bué, publiée à Londres aux éditions
Macmillan. La même traduction fut reprise à Paris chez
Hachette en 1870.
1930 : traduction de Marie-Madeleine Fayet, Éditions Les
Œuvres représentatives.
1961 : traduction de Jacques Papy, Éditions Jean-Jacques Pau-
vert.
1976 : traduction *ne varietur* de Henri Parisot, Éditions Aubier-
Flammarion, avec une introduction de Jean Gattégno.

2. *De l'autre côté du miroir*

1930 : traduction de Marie-Madeleine Fayet, Éditions Les
Œuvres représentatives.
1961 : traduction de Jacques Papy, Éditions Jean-Jacques Pau-
vert.
1976 : traduction *ne varietur* de Henri Parisot, Éditions Aubier-
Flammarion, avec une introduction de Hélène Cixous.
   Les deux traductions dues à Henri Parisot sont reprises dans les
Œuvres publiées dans la Bibliothèque de la Pléiade.

BIOGRAPHIES

1. *En anglais :*

Florence Becker Lennon, *Victoria through the Looking-Glass,* Simon & Schuster, New York, 1945, ouvrage repris chez Cassell & Co, Londres, 1947, sous le titre : *Lewis Carroll : a Biography.* Édition révisée, intitulée *The Life of Lewis Carroll,* publiée à New York en 1962 chez Collier Books.
Derek Hudson, *Lewis Carroll,* Constable, Londres, 1954.

2. *En français :*

Jean Gattégno, *Lewis Carroll, une vie,* Le Seuil, 1974.

ÉTUDES CRITIQUES

1. *En anglais :*

William Empson, « The Child as Swain », *Some Versions of Pastoral,* Chatto & Windus, Londres, 1935.
Elizabeth Sewell, *The Field of Nonsense,* Chatto & Windus, Londres, 1952.
Aspects of « Alice » : Lewis Carroll's Dreamchild as seen through the Critics' Looking-Glasses 1865-1971, edited by Robert Phillips, Victor Gollancz, Londres, 1972, réédité par Penguin Books en 1974.

2. *En français :*

Aragon, « Lewis Carroll en 1931 », *Le Surréalisme au service de la Révolution,* n° 3-4, décembre 1931, réédité chez Jean-Michel Place, 1976.
Antonin Artaud, « L'Arve et l'Aune, tentative anti-grammaticale contre Lewis Carroll », *L'Arbalète,* n° 12, Lyon, 1947.
Henri Parisot, *Lewis Carroll,* collection « Poètes d'aujourd'hui », Pierre Seghers, 1952.
Ernest Coumet et Jean Gattégno, postface et préface à Lewis Carroll, *Logique sans peine,* Hermann, 1966.

Gilles Deleuze, *Logique du sens,* Éditions de Minuit, 1969.

Jean Gattégno, *Lewis Carroll,* José Corti, 1970 ; nouvelle édition, intitulée *L'Univers de Lewis Carroll,* José Corti, 1990.

Hélène Cixous, introduction à *De l'autre côté du miroir,* Aubier-Flammarion, 1971.

Cahiers de l'Herne, 1971.

Jean Gattégno, « *Sylvie et Bruno,* ou l'Envers et l'Endroit », introduction à *Sylvie et Bruno,* Le Seuil, 1972.

Jean-Jacques Mayoux, préface à *Tout Alice,* GF-Flammarion, 1979.

Patrick Rœgiers, *Le Visage regardé, ou Lewis Carroll dessinateur et photographe,* Créatis, 1982.

Visages d'Alice ou les Illustrateurs d'Alice, Gallimard, 1983.

Jean Gattégno, *Album Carroll,* iconographie choisie et commentée, Pléiade, Gallimard, 1990.

NOTES

ALICE AU PAYS DES MERVEILLES

Page 44.

1. Antipattes : en anglais, la prononciation du mot *antipathies* se rapproche beaucoup de celle de *antipodes*. Le traducteur a choisi de transposer sur le même modèle.

2. Dinah : c'était le nom de la chatte des enfants Liddell.

Page 51.

1. De plus-t-en plus curieux : le traducteur devait rendre un barbarisme anglais (*curiouser and curiouser*).

Page 54.

1. Selon certains mathématiciens, Carroll glisse un vrai casse-tête logique sous les apparences d'une simple « absurdité ». Alice ne pourrait en effet atteindre vingt, puisque la table de multiplication s'arrête traditionnellement à douze et que, dès lors, la progression mise en route par Alice se termine nécessairement par « quatre fois douze font dix-neuf ».

2. Le poème que Carroll parodie ici est dû à Isaac Watts, pédagogue et prédicateur (1674-1748) qui en écrivit d'innombrables pour inculquer aux enfants morale et religion. Le texte de Watts commence ainsi : « *Voyez comme l'active abeille / Sait ensoleiller chaque heure, / En butinant du miel tout le long du jour / Sur chaque fleur éclose.* »

Page 58.

1. En français dans le texte.

Page 60.

1. Les quatre animaux présentés ici renvoient aux quatre participants de la promenade en barque du 4 juillet 1862 (voir préface, p. 7). Le Canard (*duck*) renvoie à Duckworth, le Lori à Lorina Liddell, l'Aiglon (*eaglet*), par une homophonie approximative, à sa sœur Edith, tandis que le Dodo renvoie à Dodgson lui-même, qui se moque ici de sa propre tendance au bégaiement.

Page 61.

1. Course au caucus : l'expression utilisée par Carroll (*a caucus race*) ne semble pas attestée avant lui. *Caucus* signifie d'abord « comité politique », mais aussi, péjorativement, « clique » (politique).

Page 63.

1. Le texte anglais était « *Speak English !* », le Dodo ayant employé des mots d'origine française (ou latine) qui « justifient » la critique de la Souris. Le traducteur a transposé.

Page 67.

1. Le traducteur a ajouté au texte original : « en regardant sa queue » pour rendre le jeu de mots, à base d'homophonie, entre *tale* (histoire) et *tail* (queue), à partir duquel va se déployer l'imagination d'Alice et qui explique la disposition typographique voulue par Carroll pour que le récit de la Souris prenne la forme de sa queue.

2. En anglais la Souris dit : *I had not* (« je n'en ai rien fait »), mais Alice, toujours fascinée par la queue sinueuse, entend *knot* (dont le *k* ne se prononce pas), c'est-à-dire « nœud ». Le traducteur a transposé.

Page 71.

1. « Pierre et Pierres » : le titre anglais du chapitre est *The Rabbit sends in a little Bill,* qui signifie à la fois « Le Lapin envoie le petit Bill » et « Le Lapin envoie sa petite note. » Le traducteur a transposé, en baptisant *Bill* Pierre.

Page 83.

1. Carroll crée le personnage d'une Chenille (*Caterpillar*), mais lui donne le genre masculin, comme le confirme le fait qu'il fume un narguilé. Au contraire d'Henri Parisot, qui avait choisi de parler de « Bombyx » ou de « Ver à soie », Jacques Papy a préféré garder le sens littéral de *caterpillar*.

Page 84.

1. Le texte anglais fait dire à la Chenille *explain yourself*, qui signifie habituellement : « explique ce que tu as voulu dire ». Mais Alice, dans sa recherche d'identité, veut entendre : « explique ce que tu es ».

Page 86.

1. *Vous êtes vieux, Père William* : Carroll parodie ici un poème de Robert Southey (1774-1843) qui commence ainsi : « *Vous êtes vieux, Père William, s'écria le Jeune Homme, / Et les quelques mèches qu'il vous reste sont grises; / Vous êtes encore, Père William, / Un vieil homme vigoureux et robuste. / Allons, dites-m'en la raison, je vous en prie.* »

Page 99.

1. Un chat du comté de Chester : le Chat du comté de Chester (c'est-à-dire, en anglais, du « Cheshire ») n'est pas une création de Carroll — qui d'ailleurs était originaire de ce comté, proche de Manchester — et l'expression « sourire comme un chat du Cheshire » était attestée à l'époque, sans qu'on connaisse son origine.

Page 100.

1. « Coupez-lui donc la tête ! » : le texte anglais fait apparaître une homophonie entre *axis* (« axe »), axe sur lequel tourne la terre, et *axes* (« des haches »). Le traducteur lui a substitué un jeu de mots sur « sans relâche » et « hache ».

Page 101.

1. Cette parodie de berceuse a pour modèle un poème d'attribution contestée, dont la première strophe dit : « *Parlez avec douceur ! Il vaut beaucoup mieux / Gouverner par l'amour que par la peur ; / Parlez avec douceur, que nul mot blessant ne ruine / Le bien que nous pourrions faire ici-bas !* »

Page 105.

1. « Ils sont fous tous les deux » : les deux personnages mentionnés par le Chat sont des créations directement inspirées de deux expressions populaires : *mad as a hatter* (« fou comme un chapelier ») et *mad as a March hare* (« fou comme un lièvre de mars », ou, plutôt, « en mars »). L'explication traditionnelle renvoie, pour la première, à l'effet produit sur les chapeliers par les vapeurs de mercure qu'on utilisait pour traiter le feutre, et, pour la seconde, à la période du rut, pendant laquelle les lièvres mâles se livrent à de frénétiques gambades...

Page 107.

1. « Cochon » ou « cocon » ? : le texte anglais oppose *pig* (« cochon ») à *fig* (« figue »).

Page 112.

1. Comme je l'ai signalé dans la préface (p. 33, n. 2), Jacques Papy a omis le dernier membre de la phrase anglaise, qui était « et pourtant elle était exprimée en bon anglais ».

Page 113.

1. Dans la préface à la dernière réédition des *Aventures d'Alice au pays des merveilles* faite de son vivant (Noël 1897), Carroll propose une réponse à cette devinette : « Parce qu'il peut produire quelques notes, encore qu'elles ne fussent rien moins que claires ; et parce qu'on ne le met jamais le derrière devant. » Mais il ajoute : « Ceci, toutefois, n'est dit que réflexion faite ; la Devinette, telle qu'elle fut à l'origine inventée, n'avait pas de réponse du tout. » Henri Parisot est le premier à avoir traduit, dans son *Tout Alice,* la remarque de Carroll ; j'ai repris sa traduction.

2. « Il faut que je batte le temps » : dans le texte anglais, Alice dit au Chapelier : « *I know I have to beat time when I learn music* » (« je sais qu'à mon cours de musique il me faut battre la mesure »), à quoi le Chapelier répond — Carroll ayant soin, chaque fois que le Chapelier mentionne *time,* de l'écrire avec une capitale initiale — « *Ah! that accounts for it. He won't stand beating.* » (« Ah ! voilà qui explique tout. Il ne supporte pas qu'on le batte. ») Le traducteur a choisi, pour rendre compte des interventions du Chapelier, de lui faire prononcer, un peu plus haut, une phrase de son cru : « Le Temps est un être vivant. »

Page 114.

1. « Je suppose que tu connais la chanson » : Carroll parodie ici un poème de Jane Taylor (1783-1824), auteur de livres, poèmes et comptines pour enfants, qui commence ainsi : « *Scintille, scintille, petite étoile, / Comme je suis curieuse de connaître ta nature ! / Toi, si loin au-dessus de nos têtes, / Pareille à un diamant dans le ciel.* »

Page 116.

1. Les trois petites sœurs renvoient directement aux trois sœurs Liddell : « Elsie » renvoie phonétiquement à l'initiale des deux prénoms de Lorina Charlotte ; « Lacie » est l'anagramme d'Alice ; « Tillie » est un diminutif de Matilda (Edith). Carroll, de surcroît, joue sur l'homophonie *little* (petites) et *Liddell.*

Page 119.

1. À dessiner : le texte anglais a recours, à propos du puits, au verbe *to draw,* qui signifie certes « tirer », donc « puiser », mais aussi « dessiner ». Le traducteur a délibérément dissocié les deux acceptions de *to draw.*

2. Tout ce qui commence par « A » : dans le texte anglais, il s'agit de tout ce qui commence par « M ». Jacques Papy, pour pouvoir traduire, en fin d'énumération, *much of a muchness* (expression idiomatique équivalant à notre « bonnet blanc et blanc bonnet »), par « à peu près », a transposé.

Page 123.

1. On aura deviné que les personnages reprennent les couleurs d'un jeu de cartes. Le traducteur n'a cependant pas repris le double sens de l'anglais *club* : à la fois « gourdin », comme il l'indique en début de paragraphe, mais aussi « trèfle ».

Page 126.

1. « Leur tête a disparu » : le texte anglais joue sur l'ambiguïté de *to be gone* : à la Reine qui demande « *Are their heads off?* » (« leurs têtes sont-elles parties — ou coupées ? »), les jardiniers répondent habilement : « *Their heads are gone* » (littéralement : « Leurs têtes s'en sont allées »).

Page 134.

1. Simili-Tortue : en anglais, *turtle soup* signifie « soupe à la tortue », mais *mock-turtle soup* signifie « ersatz de soupe à la tortue », en fait une soupe à base de tête de veau. Le jeu de langage est, en anglais, de nature grammaticale : le syntagme, qui devrait être *mock + turtle soup,* est transformé par Carroll en *mock turtle + soup.* Il fallait trouver une transposition en français.

Page 136.

1. Cette « morale » est fondée en anglais sur la parodie d'une formule populaire : *Take care of the pence and the pounds will take care of themselves* (« Occupez-vous des sous et les livres [sterling] s'occuperont d'elles-mêmes »), obtenue par la substitution de *sense* à *pence* et de *sounds* à *pounds.*

Page 137.

1. ... juger les gens sur la mine : l'anglais joue sur deux sens de *mine* quand il dit *The more there is of mine, the less there is of yours,* soit, littéralement : « Plus il y a du mien — ou : plus il y a

de la mine — moins il y a du vôtre. » D'où le recours du traducteur aux deux sens de « mine ».

Page 142.

1. ... parce qu'elle savait le grec : le texte anglais exploite l'homophonie de *tortoise* (« tortue ») et *taught us* (« nous ensei-gnait »). Pour trouver un équivalent français, le traducteur a ajouté la phrase : « J'ai lu quelque part que la Tortue Grecque est une Tortue d'eau douce », et a développé le concept de Tortue Grecque.

Page 144.

1. Dérision : toutes les matières scolaires évoquées dans le passage qui commence ici constituent des calembours inspirés par les matières de base enseignées à l'école : *reeling and writing* (« l'enroulement et la contraction ») renvoient à *reading and writing* (« lire et écrire ») ; *ambition* renvoie à *addition, distraction* à *subtraction* (« soustraction »), *uglification* (« enlaidissement ») à *multiplication, mystery* (« mystère ») à *history* (« l'histoire »), etc. Je laisse au lecteur le soin de repérer les transpositions auxquelles le traducteur a dû se livrer...

Page 145.

1. Ils deviennent chaque jour plus courts : le Griffon dit en anglais : *That's the reason they're called lessons : because they lessens* [sic] *from day to day* (« Voilà pourquoi on les appelle des leçons, parce qu'elles raccourcissent de jour en jour »), avec un calembour permis par l'homophonie *lessons* et *lessens*.

Page 148.

1. Le premier vers de la « chanson » parodie, tant dans le mètre que dans le thème, le début d'un poème de Mary Howitt : *L'araignée dit à la mouche : vous plairait-il d'entrer dans mon salon ?*

Page 149.

1. Un brochet : le texte anglais parle d'un marsouin (*porpoise*). C'est pour un jeu de mots à venir (voir p. 152, n. 1) que le traducteur a choisi « brochet ».

Page 151.

1. Dans le texte anglais, Carroll joue sur deux sens du mot *whiting,* qui signifie à la fois « merlan » et « blanc d'Espagne ». Le traducteur a dû transposer tout le passage.

2. Même chose ici. Carroll filait la métaphore du cordonnier en jouant sur l'homophonie entre *eels* (« anguilles ») et *heels* (« talons ») et sur les deux sens du mot *sole,* qui signifie aussi bien « semelle » que « sole ».

Page 152.

1. Voir n. 1, p. 149. L'anglais joue sur l'homophonie existant entre *porpoise* (« marsouin ») et *purpose* (« intention »). Le traducteur a transposé.

Page 153.

1. C'est la voix du paresseux : il s'agit d'un autre poème d'Isaac Watts, fort connu à l'époque, et qui commence ainsi : « *C'est la voix du paresseux ; je l'entends se plaindre :* / « *Vous m'avez réveillé trop tôt, je dois encore faire un petit somme.* » »

Page 155.

1. Dans la version que Carroll écrivit pour la comédie musicale créée en 1886, il compléta ainsi le vers : « *en mangeant le Hibou* ».
2. Carroll parodie ici un chant intitulé « Étoile du soir », qui commence ainsi : « *Belle étoile qui brilles dans les cieux,* / *Ta lumière argentée doucement se répand...,* et qui a pour refrain : *Belle étoile,* / *Belle étoile,* / *Étoile du soir, belle étoile...* »

Page 159.

1. Il s'agit là d'une comptine fort populaire à l'époque, que Carroll n'a pas modifiée.

Page 163.

1. Les tintements du thé : le texte anglais dit *the twinkling of the tea* (« le scintillement du thé »). Jacques Papy, à la recherche d'un mot justifiant la réponse du Roi, donc commençant par un « t », a choisi « tintement ».

Page 171.

1. Le poème qui suit développe un poème que le jeune Charles Dodgson publia dans *The Comic Times* en 1855.

Page 174.

1. Ce n'est pas vous qu'on attaque : le texte anglais — « *You never had fits, my dear ? [...] Then the words don't* fit *you* » — joue sur deux sens de *fit* : substantivement, il signifie « crise [de nerfs] », cependant que le verbe signifie « convenir ».

CE QU'ALICE TROUVA DE L'AUTRE CÔTÉ DU MIROIR

Page 181.

1. Les pérégrinations d'Alice à travers le pays « de l'autre côté du miroir » correspondent aux déplacements des pièces et des pions au cours d'une partie d'échecs. Le terrain parcouru est représenté en forme d'échiquier dans l'une des illustrations de Tenniel (p. 212), et certains personnages sont des rois, des reines et des cavaliers.

Le lecteur trouvera ci-après les correspondances entre les divers personnages et les pièces du jeu d'échecs.

DRAMATIS PERSONAE

(Présentés dans l'ordre qu'ils occupent avant le début de la partie)

BLANCS		ROUGES	
Pièces	Pions	Pièces	Pions
Blanc Bonnet	Pâquerette	*Pâquerette*	Gros Coco
Licorne	Haigha	*Messager*	Charpentier
Brebis	Huître	*Huître*	Morse
Reine Blanche	Lily	*Lis tigré*	Reine Rouge
Roi Blanc	Faon	*Rose*	Roi Rouge
Vieillard	Huître	*Huître*	Corbeau
Cavalier Blanc	Hatta	*Grenouille*	Cavalier Rouge
Bonnet Blanc	Pâquerette	*Pâquerette*	Lion

Dans l'édition de 1896, Carroll ajouta une préface où il précisait :

« Attendu que le problème d'échecs énoncé ci-après a déconcerté plusieurs de nos lecteurs, il sera sans doute bon de préciser qu'il est correctement résolu en ce qui concerne l'exécution des *coups*. Il se peut que l'*alternance* des rouges et des blancs n'y soit pas observée aussi strictement qu'il se devrait, et, lorsque à propos des trois reines on emploie le verbe " roquer ", ce n'est là qu'une manière de dire qu'elles sont entrées dans le palais. Mais quiconque voudra prendre la peine de disposer les pièces et de jouer les coups comme indiqué devra reconnaître que l'échec au Roi Blanc du sixième coup, la prise du Cavalier Rouge du septième, et le final mat du Roi Rouge répondent strictement aux règles du jeu » (traduction d'Henri Parisot).

Comme l'atteste le dessin de l'échiquier dès la première édition — donc avant la préface justificative —, on voit que *De l'autre côté du miroir* est un texte « programmé » (voir ci-dessus, préface, p. 29). C'est sans doute le caractère fondamental de l'œuvre : la programmation n'affecte pas seulement les aventures qui surviennent à Alice ; elle paraît devoir être notre guide dans la lecture de ses aventures et dans leur interprétation.

Page 184.

1. Des jours d'été nimbés de gloire : le texte anglais — *happy summer days* — renvoie aux derniers mots des *Aventures d'Alice au pays des merveilles*. Le traducteur n'a pas repris cet écho.

Page 187.

1. Demain : la référence qui suit aux « feux de joie » révèle qu'il s'agit du 4 novembre, *Guy Fawkes' day,* jour anniversaire de la victoire du parti protestant, en 1605, face au « complot des poudres ».

Page 198.

1. Voici ce qu'elle avait sous les yeux : à l'origine, Carroll avait envisagé de faire imprimer l'ensemble du poème à l'envers.

Page 199.

1. La première strophe du poème avait été composée en 1855 et, sous le titre de « Strophe de poésie anglo-saxonne », faisait partie du recueil intitulé par le jeune Dodgson : *Mischmasch.* L'auteur donnait alors aux mots forgés par lui des interprétations différentes de celles qui seront données par le Gros Coco au chapitre 6. Jacques Papy a choisi de reproduire ici la première traduction de son confrère et ami Henri Parisot (que celui-ci a modifiée par la suite).

Page 206.

1. On dit qu'il est en bois : Carroll joue d'abord sur deux sens du mot *bark* : « écorce » et « aboyer », ce qui lui permet d'introduire un calembour sur *bough,* qui désigne à la fois « un rameau » et qui, prolongé en *bough-wough,* devient l'onomatopée correspondant à l'aboiement d'un chien.

Page 222.

1. « Roc » et « rauque » : dans le texte anglais, le calembour est rendu possible par l'homophonie entre *hoarse* (« rauque ») et *horse* (« cheval »). Le traducteur a transposé.

2. « Fragile » : l'anglais fait apparaître ici un jeu de mots que le traducteur n'a pas rendu : la « voix très douce » dit : *She must be labeled « Lass, with care »*, phrase dans laquelle *lass* (« jeune fille ») fait jeu de mots avec *glass* (« verre »).

3. « Dans un bois » et « sur du bois » : il y a dans le texte anglais une homophonie entre *wood* (« bois ») et *would* (« voudrais ») ; pour la rendre le traducteur a intercalé une phrase de son cru : « Ces sièges sont durs comme du bois. »

Page 225.

1. Alice va donner une série de noms d'insectes : *horse-fly* (« taon », littéralement : « mouche du cheval ») ; *dragon-fly* (« libellule », littéralement : « mouche-dragon ») ; *butterfly* (« papillon », littéralement : « mouche-à-beurre »). Le Moucheron lui oppose des insectes « fantaisie » correspondants, composés par l'addition d'un mot-préfixe au mot *fly* placé en facteur commun : *rocking-horse-fly* (mouche du cheval à bascule), *snap-dragon-fly* (*snap-dragon* est un jeu de Noël, consistant à saisir des raisins secs dans du punch brûlant), et *bread-and-butter-fly* (mouche à tartine beurrée). Le traducteur s'est efforcé de conserver les jeux de mots en les explicitant.

Page 228.

1. Carroll joue en anglais sur deux *miss* homonymes : le verbe, qui signifie « manquer » ou, dans un jeu, « laisser passer », et l'appellation qui signifie « mademoiselle ». Alice, littéralement, dit : « Si ma gouvernante ne parvenait pas à se rappeler mon nom, elle m'appellerait " Miss ", comme font les domestiques », à quoi le Moucheron répond, toujours littéralement : « Eh bien, si elle disait " Laissez passer ", sans rien ajouter, bien sûr vous laisseriez passer vos leçons ».

Page 233.

1. Les deux personnages qui donnent leur nom au chapitre, *Tweedledum* et *Tweedledee,* sortent tout droit d'une comptine connue — citée un peu plus loin par Carroll —, elle-même inspirée, semble-t-il, d'une épigramme du XVIIIe siècle, dans laquelle le poète John Byrom (1692-1763) renvoyait dos à dos les compositeurs Händel et Bononcini, par une formule qui signifiait clairement qu'ils étaient interchangeables. Le choix fait par Jacques Papy, s'il nous éloigne de l' « anglicité » du texte de Carroll, est en revanche fidèle à son sens. Dans le texte de la comptine, le traducteur a omis la référence à un « baril de goudron » à la noirceur duquel le corbeau est comparé.

Page 236.

1. La chanson que chantent les trois personnages est en anglais : *Here we go round the mulberry bush* (« Tournons autour du mûrier »), aussi populaire que celle qu'a choisie le traducteur.

Page 237.

1. *Le Morse et le Charpentier* : ce poème n'est pas une parodie, mais une création de Carroll.

Page 245.

1. Le traducteur a omis ici une phrase dans laquelle Alice ajoute : *Not a rattle*-snake, *you know* (littéralement : « et non pas un serpent à sonnettes, voyez-vous »), phrase qui contient un jeu de mots difficile à rendre.

Page 251.

1. Ces deux paragraphes ont été modifiés substantiellement par le traducteur. Le texte anglais dit, littéralement : « Est-ce à la Reine Blanche que j'ai l'honneur... ? », à quoi la Reine répond : « Si vous appelez cela habiller ». Carroll joue sur l'homophonie qui existe entre *addressing* (« en train de m'adresser ») et *a-dressing* (« en train d'habiller »).

Page 255.

1. Le Messager du Roi : l'illustration de Tenniel montre que le Messager du Roi n'est autre que le Chapelier fou d'*Alice au pays des merveilles*.

Page 257.

1. « Réellement » : Carroll fait dire à la Reine : *exactually*, combinaison (« mot-valise ») de *exactly* (« exactement ») et de *actually* (« effectivement »).

Page 258.

1. Le texte anglais joue sur l'allongement de *better* (« mieux »), qui se transforme aisément en bêlement. Le traducteur a ajouté « ma belle » pour pouvoir opérer la même transformation.

Page 261.

1. « Plume ! » : avec cette interjection de la Reine Blanche commence un dialogue où elle emploie des expressions appartenant au vocabulaire des rameurs — écho vraisemblable de l'excursion originelle du 4 juillet 1862 — qu'Alice ignore manifes-

tement. La traduction de Papy est exacte. Un peu plus loin, en revanche, ce que Papy traduit par « attraper un crabe » n'est pas tel quel attesté en français ; en anglais, *to catch a crab* signifie « manier sa rame de telle façon qu'elle heurte la surface de l'eau au lieu d'y rester enfoncée ». Le traducteur n'a pas essayé de rendre le jeu de mots de Carroll sur le sens littéral et le sens métaphorique de l'expression.

Page 267.

1. Carroll fait apparaître ici un personnage, Humpty Dumpty, qui est le héros de la comptine qu'Alice se récite à mi-voix un peu plus loin et qui, selon les meilleurs spécialistes anglais des *nursery-rhymes,* contient une devinette : c'est parce que Humpty Dumpty est un œuf que sa chute le transforme définitivement. Cette devinette, ou plutôt sa réponse, a conduit Jacques Papy à choisir, pour le traduire, le terme de « Gros Coco ». On relèvera qu'Antonin Artaud, pour sa part, avait choisi « Dodu-Mafflu » et Henri Parisot « Heumpty Deumpty ».

Page 285.

1. Haigha : le texte anglais précise, dans une parenthèse omise par le traducteur : *He pronounced it so as to rhyme with « mayor »* (« Il le prononça en le faisant rimer avec " maire " »). La prononciation identifie dont « Haigha » avec le Lièvre de Mars *(March Hare)*, *hare* se prononçant, lui aussi, comme « *mayor* ». L'illustration de Tenniel est là pour le confirmer. Quelques lignes plus loin, le texte donne implicitement la même explication pour l'identification Hatta-Chapelier *(Hatter)*.

2. Jacques Papy, pour rester fidèle au jeu voulu par Carroll, a transposé l'anglais *hay* (« foin ») en « herbe ».

3. Le texte anglais fait dire au Roi : « Ce n'est pas très digne [...] de supplier », avec un jeu de mots sur le verbe *to beg,* qui signifie « supplier » quand il est intransitif, « demander » quand il est transitif. Le traducteur a transposé en ajoutant « sans ajouter " s'il vous plaît " ».

Page 288.

1. La vieille chanson : il s'agit en effet d'une comptine attestée dès le début du XVIIIe siècle. Tenniel, pour représenter les deux adversaires, s'est largement inspiré de ses propres caricatures des deux principaux hommes politiques de l'ère victorienne, Gladstone (le lion) et Disraeli (la licorne). Le *Journal* de Carroll montre qu'il détestait Gladstone.

Page 289.

1. Bandersnacht : voir Jabberwocky, p. 199.

2. Sortir de prison : nouveau renvoi à *Alice au pays des merveilles,* plus précisément au procès du Valet de Cœur.

Page 307.

1. Le texte anglais joue sur deux sens de l'adjectif *fast* : « solidement fixé » et « rapide ». Le traducteur a transposé.

Page 310.

1. « Yeux de Brochet » : le texte anglais dit « Yeux d'églefin » (*Haddock's Eyes*). Jacques Papy a choisi un autre poisson pour les besoins de la rime dans le poème qui suit.

2. Cette discussion, fort perturbante pour Alice, renvoie à des distinctions linguistiques pertinentes entre les choses (« la chanson elle-même, c'est... »), l'appellation des choses (« Comment s'y prendre »), le nom des choses (« Le Vieillard chargé d'ans ») et le nom qu'on donne au nom des choses (« Yeux de brochet »).

Page 311.

1. L'air en question est celui qui fut ajouté en 1841 à un poème de Thomas Moore (1779-1852).

2. Le poème que récite le Cavalier Blanc est une version revue et corrigée d'un poème que le jeune Charles Dodgson fit paraître anonymement en octobre 1856 dans la revue *The Train* sous le titre *Upon the Lonely Moor* (*Sur la lande déserte*). Dans cette version originelle, Charles présentait son poème comme une sorte de parodie d'un célèbre poème de Wordsworth : *Résolution et indépendance.*

Page 316.

1. Ici s'intercalait, dans une première version de l'œuvre, un chapitre que Carroll, sur la demande insistante de Tenniel, supprima. Il ne fut retrouvé qu'en 1974 et publié en 1977. La même année, Henri Parisot en donna une traduction dans le journal *Le Monde,* sous le titre « La Guêpe emperruquée. » Il est reproduit dans L. Carroll, *Œuvres,* Pléiade, p. 367-370.

Page 322.

1. Moût de raisin ou mou de veau : dans le texte anglais, Carroll joue sur l'homophonie qui existe entre *flour* (« farine ») et *flower* (« fleur »), puis sur les deux sens du mot *ground,* selon qu'il s'agit du participe passé de *to grind* (« moudre ») ou du substantif signifiant « terrain ». Le traducteur a transposé, surtout pour le deuxième jeu de mots.

Page 323.

1. Turlututu : le traducteur était obligé de transposer. Le texte anglais dit en effet « Comment dit-on " turlututu " en français ? »). L'allemand a donc remplacé le français.

Page 326.

1. Carroll parodie ici une berceuse très connue à l'époque.

Page 329.

1. La chanson qui suit parodie un texte célèbre de Walter Scott, *Bonnie Dundee.*

Page 332.

1. L'anglais, comme d'ailleurs le français, joue sur deux sens du verbe *to cut* : « interrompre » et « découper ».

Page 345.

1. Ce poème évoque bien évidemment la promenade en bateau du 4 juillet 1862. C'est aussi, dans l'original anglais, un acrostiche, la lettre initiale de chaque vers composant, verticalement le nom complet d' « Alice Pleasance Liddell ».

Préface de *Jean Gattégno*   7

LES AVENTURES D'ALICE
AU PAYS DES MERVEILLES

1. Dans le terrier du Lapin   41
2. La mare aux larmes   51
3. Une course au caucus et une longue histoire   61
4. Le Lapin envoie Pierre et pierres   71
5. Conseils d'une Chenille   84
6. Poivre et cochon   95
7. Un thé extravagant   109
8. Le terrain de croquet de la Reine   121
9. Histoire de la Simili-Tortue   134
10. Le quadrille des Homards   146
11. Qui a volé les tartes ?   157
12. La déposition d'Alice   167

CE QU'ALICE TROUVA
DE L'AUTRE CÔTÉ DU MIROIR

 1. La Maison du Miroir   185
 2. Le jardin des fleurs vivantes   203
 3. Insectes du Miroir   218
 4. Bonnet Blanc et Blanc Bonnet   233
 5. Laine et eau   251
 6. Le Gros Coco   267
 7. Le Lion et la Licorne   283
 8. « C'est de mon invention »   297
 9. La Reine Alice   317
10. Secouement   338
11. Réveil   339
12. Qui a rêvé ?   340

DOSSIER

Chronologie   349
Bibliographie sélective   354
Notes   358

COLLECTION FOLIO

Dernières parutions

3883. Gilbert Sinoué   *À mon fils à l'aube du troisième millénaire.*
3884. Hitonari Tsuji   *La lumière du détroit.*
3885. Maupassant   *Le Père Milon.*
3886. Alexandre Jardin   *Mademoiselle Liberté.*
3887. Daniel Prévost   *Coco belles-nattes.*
3888. François Bott   *Radiguet. L'enfant avec une
canne.*
3889. Voltaire   *Candide ou l'Optimisme.*
3890. Robert L. Stevenson   *L'Étrange Cas du docteur
Jekyll et de M. Hyde.*
3891. Daniel Boulanger   *Talbard.*
3892. Carlos Fuentes   *Les années avec Laura Díaz.*
3894. André Dhôtel   *Idylles.*
3895. André Dhôtel   *L'azur.*
3896. Ponfilly   *Scoops.*
3897. Tchinguiz Aïtmatov   *Djamilia.*
3898. Julian Barnes   *Dix ans après.*
3900. Catherine Cusset   *À vous.*
3901. Benoît Duteurtre   *Le voyage en France.*
3902. Annie Ernaux   *L'occupation.*
3903. Romain Gary   *Pour Sgnanarelle.*
3904. Jack Kerouac   *Vraie blonde, et autres.*
3905. Richard Millet   *La voix d'alto.*
3906. Jean-Christophe Rufin   *Rouge Brésil.*
3907. Lian Hearn   *Le silence du rossignol.*
3908. Alice Kaplan   *Intelligence avec l'ennemi.*
3909. Ahmed Abodehman   *La ceinture.*
3910. Jules Barbey d'Aurevilly   *Les diaboliques.*
3911. George Sand   *Lélia.*
3912. Amélie de
Bourbon Parme   *Le sacre de Louis XVII.*
3913. Erri de Luca   *Montedidio.*
3914. Chloé Delaume   *Le cri du sablier.*

3915. Chloé Delaume   *Les mouflettes d'Atropos.*
3916. Michel Déon   *Taisez-vous... J'entends venir un ange.*
3917. Pierre Guyotat   *Vivre.*
3918. Paula Jacques   *Gilda Stambouli souffre et se plaint.*
3919. Jacques Rivière   *Une amitié d'autrefois.*
3920. Patrick McGrath   *Martha Peake.*
3921. Ludmila Oulitskaïa   *Un si bel amour.*
3922. J.-B. Pontalis   *En marge des jours.*
3923. Denis Tillinac   *En désespoir de causes.*
3924. Jerome Charyn   *Rue du Petit-Ange.*
3925. Stendhal   *La Chartreuse de Parme.*
3926. Raymond Chandler   *Un mordu.*
3927. Collectif   *Des mots à la bouche.*
3928. Carlos Fuentes   *Apollon et les putains.*
3929. Henry Miller   *Plongée dans la vie nocturne.*
3930. Vladimir Nabokov   *La Vénitienne* précédé d'*Un coup d'aile.*
3931. Ryûnosuke Akutagawa   *Rashômon* et autres contes.
3932. Jean-Paul Sartre   *L'enfance d'un chef.*
3933. Sénèque   *De la constance du sage.*
3934. Robert Louis Stevenson *Le club du suicide.*
3935. Edith Wharton   *Les lettres.*
3936. Joe Haldeman   *Les deux morts de John Speidel.*
3937. Roger Martin du Gard   *Les Thibault I.*
3938. Roger Martin du Gard   *Les Thibault II.*
3939. François Armanet   *La bande du drugstore.*
3940. Roger Martin du Gard   *Les Thibault III.*
3941. Pierre Assouline   *Le fleuve Combelle.*
3942. Patrick Chamoiseau   *Biblique des derniers gestes.*
3943. Tracy Chevalier   *Le récital des anges.*
3944. Jeanne Cressanges   *Les ailes d'Isis.*
3945. Alain Finkielkraut   *L'imparfait du présent.*
3946. Alona Kimhi   *Suzanne la pleureuse.*
3947. Dominique Rolin   *Le futur immédiat.*
3948. Philip Roth   *J'ai épousé un communiste.*
3949. Juan Rulfo   *Le Llano en flammes.*
3950. Martin Winckler   *Légendes.*
3951. Fédor Dostoïevski   *Humiliés et offensés.*
3952. Alexandre Dumas   *Le Capitaine Pamphile.*

3953. André Dhôtel — *La tribu Bécaille.*
3954. André Dhôtel — *L'honorable Monsieur Jacques.*
3955. Diane de Margerie — *Dans la spirale.*
3956. Serge Doubrovsky — *Le livre brisé.*
3957. La Bible — *Genèse.*
3958. La Bible — *Exode.*
3959. La Bible — *Lévitique-Nombres.*
3960. La Bible — *Samuel.*
3961. Anonyme — *Le poisson de jade.*
3962. Mikhaïl Boulgakov — *Endiablade.*
3963. Alejo Carpentier — *Les Élus et autres nouvelles.*
3964. Collectif — *Un ange passe.*
3965. Roland Dubillard — *Confessions d'un fumeur de tabac français.*
3966. Thierry Jonquet — *La leçon de management.*
3967. Suzan Minot — *Une vie passionnante.*
3968. Dann Simmons — *Les Fosses d'Iverson.*
3969. Junichirô Tanizaki — *Le coupeur de roseaux.*
3970. Richard Wright — *L'homme qui vivait sous terre.*
3971. Vassilis Alexakis — *Les mots étrangers.*
3972. Antoine Audouard — *Une maison au bord du monde.*
3973. Michel Braudeau — *L'interprétation des singes.*
3974. Larry Brown — *Dur comme l'amour.*
3975. Jonathan Coe — *Une touche d'amour.*
3976. Philippe Delerm — *Les amoureux de l'Hôtel de Ville.*
3977. Hans Fallada — *Seul dans Berlin.*
3978. Franz-Olivier Giesbert — *Mort d'un berger.*
3979. Jens Christian Grøndahl — *Bruits du cœur.*
3980. Ludovic Roubaudi — *Les Baltringues.*
3981. Anne Wiazemski — *Sept garçons.*
3982. Michel Quint — *Effroyables jardins.*
3983. Joseph Conrad — *Victoire.*
3984. Emile Ajar — *Pseudo.*
3985. Olivier Bleys — *Le fantôme de la Tour Eiffel.*
3986. Alejo Carpentier — *La danse sacrale.*
3987. Milan Dargent — *Soupe à la tête de bouc.*
3988. André Dhôtel — *Le train du matin.*
3989. André Dhôtel — *Des trottoirs et des fleurs.*
3990. Philippe Labro/ Olivier Barrot — *Lettres d'Amérique. Un voyage en littérature.*

3991. Pierre Péju — *La petite Chartreuse.*

3992. Pascal Quignard — *Albucius.*

3993. Dan Simmons — *Les larmes d'Icare.*

3994. Michel Tournier — *Journal extime.*

3995. Zoé Valdés — *Miracle à Miami.*

3996. Bossuet — *Oraisons funèbres.*

3997. Anonyme — *Jin Ping Mei I.*

3998. Anonyme — *Jin Ping Mei II.*

3999. Pierre Assouline — *Grâces lui soient rendues.*

4000. Philippe Roth — *La tache.*

4001. Frederick Busch — *L'inspecteur de nuit.*

4002. Christophe Dufossé — *L'heure de la sortie.*

4003. William Faulkner — *Le domaine.*

4004. Sylvie Germain — *La Chanson des mal-aimants.*

4005. Joanne Harris — *Les cinq quartiers de l'orange.*

4006. Leslie kaplan — *Les Amants de Marie.*

4007. Thierry Metz — *Le journal d'un manœuvre.*

4008. Dominique Rolin — *Plaisirs.*

4009. Jean-Marie Rouart — *Nous ne savons pas aimer.*

4010. Samuel Butler — *Ainsi va toute chair.*

4011. George Sand — *La petite Fadette.*

4012. Jorge Amado — *Le Pays du Carnaval.*

4013. Alessandro Baricco — *L'âme d'Hegel et les vaches du Wisconsin.*

4014. La Bible — *Livre d'Isaïe.*

4015. La Bible — *Paroles de Jérémie-Lamentations.*

4016. La Bible — *Livre de Job.*

4017. La Bible — *Livre d'Ezéchiel.*

4018. Frank Conroy — *Corps et âme.*

4019. Marc Dugain — *Heureux comme Dieu en France.*

4020. Marie Ferranti — *La Princesse de Mantoue.*

4021. Mario Vargas Llosa — *La fête au Bouc.*

4022. Mario Vargas Llosa — *Histoire de Mayta.*

4023. Daniel Evan Weiss — *Les cafards n'ont pas de roi.*

4024. Elsa Morante — *La Storia.*

4025. Emmanuèle Bernheim — *Stallone.*

4026. Françoise Chandernagor — *La chambre.*

4027. Philippe Djian — *Ça, c'est un baiser.*

4028. Jérôme Garcin — *Théâtre intime.*

4029. Valentine Goby — *La note sensible.*
4030. Pierre Magnan — *L'enfant qui tuait le temps.*
4031. Amos Oz — *Les deux morts de ma grand-mère.*
4032. Amos Oz — *Une panthère dans la cave.*
4033. Gisèle Pineau — *Chair Piment.*
4034. Zeruya Shalev — *Mari et femme.*
4035. Jules Verne — *La Chasse au météore.*
4036. Jules Verne — *Le Phare du bout du Monde.*
4037. Gérard de Cortanze — *Jorge Semprun.*
4038. Léon Tolstoi — *Hadji Mourat.*
4039. Isaac Asimov — *Mortelle est la nuit.*
4040. Collectif — *Au bonheur de lire.*
4041. Roald Dahl — *Gelée royale.*
4042. Denis Diderot — *Lettre sur les Aveugles.*
4043. Yukio Mishima — *Martyre.*
4044. Elsa Morante — *Donna Amalia.*
4045. Ludmila Oulitskaia — *La maison de Lialia.*
4046. Rabindranath Tagore — *La petite mariée.*
4047. Ivan Tourgueniev — *Clara Militch.*
4048. H.G. Wells — *Un rêve d'Armageddon.*
4049. Michka Assayas — *Exhibition.*
4050. Richard Bausch — *La saison des ténèbres.*
4051. Saul Bellow — *Ravelstein.*
4052. Jerome Charyn — *L'homme qui rajeunissait.*
4053. Catherine Cusset — *Confession d'une radine.*
4055. Thierry Jonquet — *La Vigie* (à paraître).
4056. Erika Krouse — *Passe me voir un de ces jours.*
4057. Philippe Le Guillou — *Les marées du Faou.*
4058. Frances Mayes — *Swan.*
4059. Joyce Carol Oates — *Nulle et Grande Gueule.*
4060. Edgar Allan Poe — *Histoires extraordinaires.*
4061. George Sand — *Lettres d'une vie.*
4062. Beigbeder — *99 francs.*
4063. Balzac — *Les Chouans.*
4064. Bernardin de St Pierre — *Paul et Virginie.*
4065. Raphaël Confiant — *Nuée ardente.*
4066. Florence Delay — *Dit Nerval.*
4067. Jean Rolin — *La clôture.*
4068. Philippe Claudel — *Les petites mécaniques.*

Composition Bussière
Impression Liberdúplex
à Barcelone, le 10 janvier 2005
Dépôt légal : janvier 2005
Premier dépôt légal dans la collection : octobre 1994

ISBN 2-07-038916-2./Imprimé en Espagne.